浏阳名胜

洪佑良 著

瀏陽歷史文化叢書

岳麓書社·長沙

浏阳历史文化丛书

序

黎春秋

在全面建成小康社会、实现第一个百年奋斗目标，迎接中国共产党成立100周年的前夕，中共浏阳市委决策、市政协主持编撰的“浏阳历史文化丛书”即将付梓，这是具有深远历史意义、重要现实意义的大事、好事。

浏阳地处湘东，位于吴头楚尾的湘赣边界。周边与铜鼓、万载、宜春、上栗、长沙、株洲、醴陵、平江等市县为邻。境内山丘绵亘，西、南稍平衍，东、北半山谷，浏阳河横贯其中，萦回百折，西流注入湘江。以城区为中心，浏阳自古被分为了东南西北四乡。东乡、西乡分别为浏阳河流域的上游和下游地区，捞刀河流域为北乡，南川河流域为南乡。全市面积5007平方公里，现有人口150万。

“江海狂澜尽东倒，却输浏水尚能西。”这里气候温和、雨量充沛、山川秀美，自古以来钟灵毓秀、物华天宝、人杰地灵。在远古时代，境内已有人类活动，他们留下了原始社会的踪迹。考古出土文物证明，距今约15万年前，浏阳土著居民已繁衍生息在这块土地上。《三国志》记载，东汉建安十四年（209），孙权拜周瑜为偏将军领南郡太守，以浏阳为其四俸邑之一。浏阳之名始见于此，千年古县从此启航。

建县以来，人文蔚起，人才辈出，薪火相传，弦歌不绝。晋代易雄，忠义千古；宋代汤璹，清风峻节；元代欧阳玄，文章道德卓然名世；明代张武，南征北战屡建奇功。清代自欧阳中鹄、刘人熙、涂启先三先生，尤其是从谭嗣同开始，浏阳人民参与了中国历史上追求解放和真理的每一个进步活动浪潮，涌现了一代又一代的杰出人物。从戊戌变法到自立军起义，从萍浏醴起义到辛亥革命，从土地革命到抗日战争，从社会主义革命到改革开放，浏阳人民始终站在时代发展的前列。谭嗣同、唐才常为探索救国救民的道路，不惜流血牺牲，肝胆相照，气壮昆仑；焦达峰、陈作新接过谭、唐的接力棒，“首应”武昌起义，“浏水堕泪”“十日千秋”；毛泽东同志三次踏上浏阳的土地，把革命的火种播撒在浏阳河两岸，无数浏阳儿女追随毛泽东同志走上了革命道路。在艰苦卓绝的革命战争年代，浏阳人口减少 20 万人，被追认为革命烈士的有 2 万人，一部分幸存者成长为党和国家的栋梁之材，如胡耀邦、王震、宋任穷、王首道、杨勇等。正如浏阳著名的特产烟花爆竹一样，浏阳以自己的牺牲和奉献，写进了中国近现代历史的长卷中，形成了“自强不息、敢为人先”的浏阳精神。

浏阳还是礼乐诗歌之邦，保存至今的浏阳祭礼雅乐被誉为“中国古代音乐的活化石”，举行祭祀的文庙至今享有盛名。一首《浏阳河》脍炙人口，唱遍全中国，传唱全世界。诸如浏阳文庙、文家市秋收起义旧址和大围山、浏阳河等名胜山川，以及众多的文物保护单位，都是浏阳享誉全国、走向世界的宝贵资源。

中华人民共和国成立以来，浏阳经济、社会、文化等各个领域蓬勃发展，成就骄人。在改革开放的伟大征程中，浏阳从实现“进百强、冠三湘”到“挺进三十强、再创新辉煌”，再到“建设两个中心、进军全国十强”，每走一步都创造了历史性的成功经验，走出了一条县域经济发展的特色之路。特别是近年来，我们坚持以习近平新时代中国特色社会主义思想为指导，认真贯彻中央、省、市决策部署，深入实施创新引领开放崛起战略，牢牢把握“在区域谋发展、在全国争地位、在全球引资源”战略定位，推动县域发展迈出新步伐。2020 年，全市实现地区生产总值 1493 亿元，增长 4.7%；地方一般公共预算收入 93.4 亿元，增长 5.33%。在全国百强县排名中，浏阳县域综合发展、县域经济基本竞争力、工业百强县、营商环境百强县分别跻身第 9 位、第 11 位、第 11 位、第 19 位。

抚今追昔，我们倍感先辈们留下的历史文化遗产无比厚重，中华人民共和国成立以来社会主义建设的成就无比辉煌。值此中国共产党成立一百周年之际，编辑出版一套全面、系统反映浏阳历史文化的丛书，既是全市开启建设现代化城市大局的需要，也是全市人民的期盼。浏阳文史工作者在浩如烟海的古籍文献中爬罗剔抉，在写满故事的浏阳大地掇青撷华，耗时三年，终于编撰成一部“浏阳历史文化丛书”。丛书一共 10 册，约 300 万字，近千幅图片，内容包括简史、名人、名胜、非遗、文物、诗文和民俗七大类，从多方面揭示了浏阳悠久历史的渊源和深厚、独特的文化底蕴，让人从中感触到浏阳历尽沧桑而始终保持着青春活力的千年律动和文化之魂。全书以史为据，选材真实、准确，文字生动，可读性强，可说是一部知我浏阳、爱我浏阳的百科全书，更像一座谱写浏阳人民艰苦奋斗历史壮丽华章的里程碑。全市人民定能从中汲取力量，推动浏阳经济文化大发展大繁荣，在实现社会主义现代化的历史征程中阔步前进，走向新的辉煌。

是为序。

2021 年 6 月

作者系怀化市委副书记、市长，长沙市委原常委、浏阳市委原书记

序

朱东铁

“五十里水路到湘江”，《浏阳河》这句朴实却又意境深远的歌词，一下就抓住人心，给我们展示了浏阳河袅袅婷婷、不舍奔流的秀美和沉稳，以及源于历史、开拓未来的深度和力度。

它更大的惊喜在于，当我们去关注、了解这片古老土地时，一座华美的文化殿堂赫然山立，悠远深邃，步步皆景，让人流连忘返：吴楚交会，是为通达之地；三山纵横，写尽雄浑之姿；樟树遗址，见证文明滥觞；浏阳八景，凝聚厚重人文；变法志士，开启近代呼喊；红色记忆，留存历史风云……

在生生不息、守望传承中，我们的祖先历尽艰辛，寻找、开垦、建设这块乐土；历史恢宏的阵仗里，杰出的人物光彩熠熠，灿若星河。三国周瑜少年英雄，羽扇纶巾，谈笑破敌；东晋易雄力抗叛军，杀身成仁，忠义流传；明代邓巍忠于谏议，弹劾严嵩，直面廷杖；清代谭嗣同力主维新，以身殉国，警醒世人。这，是浏阳之刚烈。

“元四学士”，文章道德，卓然名世；邱之稑精研音律，大胆质疑，修正古乐；“浏阳三先生”严谨治学，各有大成，世人推崇。这，是浏阳之风雅。

工农大纛淬炼于秋收烽火，革命精神激扬于历史风云。因为小石头可以砸破大水缸的信念，无数浏阳人选择了跟党走，跟红旗走，在艰苦卓绝的革命斗争中，这片红色的土地涌现了党和国家领导人胡耀邦、王震，以及 30 位开国将军；江山多娇养育铮铮风骨，文史流芳结出累累硕果。在风起云涌的大背景下，浏阳人既能睁眼看世界，也能俯身做学问，欧阳予倩、王人美等一大批教科文卫名人在各自领域的成就令世人瞩目。这，是浏阳之风骨。

风云长啸，江山留痕。到铁岩关下，石霜寺前，找一个时空割不断古今的理由；入浏阳文庙，金江书院，倾听文化发轫的律动；在伟人故居，革命遗存，接受前赴后继革故鼎新的精神洗礼。因为眷恋，我们记录；因为热爱，我们歌颂。于是，礼乐诗歌成为了这片土地另一张亮丽的名片，成为了湖湘文化举足轻重的一极。

所以人们说，“一方水土养一方人”。沧海月明，蓝田日暖。在浏阳的山山水水之间，从久远走来，向深远迈进的一切，或沉吟于丘壑，或闪耀于典籍，或传播于街巷，或激荡于人心。凡此种种，都是历史对浏阳的眷顾，在这座山城的煌煌千年之旅中，烙下了深深的印痕。而古往今来的文化交汇，兼收并蓄的包容心境，胸怀天下的广阔视野，博采众长的学习能力，勇立潮头的担当精神，敢为人先的磅礴气度，成就了浏阳人文不可复制的个性和特质。

联合国教科文组织提出：“发展最终应以文化概念来定义，文化的繁荣是发展的最高目标。”浏阳的文化，扎根于围山之下、浏水之滨，从刀耕火种一路走来，裹满了历史的伤痕和荣光。而它不可遏抑的前行，又记录和推动了社会经济长足的进步。从国家级贫困县迈入全国百强县前列，从偏处湘东一隅到崛起为湘赣边重镇，是传承千年的浏阳文化，给我们筑好了瑰丽的精神家园，赋予了独特的思维方式，呵护了历次果敢的出征，激发了强大的创造能力。

《周易》有言：“观乎天文，以察时变；观乎人文，以化成天下。”我们由衷感谢“浏阳历史文化丛书”的编撰——长揖历史，仰望人文，朝圣的路上有了向导；抚今追昔，振奋精神，幸福的大业有了底气。组织编撰这套丛书，内容涵盖了山水风物，历史人文，民俗风情，文学艺术等方方面面；组织编撰这套丛书，深入挖掘了浏阳的历史文化资源，全面展现了浏阳绚烂的历史文化风貌。这是文化自觉和责任担当的体现，是梳理历史和整合文化资源的结晶。

2021年是中国共产党成立100周年，是“十四五”规划的开局之年，浏阳发展将翻开崭新的篇章。积极融入省（长沙）市发展大局，践行“三高四新”战略，在新发展阶段和新发展格局下，充分发挥“自强不息，敢为人先”的精神，主动作为，创造作为，有力作为，这是浏阳的历史使命。“浏阳历史文化丛书”的出版，正当其时，它记录下浏阳色彩斑斓的千年征程，凝聚起千万人开拓进取的宏伟力量，必将为浏阳的城市建设和经济社会发展提供强有力的文化支撑。

是为序。

2021年6月

作者系长沙市委常委、浏阳市委书记

前 言

“人文”一词最早出现在《易经》贲卦：“观乎天文，以察时变；观乎人文，以化成天下。”“文化”乃是”人文化成”一语的缩写。文化是人类在社会历史发展过程中所创造的物质财富和精神财富的总和。

《浏阳名胜》是“浏阳历史文化丛书”中的一册，除了写名山秀水之外，当然还要写浏阳的历史和文化。浏阳的历史文化是一个复合体，它是历代浏阳人民所创造的实物、知识、艺术以及形成的道德、风俗和习惯等，这些构成了浏阳文化的底色。浏阳是千年古县，历史悠久。2010 年 7 月，小河乡田心村发现一处史前人类活动遗址，挖出了 3 件远古石器和若干陶片。经专家认定，3 件石器均属新石器时代。而从永安芦塘挖掘的旧石器时代中期打制的石器来看，浏阳境内人类最早活动的时间距今已有 15 万年—20 万年。

本书分为“山水览胜”“古迹探幽”“人文胜景”“烽火留痕”4 个部分。“山水览胜”一辑以境内三大河流（浏阳河、捞刀河和南川河）和三座大山（大围山、九岭山和连云山）为主，外加道吾山和石柱峰。这两座山一为宗教圣地，一为北乡最高峰。

浏阳河是一条世界名河，一首《浏阳河》唱遍大江南北、长城内外，让一代人耳熟能详，激情澎湃。浏阳河不仅是浏阳的地理标志，还是一张名片，是浏阳人积极向上、百折不挠的精神象征。捞刀河、南川河与浏阳河构成浏阳完整的水系，历史悠久，底蕴深厚，每一条河都是一位慈祥的母亲，哺育了流域内的人们，孕育了属于自己的独特文化，也给这块土地上人们的性格品德都打上了地域烙印。

大围山、九岭山和连云山是浏阳三大名山，无论海拔高度、积雨面积和资源储备，在浏阳都占有十分重要的地位，它们或险峻，或舒缓，或庄重，或灵秀；或因古寺生禅意，或因美景惊世人。每一座山都有自己的性格，也有自己的品质。它们从远古走来，太多的滚滚红尘，太多的世事变幻，看似没有生命，却养育了无数生命。

“古迹探幽”主要介绍浏阳的古迹实物。浏阳最早的人类活动可以追溯到15万年—20万年以前，留下了一些宝贵的历史文化遗产，一些著名的文物古迹已经成为重要的旅游资源，如蔺氏宗祠、吴楚铁岩关、石霜寺等。这些文物古迹,从不同侧面反映出各个历史时期浏阳人的生产生活状态，是浏阳历史文化的主要载体。目前，浏阳有全国重点文物保护单位7家20处，省级17处，长沙市级28处。其中祠堂、庙宇占了很大的比例。这些古建筑的保护，得益于宗族和宗教文化的力量。

宗族文化是人们对血缘关系天然的亲近和认同，是维系中国社会结构的一条纽带。宗族文化的主要载体有祠堂、祭祖和族谱等三种，以一种血脉维系的方式传承下来，让人们在亲情中找到归属感和认同感。宗教文化是我国传统文化的重要组成部分，宗教文化中充满神秘色彩的部分，除了在信徒的精神生活中发挥着作用，对人类社会的精神文化生活也产生过深刻的影响。宗教文化的主要载体有庙宇、法器、经书、祭祀和墓葬等。虽然因为时间的久远，许多文物古迹已经毁掉或损坏，但还是有一些东西能够在岁月的长河里经受住淘洗，如石霜寺、蕉溪岭古道、易雄墓等建筑或实物，它们在浏阳的历史文化长河中散发出熠熠的光辉。本书只介绍古迹实物，至于祭祀、科仪属于非物质文化类，将在民俗一书另述。这些古迹实物有一部分是省级以上保护单位。本书除了确保省级以上不遗落，长沙市级和浏阳市确认公布的历史文物保护单位中，按类别平衡，做到每个类别都有选取，即使只是一般不可移动文物，但在当地有一定影响，历史悠久，而且此类文物又较少的，也会有适当介绍，如大圣庙、祖师崖、陈大仙人庙、渠城界、蕉溪岭古道等。

“人文胜景”主要是自然与人类创造力的共同结晶，是社会、艺术和历史的产物，很大程度上可反映出区域独特的文化内涵，主要体现在名人故居、牌坊遗址、古桥梁等。浏阳文庙是一座有悠久历史的建筑，承载了一代又一代浏阳人金榜题名、光宗耀祖的梦想；金江书院、围山书院、文华书院等是浏阳文脉重要的延续地，培养了一批有理想、有追求、有担当的学子，在浏阳文脉中涌起激越的浪花；贞节牌坊反映出的是浏阳人身上忠贞不渝的性格；古桥和古建筑是凝固的艺术，镌满了时代的印记，也留下一些悲欢离合的故事。

“烽火留痕”记录的是在浏阳发生的可歌可泣的故事。浏阳是一块神奇的土地，也是一块红色的土地，从1840年第一次鸦片战争开始，帝国主义的侵略，使中华大地变得满目疮痍，国家积贫积弱，人民饱受欺凌，浏阳也没能幸免。浏阳的仁人志士前赴后继，寻找救国救民的真理。从谭嗣同参与的“戊戌变法”，到文家市的秋收起义会师，一批批浏阳人敢为人先，勇于奉献，谱写了一曲曲惊天地泣鬼神的赞歌；从新民主主义革命到新中国的建立，浏阳牺牲了两万多英雄儿女，涌现出了王震、李志民、宋任穷等30位将军，也造就了胡耀邦这样的党和国家领导人。这些伟人故居和革命烈士的墓地就是浏阳不灭的灯塔，给人警醒，催人奋进。本书因篇幅所限，只收录了省级以上保护单位，市级以下的没有收录。

岁月流逝，斗转星移，秉承了自强不息、敢为人先精神基因的浏阳人，抢抓发展机遇，构建交通网络，调整产业结构，兴建工业园区，用了不到十年时间，完成了从全国贫困县到全国百强县的华丽蝶变，工农业生产总值、社会消费品零售总额和财政收入每年的增长速度都在两位数以上。浏阳人用自己的聪明才智和舍我其谁的责任担当，励精图治，只争朝夕，不断创造着新的辉煌。

目 录

底蕴深深浏阳河

浏阳河古称浏水，也称浏江，发源于湘东浏阳、平江与江西交界的大围山。大围山古称首禅山，山顶群峰之间有七星湖、祷泉湖、烂泥湖、黄羊湖、玉泉湖、白沙湖、天星湖、船底窝等12片大小不一的天然湿地，百流汇集，澄澈碧透，随坡下注，分别成为浏水南源小溪河与北源大溪河。大围山上河道中至今保留的第四纪冰川地貌磨光锃亮的花岗岩，就是浏水多少万年来冲刷、侵蚀、风化作用的历史见证。两溪浏水在浏阳市东十公里处汇合，流经浏阳古城之南向西，于是将浏水北面的古城署名浏阳，浏水也称为浏阳河。北魏郦道元的《水经注》说："浏水，出临湘县东南、浏阳县西北，过其县东北，与涝水合。"其中的"临湘县"是因临湘水而得名的古县，治所在长沙，"涝水"即今涝刀河。清代顾祖禹的《读史方舆纪要》，则称"浏阳水"在长沙府北五里，"源出浏阳县之大围山，西流至此，入于湘江，亦曰浏江"。

浏阳河是湘江的一级支流，流域总面积4665平方公里，浏阳市境内流域面积3211平方公里，流经数十个乡镇。年平均水量27.98亿立方米，水能蕴藏量11.44万千瓦。浏阳河由东向西，纵贯浏阳，全长223公里，浏阳

浏阳河·高坪河包洲

境内 175.8 公里，在长沙县东岸乡陈家屋场汇入湘江。其上游细流萦洄，中游斗折蛇行，下游山舒水阔，《诗经·郑风》中有“浏其清矣”之句，“浏”有“水深清澈”之意。春夏之时，林树扶疏，灼灼其华，秋冬之月，水尤清冽，山山有色。若至汛发涛起，恰似连山喷雪，野马无缰，其势锐不可当。这条秀丽、清澈、慈祥、淳厚的母亲河，哺育了浏阳河两岸 200 多万勤劳朴实的百姓。

一

浏阳河是一条美丽的河。从大围山最高峰七星岭一面陡峭的岩壁下，一脉未染凡尘，洁净如玉的泉水汩汩流出，这就是浏阳河的发源。她柔柔地行了不到 20 米，就被一块屹然不动的巨石挡住了，不得不从巨石旁边绕过，而百米之外的祷泉湖，深沉矜持，波澜不惊，让她稍作停留，积蓄力量，梳理情绪。然后从东西两个方向流出，跳跃腾飞，呼朋唤友，成就了 6 处大瀑布，近百个的小瀑布，最终形成了两条河流——小溪河和大溪河。

从东麓园流下来的小溪河，首经张坊，切牛轭岭，贯凤溪峒，绕小河鳄鱼嘴，一路穿山绕壑，跌宕起伏，进入长达 20 公里的狭长地带。20 世纪 80 年代末九十年代初，浏阳县在此修建了株树桥水库，水库最大库容达 3 亿立方米。小溪河在此丰腴澄明。蓝天白云倒映在里面，如缎似锦；她碧波荡漾，温润娴静。株树桥水库对于调洪抗旱，具有十分重要的作用。九十年代末，为缓解长沙城区饮水困难，水利部门建设专用管道，引水入长，使长沙市区居民能够喝上来自浏阳河最洁净最甘甜的山泉水。小溪河载着浓郁的客家风情从水库蜿蜒而下，至杨潭双江口与大溪河汇合，全长 92 公里。

从西麓园流下来的大溪河，从横山过上庄诸山涧，在山脚下的白沙放缓了脚步。她的婉约清丽，温柔纯洁，滋润着聚居在这里的乡民，养育造就了一座古镇，绝纯绝净的水制成的白沙豆腐，让这道普通的菜肴香遍湖湘。然后，大溪河过东门、绕官渡、跨古港，全长 87.3 公里，在双江口伸手一挽，与从东麓园奔过来的小溪河合成了一处，此时的浏阳河已经变得丰腴深沉了，像一位成熟稳重的母亲。

大溪河和小溪河汇入一起，就是浏阳河了，往下十公里，到达浏阳城区地段，一座名叫天马山的大山屹立在前面。而西湖山更像一道大门，想要把灵性婀娜的浏阳河留住，也许真的有些累了，浏阳河放缓了脚步，曲着手臂，枕出一个大大的“之”字。她任天马山啜饮，任西湖山凝眸，正是她的从容舒缓，冲积出一片小小的平原，聚集了天地灵气，孕育出一座美丽的浏阳城。

浏阳河一路滔滔，直奔湘江，她的每一次环绕都孵化出一座秀丽的小城镇，有白沙、东门、达浒、官渡、沿溪、永和、古港、高坪、普迹、镇头、柏加等乡镇。

二

浏阳河是一条文化的河。早在1000多年前，浏阳河就在唐诗里有过忧郁的一现。诗圣杜甫乘小舟来到浏阳河畔的双枫浦，停泊在这里，看到两棵青枫已经被摧折，联想到自己一身病痛，仕途无望，几个好友如李白、高适、严武等先后去世，最让人心痛的是大片国土烽烟四起，政局危乱，他不禁触景生情，挥笔写下了《双枫浦》一诗：

辍棹青枫浦，双枫旧已摧。
自惊衰谢力，不道栋梁材。
浪足浮纱帽，皮须截锦苔。
江边地有主，暂借上天回。

也许杜甫只是为了排遣内心的孤独与苦闷才随意来到浏阳的，但他的诗却给浏阳的山水增添了灵性而厚重的印记，使青枫浦得以名扬姝洲。

出生于西魏末年的孙思邈，是我国唐代著名的医学家。相传他壮年时曾隐居在浏阳孙隐山，多次深入大围山采药，用浏阳河水熬汤，救治百姓，传播医道。后隐居终南山，致力道术修炼和医药研究。著有中国最早的临床百科全书《千金要方》和世界上第一部国家性质的药典《唐新本草》，被后世尊为应妙真人和药王。

元代史学家、文学家欧阳玄曾写过一首《浏江》诗，表达了对家乡浏阳河的赞美：

浏江江水色幽幽，两岸青山云木稠。
一自桑钦载源委，曾留孙盛作《春秋》。

猿岫风来起波浪，龙湫月出见汀洲。
下流两度翠华过，光气至今浮斗牛。

一般的河流多由西到东归大海，而浏阳河由西南流经县城后，竟一路向西流向长沙，汇入湘江，再东归大海。清末民初大诗人刘善泽抓住了这一独领风骚的特点，写出了《浏水棹歌》这首著名的诗："源头路远夹清溪，河底沙明净浊泥。江海狂澜尽东倒，却输浏水尚能西。"这成了赞美浏阳人具有的敢为人先、与众不同的浏阳精神的绝唱。

浏阳河也曾有流血淌泪的历史。宋末元初和元末明初，浏阳经历了两次大洗劫。直到100多年后，邻近的广东、江西、广西、四川等地的人口才陆续迁入，有"赣粤填湘"之说。他们沿浏阳河聚居，插草为标，画线为界。这块沉寂的土地才又重新焕发出生机。有着不同语言、不同文化背景的人来到这里，多元文化激烈碰撞，在浏阳河水的滋润下，经过近200年的融合，最终形成了浏阳开放、包容、进取、热情的文化底蕴。

20世纪50年代初，一首《浏阳河》的民歌在全国传唱起来。湘江文工团成员徐叔华偶尔来到浏阳，被清澈、温婉的浏阳河所打动，更为当时广大农民在土改运动后，农业获得大丰收、人民翻身得解放的喜悦情景所感动。他与几位同仁怀着深情，创作了花鼓戏《双送粮》，其中第三段后来改编成了《浏阳河》这首民歌，采用女、男对唱，一问一答，道出了浏阳河流入湘江，江边湘潭县出了伟人毛泽东的故事，唱出了全国人民热爱毛主席的共同心声。她优美的旋律、生动活泼的唱词，赢得了人民群众的喜爱，后来竟轰动全国，传遍全世界。直到现在，浏阳人还常会唱起这首歌，这也成了浏阳对外宣传的响亮名片。

浏阳河上游地处偏僻，交通闭塞，居住在这里的大多是来自江西、广东等地的客家人和原有的本地人。他们从劳动生产到日常生活，保留了比较完整的客家文化。守着青山绿水三亩地，过着平静详和的日子，是他们最大的愿望。种一季水稻就有饭吃，砍几根竹木就有经济来源。繁重的劳动之余，男女就常打山歌丰富生活。

日头落岭夜咯哩，
老妹担水彝（做）饭食，
彝（做）当饭食哥子食，

哥子食哩多谢你。

河对面弯腰摘菜的女人直起身来，撩起额前一缕长发，眺了一眼山坡上挖土的汉子，开口就唱：

日头落岭夜咯哩，
老妹担水舞（做）猪食。
只要哥子不嫌弃，
老妹管你食个够。

汉子讨了个没趣，狠狠地挖了一锄，杵在那里想了一会，又唱了起来：

对面老妹莫生气，
哥子实在是好意；
你摘菜来我帮洗，
哥子真的疼惜你。

女人显然没有生气，她停下摘菜，对着汉子唱道：

哥子真是厚面皮，
老妹不要你疼惜；
赶紧收工归屋气（去）
省得老婆怪罪你。
哟嗬！
哟嗬！

不知从哪里拱出来几个后生，扯开嗓子打哟嗬。

女人被山坡上滚下来的哈哈笑声吓到了，她收起菜篮子，起身走向那片冒着袅袅炊烟的竹林。

红白喜事在浏阳河上游地域文化中表现得最为突出，最为淋漓尽致。红喜事从相亲起，到结婚生子，一整套的规矩，不能轻慢，不能省略。一般都是男的先上女家相亲，媒婆说了一番天气好之类的闲话，就会把男的夸得比王子只差一点了，直到该说的都说了，男的就会把一个红包压在茶杯下，女方如果同意就收下，往后就有戏，如果不合适，就会把红包还给媒婆。结婚的时候礼节多得没办法记。白喜事的规矩更多，吹吹打打做道场，热热闹闹显排场。不要担心记不住，有专门的师傅来做，孝家只要照办就是了。

随着改革开放的春风吹来，一些现代元素以其不可抗拒的力量渗透进来，正在改变着身边的一切。传统文化面对新理念新思想的冲击，也在激荡中吸纳、消化和沉淀。恋爱结婚自由了，怎么办喜事双方商量着定，婚庆公司开到了镇上，包办了一切，连开席吃饭都有专门的班子做，既热闹轻松又现代气派。老人过世，很少做道场了，而是请来村上的领导主持开个追悼会，有面子的可以请到镇上的领导。年轻人感到很适应，上了年纪的人觉得很新鲜。

浏阳河中下游的文化像河里的水一样，汇入了更多的小溪小河，总是与飞速发展的社会押韵合拍。镇头、官桥等地，由于与株洲、醴陵毗邻，风俗习惯、思想观念等方面融入了两地的一些东西，柏加镇则对长沙有更强的认同感。

三

浏阳河是一条流金的河。带着山的坚毅，石的顽强，泥土的朴实，带着两岸人民的期盼和渴望，旷古以来浏阳河默默地奉献着。大溪河、小溪河从山上驮着竹木，蹚深潭，潜幽涧，闯险滩，将山民的希望送到下游，在蒋埠江、古港、淮川等几个码头，变成白花花的银子，换成山民必需的生活用品。株树桥水库的修建，山峡出平湖，小溪成大业，在群山峻岭间时隐时现的小溪不再遮遮掩掩，她蓄蓝天，摘白云，映青山，把最美的姿态展现在世人面前。在这里，每一滴水的作用都发挥到了极致，她们从巨大的水轮机上走过，推动电机发电，送入千家万户。电站自 1992 年建成以来，平均每年发电量 7260 万千瓦时。这是八十年代以前浏阳主要的电力来源，既为浏阳人民解决了用电的困难，又能供企业发展生产。沿河两岸的人们办起竹木加工厂、花炮厂、造纸厂、素食菜加工厂和各类大小企业。用浏阳河水生产的浏阳河小曲，以其味道纯正、甘甜柔绵，深受消费者青睐，获得过国家轻工部银质奖。浏阳河酒厂曾每年为浏阳财政创造税收上千万元，浏阳氮肥厂也创造过辉煌的历史，是浏阳的用电大户，也是财税大户，每年上缴税款达到1500万元以上。用浏阳河水漂洗的夏布洁白如银，经久耐用，远销海外。浏阳金橘，色泽金黄，皮薄可口，营养丰富，曾为“贡果”。浏阳花炮，享誉世界，其制作技艺被列入首批国家非物质文化遗产名录。百里花木走廊，成为浏阳农民发家致富的康庄大道。永和至古港河道底床所产菊花石堪称世界一绝，在人民大会堂、香港特区办公大楼里都有它的身影，多次作为国礼赠送给外国元首。

浏阳河原来四季可通舟楫，益阳、常德、岳阳和长沙的客商驾着舟船来来往往，河边的码头热闹非凡，真有“大船尾接小船头，北调南腔语不休，入夜帆灯千万点，满江珠玉似星浮”之景色。两岸的店铺鳞次栉比，每到夜晚，人语喧哗，灯火阑珊，满街酒香飘溢，一派江南水乡的繁荣景象。八十年代以后，因交通运输方式的变化和河道挖沙等原因，原有的船运渐渐退出历史舞台。

九十年代初，针对长沙饮用水困难的实际，长沙市政府经过调研论证，决定从株树桥水库引水入长，管道建设工程和水质环境工程总投资达到47.45亿元，修建引水管道98公里，用了三年多时间，建成浏阳至长沙的供水工程。水库的水除了发电，还有一部分水从管道一路滔滔到长沙，滋润着省城的人民，也给浏阳带来滚滚的财富。

近年来，浏阳市委、市政府按照中央的部署，严格保护青山绿水，努力建设美丽家园，从长远利益出发，出台了严格的封山育林政策，关闭了一批有污染、高能耗的企业和养殖场，着力培育环境友好型、资源节约型的企业，特别是高新技术产业，在浏阳可以享受到更多的优惠。永和镇和柏加镇政府出台了一系列措施，鼓励农民调整产业结构，大力发展绿色经济，种植花卉苗木，永和镇和柏加镇成为闻名全国的花木之乡。一度因过度开发的浏阳河水变清了、变绿了，这条浏阳人民的母亲河正在以全新的面貌呈现在世人面前。

四

浏阳河，因为一首歌，一个伟人，被赋予了丰富的文化内涵。她发源于大围山七星岭，千回百转，钟灵毓秀，亘古不息。浏阳河，她不仅诠释了山水与人之间的观照关系，更重要的是，让这方山水上的人找到了精神的皈依。

南川河里日月长

一

南川河发源于江西万载金钟湖，由改江入浏阳境内，全长 75 公里，境内长 61.3 公里，流域面积 661 平方公里。经文家市、中和、澄潭江、大瑶、金刚入醴陵境，至株洲汇入渌江。

同治《浏阳县志》有南川河的记载:“南川一曰澄潭江。”《戊寅志》:“澄潭江源出铁山界，西南流，至沙溪会众水，径花港过金刚头，入醴，注湘。”文中所指铁山界位于文家市镇岩前村。

2008年编印的《浏阳乡村概貌》介绍文家市镇岩前村时，开头有一句：岩前村位于文家市镇东部，地处湘赣边界，是南川河发源地。据有关部门的调查，南川河在岩前村已经是一条涓涓细流了，可见岩前村不是南川河的发源地，发源地应该是上游更远的地方，岩前村再往上就是江西的万载县了。

南川河 · 金刚段

金钟湖位于湖南省浏阳市小河乡严坪村与江西省万载县黄茅镇军屯村交界处的山顶，海拔860余米。那里山高林密，偏僻闭塞，是九岭山的余脉。金钟湖是罕见的高山湖，湖水从湖底冒出后，分为两股，一股流向湖南境内，由小溪河经浏阳河汇入湘江，另一股流向江西境内后，拐了一个弯又流向浏阳南乡的南川河。

南川河在江西万载县黄茅镇境内一直称之为“改江”。从江西入浏阳岩前坳后就叫南川河了。它直奔下游，流经文家市、中和、澄潭江、大瑶，一路汇集了敏溪河、山下河、东风界、黄冈岭、迎仙冲、桃树湾等大小溪流上百条，进入金刚镇时，河道已经有近百米宽。似乎对浏阳有点依依不舍，又宛如一位多情的少女，在一处矮山前来了个近90度的转弯，回望了浏阳一眼后，再依依不舍地朝醴陵渌口而去。

二

南川河虽然河道多湾、斗折蛇行，但在陆上运输尚不发达的年代，却是浏阳南区十分重要的航道。据《浏阳乡土志》记载：“南川水运可达醴潭，流转运输，皆所时有。”此处的醴潭就是南川河醴陵段。

根据《浏阳交通志》记载：解放初期，从文家市岩前至澄潭江太平桥段，还能通行竹排木筏，太平桥以下，甚至可通行5至8吨木帆船。而在南川河流经的5个乡镇的镇志中，也都相应有关于南川河水运的记载，其中在澄潭江境内就形成了3个著名的码头——太平桥、上码和何家。因为河上水运繁忙，沿河两岸形成了诸多货物集散的码头，茶馆、饭店、旅社等也都应运而生。河面上艄公号子一响，老板娘便站在河边，招呼船工上岸休息。

船上运进来的大都是食盐、布草和各类生活所需，运出去的大多是南区的煤炭、鞭炮、夏布、土纸等物产。

与南川河澄潭江段一样，位于下游的金刚段的水运同样十分繁忙。根据《金刚镇志》记载：金刚境内的河下坪，为南川河最大码头，船只日夜装卸物资，日吞吐货物近百吨。

到1956年3月，南川河上的澄潭江段建起了第一座拦河坝，航道从此被截断，在河里行驶了千年的船在这里戛然而止，再加上陆路运输渐次兴起，南川河从此全线断航。艄公的号子沉寂了，南川河上吱吱呀呀的橹声也渐渐远去。

三

河流世世代代滋润着大地、哺育着人民，成为人类文明发展的摇篮。有人把河流称为大地的动脉，也有人把流经当地的河流称为“母亲河”。每一条河都有自己特定的使命，境内的人民生息繁衍在两岸，他们对河流心怀感恩。河流不论长短，不论贫贱，她们只哺育着自己一方水土上的人民。南川河就是南乡人心中的母亲河，有她自己的历史和传说。

相传明朝末年，南川河中游的澄潭江段，有一个深水潭，潭内有一只修炼千年的老龟，大如扮禾桶，它本已修成半仙，再修炼一段时间就有可能修成正果。然而，这只巨龟有了一点本事后，就忘记了当初修行的宗旨，贪吃贪玩，祸害百姓。每年早晚稻成熟时，这只巨龟就爬上岸，它那张大嘴就像一把长长的镰刀，几丘田的稻子不消一个晚上就被啃食得干干净净。这只老龟极为凶悍，平时河里鱼虾只能当作它的小菜，百姓养的鸭子只要进了河就会立即被吃了，连毛都不剩一根。它吃稻子的时候，如果有人前去阻止，它就主动攻击，一甩头将人丢到几丈开外，有人因此还受过重伤。农夫恨之入骨，却又奈何不得，只得焚香秉烛，祷告上天，希望上天派天兵天将收伏孽龟。一个秋季的晚上，老龟浮出水面，刚要到岸边吃稻子，忽然天空黑云翻滚，电闪雷鸣，老龟自知情势不好，急忙转身想躲到深水潭，可惜已经来不及，一道霹雳，火光冲天，那只老龟发出一声惨叫，带着浑身的血滚到了潭边，沉到了潭底。

从此，再没有老龟祸害百姓，这段河就叫沉潭江了，这个地方就叫沉潭江集。后来，当地文人觉得“沉潭”二字不雅，就改名叫澄潭江，“澄”为清澈、明亮，自然比“沉”好多了。

还有一个传说在当地广为流传：很久很久以前，南川河里有一条孽龙，藏在澄潭江一带，每年要出来几次，出来的时候河水暴涨，淹没农田、冲毁庄稼，平时温顺的南川河变得咆哮、浑浊。一些急湾处还被旋出深潭，在澄潭江境内就有深潭 28 个。这些深潭平时也幽暗发黑，看似水流平静，下面却是暗流涌动，是一些排工和船夫的惊魂之处。这是“沉潭江”地名的另一来历。当时有一首民谣，说出了百姓的苦痛：澄潭江本无江，孽龙发猖狂；小河涨大水，百姓便遭殃。

沉潭江百姓的怨言传到了玉皇大帝耳里，玉皇派东海龙王前往捉妖除邪。当然，在真龙王面前，孽龙小巫见大巫，只得束手就擒。为了永久消

除祸害，当地百姓在河边建了一座大庙，正殿供着一尊龙王大神。由于只有大江大河边上才有龙王庙，百姓自东海、历九江，心怀虔敬、不远万里才将这尊大神请了过来。说来也怪，自从有了龙王庙，南川河再也没有发过大洪灾，龙王庙也因此香火旺盛。

四

也许是那口金钟的属性奠定了南川河刚毅果敢的精神基因，喝南川河水长大的南乡人尚武重商。南乡因为与江西接壤，经历了宋元血洗和元末明初的大劫难后，人口锐减。最先有江西人迁入，以后逐渐增多，形成了几大姓氏聚居的格局。这种以血缘和亲情维系的关系，宗族意识极强。为了争夺田土山水等资源，历史上曾发生过几次大的姓氏之间械斗，因此族内有专门的武士维护秩序，守护家园。特别是南区地处偏僻，一脚踏两省，土匪占山为王打家劫舍的事常有发生，乡民习武以求自保，长期以来，尚武风气的形成也就顺理成章。

敏溪河是南川河上游的一条小支流，清清丽丽围着群山绕出，来到苍坊，两座大山在这里相向环抱，敏溪河绕了一个大写的S，显示出不同凡响的气势与内蕴。

南川河清清亮亮的河水不仅滋养着这里的人们，也拓展和延伸着南川河在历史长河中的文明。隋末唐初（601），一个喝南川河水长大的大瑶人李畋，做出了第一个能爆响的竹筒——爆竹。从那时候起，民间开始使用爆竹。南宋时有资料记载："后人卷纸作筒，实以硝磺，名曰大爆竹，号曰春雷，可驰猛兽，除瘟疫。"谁也没有想到，噼里啪啦的鞭炮声在大瑶绵延不绝，一直响到如今。南川河两岸的文家市、澄潭江、大瑶、金刚和中和等五个镇，鞭炮烟花的产值和税收共占了全市该产业的百分之七十以上，鞭炮烟花一直是南区的主导产业。至今还保留着文家市、金市（刚）等具有鲜明市场标志的地名，鞭炮烟花产品远销世界各地。深厚的商业文化底蕴自然也成就了一批商业人才。

对于脾气暴烈、桀骜不驯的火药，南川河两岸的人们像驯虎师一样，小心地将它们驯化成一朵朵绚丽的烟花。这是一个凤凰涅槃的过程。人们从史籍里找到了李畋的一张画像和几行文字，便奉他为"花炮始祖"，在大瑶镇上建了一座纪念馆，里面立着李畋的塑像。每年李畋生辰是大瑶最热闹的日子，所有的花炮厂停工一天，杀猪宰羊，举行祭奠仪式，人们喝着酒，说着祝愿的话，祈求平安顺意。纪念馆会举行公祭，推举德高望重的人担任主祭，鼓乐齐鸣，大香大烛，鱼肉三鲜，涂成红色的猪头最少也有四五十斤。祭文是当地有文化的人所写，文采极佳，四六句子，读来朗朗上口。

有人曾形容鞭炮烟花是“坐在火药桶上”的产业，一部花炮史曾沾满了血泪。南川河两岸的人们有一个梦：那就是不再火中取栗，不再让火药主宰他们的命运。在20多年的追梦途中，他们筚路蓝缕，另辟蹊径，大刀阔斧地调整产业结构。做了几辈子花炮的人要改行，两眼一抹黑，痛苦如影随形，有人一边指挥铲车将花炮厂房推倒，一边擦去眼里的泪水。内心痛苦、挣扎，行动却毫不含糊，那种坚毅和大义让人感动。一切从头开始，人生在这里拐弯，他们咬碎牙齿和血吞，跌跌撞撞融入了新的产业转型。

前些年，由于几个乡镇开采煤炭和造纸，南川河受到了一定程度的污染。部分河道淤塞严重，河水变浑了、变黑了、变浅了。南区母亲河没有了过去的那种秀美和温柔，洪灾也多了。2018年的一场洪水，给两岸人民带来巨大的损失。为了还南川河的美丽，浏阳市委、市政府制定出了南川河治理三年规划，南区五个乡镇相应拿出治理方案，对重要河段进行了衬砌，关停所有达不到环保要求的造纸厂，矿山企业必须按照环保部门的要求做好废渣处理，确保废水废渣不进入南川河。这些措施的出台，起到了很好的效果，美丽的南川河又展示出迷人的风采。

南川河·大瑶段

流淌在传说中的捞刀河

一

捞刀河古称潦浒河，《清史稿 · 地理志》中曾如此描述：“湘江自湘潭、善化入，纳潦浒河及白沙河。”文中的潦浒河就是如今的捞刀河。潦浒河发源于浏阳境内的石柱峰，《清史稿 · 地理志》记载：“石柱峰，潦浒河出，西南流，屈西北至长沙为涝塘水。”由此可见，当时捞刀河在浏阳境内为潦浒河，而到了长沙则被叫作涝塘水。再往前溯，明《一统志》中有极简的一句话：“清源出浏阳石柱峰，名黄泥港，西流至长沙县北十二里西入湘江。”此清源应该是潦浒河之前的称呼。

石柱峰处于岩石复杂多变的古代造山运动大断层，悬崖峭壁，怪石嶙峋。据清乾隆《长沙府志》中记载，石柱峰“尖削如柱，壁立万仞”。浏阳旧志称之为“石柱峰祖山”，其海拔 1359.7 米，高出南岳衡山 70 多米，是湖南省会长沙方圆 80 公里以内的制高点。

捞刀河流域面积 4665 平方公里。它流经浏阳北乡，全长 141 公里，在浏阳境内流域面积 2543 平方公里，在长沙市开福区捞刀河镇汇入湘江，是浏阳的第二大河流。

二

捞刀河发源于浏阳市社港镇石柱峰北麓。其北坡周洛、西坡百崖、南坡枫林的千沟百壑都是捞刀河的发源地。《社港镇志》记载，在石柱峰北坡，有一条长约 5000 米、深约 800 米的峡谷，是捞刀河主要发源地之一的周洛大峡谷。

周洛人津津乐道的是一个关于周洛夜合山的传说：五代后周后期，这里出了一个大人物袁壁鉴，做到了朝廷的兵部侍郎，相当于现在的国防部副部长，他深得皇帝倚重。袁侍郎的夫人既美丽又孝顺，她为了照顾婆婆公公，没有跟随袁侍郎进京。袁侍郎思念家人，郁郁寡欢。皇帝知道后，念其夫人品德高尚，赐袁侍郎一条可时行千里的宝船，让其每日罢朝后乘宝船回家与家人团聚，前提是不能耽误第二天上朝。袁侍郎每天朝罢乘宝船回家，一进山门，两山合拢。天亮回京去，山门又自动打开，这就是神奇的夜合山。袁侍郎死后就葬在石柱峰，他的坟用生铁铸就，现在石柱峰还有铁坟坪的地名。

而捞刀河的传说，似乎更真实可信一些。

相传东汉末年，刘备在赤壁大胜之后，在与周瑜争夺荆州的过程中获胜，收取荆州诸郡，但长江以南的荆州四郡打算投归曹操。于是，刘备命赵云、张飞分别攻克零陵、桂阳、武陵三郡，关羽则攻打长沙。关羽没把黄忠当一回事，带五百校刀手杀奔长沙。结果，与黄忠大战，打成平手。关羽退至捞刀河一带后，重新制订作战方案。这天，关公与部属扮成渔夫，乘小船沿捞刀河进入湘江，想观察长沙城河防，以便他日作战时做到心中有底。他们一行来到两江汇流处，但见宽阔的湘江上，战船密布，旗幡猎猎，戒备森严，原来准备从水路进攻长沙的计划，看来是行不通，还得再做打算，另寻战机。关公闷闷不乐，面带愁容，他率部属倒桨回营。不料，船行至捞刀河湘江入口时，一个大浪将小船猛烈摇晃，关公猝不及防，他伸手抓住乌蓬，慌乱之中，手中的青龙偃月刀落入河中。谁知宝刀入水而活，逆流而上。关公看着宝刀越走越远，不禁仰天长叹："此刀于我犹如鸟之两翼，今日刀离我而去，恐天要绝吾矣！"关公跌坐在船舷上。副将周仓见此，飞身跳上一只小船掉头便追，那刀劈波斩浪，快若游鱼，周仓紧追慢赶，逆水追了 7 里地，才将宝刀追了回来。

从此以后，关公落刀之处就叫落刀嘴，周仓捞刀的潦浒河就叫捞刀河 。

三

浏阳自古以来，按照山系水系分为东南西北四乡，北乡以浏阳城区附近的蕉溪岭为界，包括浏阳境内蕉溪、淳口、沙市、北盛、龙伏、永安、洞阳、社港等乡镇。

一方水土养一方人。捞刀河从周洛峡谷流出，1000 多米的落差在不到 10 公里的河道里完成，实在有点惊险刺激。水流汇聚、跳跃、摔碎，再汇聚、再跳跃、再摔碎，一路浪花飞溅，一路欢歌笑语，留下 30 多处大水瀑布和无数险滩、深潭。

生活在捞刀河两岸的人民自然和这条河有着千丝万缕的联系。他们的

捞刀河·北盛乌龙陂

骨子里带着这条河的坚毅、韧性，他们的血液里融入了这条河的灵动、不屈。河流的基因，就是这方土地的文化底色。有这样的底色，就有基于这种底色的文化滥觞。千百年来，虽然有几次人口的大迁徙，在多种文化的交流碰撞中，喝着捞刀河水的北乡人，他们吸纳、消化、沉淀，逐步形成了具有明显特征的北乡文化。

也许是关公那把宝刀落入河中，使河水有了灵性，北乡人重情好客讲义气。无论生人还是熟人，进门就是客，一杯热茶是少不了的，只要你能喝，主人就会不停地给你再泡。直到客人喝足了，再三辞拒。北乡的茶是有讲究的，自家采摘，自家熏制，透着一股春天的新鲜和炊烟的醇香。如果是亲朋好友来了，就往茶里放一枝茴香，特有的香甜代表着主人的热情和愉悦。如果是高亲或者贵客，就要喝芝麻豆子茶，那可是北乡人待客的最高礼节了。

北乡一直保留着唱夜歌的习俗。在亲人故去时，会有专门的师傅主持唱夜歌，脱胎于楚辞的夜歌如诉如泣，低回凄婉，寄托了人们对逝者的不舍和追忆。唱夜歌有一套固定的程序，先是请神、起歌，天亮之前送神、收歌。这需要专门的师傅来做，中间自由发挥，可以歌颂亡者，可以讲述生平，如果孝家对亡者生前不孝敬、不周到的，则利用唱夜歌旁敲侧击、指桑骂槐，教育责罚一通。这种方式对于传播孝道文化、匡正诫勉后代，起到了十分重要的作用，至今在北乡广泛流传。

苦读勤耕是北乡地域文化中闪光的部分。北乡人深受“万般皆下品，惟有读书高”思想的影响，历史上北盛、沙市等地曾出现过一家三进士、两代四举人、五子连登科等光宗耀祖的美事，也一直是北乡人津津乐道并为之追捧的楷模。所以只要儿女善读，家人哪怕节衣缩食、砸锅卖铁都毫不吝惜，他们要的就是金榜题名。在北乡龙伏镇坪上村，原有一座培文塔，建于同治八年（1869）。传说当地文人众多，但没有人中举。有秀才沈绍白认为这是“文星”不灿，需要在西北角上建一座培文塔，以正文风。他的倡议得到了当地士绅的响应，很快就建了一座八角七级的楼阁式宝塔。培文塔坐北朝南，通高 26 米，占地面积 36 平方米。可惜的是，1998 年的一场洪水将培文塔冲倒了，现仅存一、二层破损的塔身。

北乡人勤劳刻苦是有传统的，他们看不起懒惰的人。有一句谚语“只要舍得搞，石头上也能长草”，最能反映北乡人对于勤劳的理解。勤劳的家族一定是鸡鸭成群，猪肥牛壮。田里庄稼茂盛，园内瓜果飘香。由于人多地少，北乡人起早贪黑，田边地头，房前屋后，精耕细作，要比别人付出更多才能维持生计。

改革开放以后，北乡人走出家门，他们下广东、上北京、闯上海，这种候鸟式的迁徙流动，带给人们心灵上的震动是空前的，颠覆了地域的概念，自成体系的传统文化受到了剧烈的冲击。然而，一些优秀文化的精髓不仅没有受到摧毁，反而在激荡中更加耀眼。

四

捞刀河流域一直以农业为主导，日出而作，日落而息，土地成为人们基本的依靠。深厚的农耕文明一度创造了捞刀河流域的辉煌，北盛仓就是这片土地上最耀眼的标记，是浏阳四大粮仓之一。

但是，工业和第三产业一直是捞刀河流域发展的短板，在一段相当长的时期，这里没有一家像样的企业，财政税收是全浏阳最少的一个区域。要摆脱贫困就必须兴办企业和第三产业。北乡人的觉醒虽然来得迟了一点，但迈出的步伐是坚定的。

经商办企业从来没有天赋，只要敢闯敢干，敢于在市场经济大潮中呛水，就一定能学会游泳和戏水。一大批年轻的北乡人探索着，创造着。他们开办弹簧厂，开办家具厂，开办扶梯厂，把生意做到了省城，做到了全国，还有人打进了中南亚市场，走出了国门。

发展第三产业，利用奇山异水，在捞刀河的源头做旅游。周洛大峡谷有看不完的瀑布、深潭和美景，特别让人流连忘返的是1000多株野生桂花树，每到农历八九月，整个峡谷充盈着沁人心脾的桂花香味。利用山溪水资源搞漂流。由于落差大，水流急，漂流的过程让游客如坠深渊，如飞云中，惊心动魄，很多年轻人来了一次又一次。

斗转星移，时迁世易，现代文明之花在古老的捞刀河畔璀璨盛开，在农耕以外，更多融入了工业的、科技的、城市的元素，闪耀着新世纪的熠熠光芒。1997年早春，在捞刀河畔洞阳镇一块荒芜的土地上，浏阳市委市政府在这里隆重举行“浏阳工业园”的奠基典礼，拉开了开发建设捞刀河流域的序幕。跨时代的决策，新世纪的起航，使古老的捞刀河焕发出勃勃生机。只用了20年的时间，一条长不过141公里、宽不过100米的捞刀河，竟孕育了浏阳经开区、浏阳高新区以及捞刀河下游的长沙经开区3个开发区。其中，浏阳经开区、长沙经开区为国家级经开区，浏阳高新区为省级高新区。3个开发区的经济总量突破4500亿元，涉及工程机械、汽车制造及配件、电子信息、生物医药等产业集群，领跑湖南、引领全国成为现实。

有着美丽传说的捞刀河，在两岸人民辛勤的劳作里，流金淌银，谱写着新的传奇。

捞刀河 · 工业园

湘东明珠大围山

一

大围山又名首禅山，位于湖南省浏阳市东北部，主峰七星岭海拔1608米。它东邻铜鼓，南接万载，西濒浏阳，北连平江，盘亘150平方公里。清嘉庆《一统志》载："岗峦围绕，盘踞四县，因名大围。"

据地质学家考证，大围山属于典型的第四纪冰川遗迹。距今至少有40万年，另有一说在200万年以上。时光倒流，远古以前的地球被厚厚的冰川覆盖，天造草昧，混沌未开，人类还未进化。我们无法想象当初令人震撼的壮观场景，冰期、间冰期气候的交替演变，雪线下降，积雪大增，积蓄千百万年的山谷冰川随之发生。山崩地裂，洪水泛滥，冰水裹挟着泥沙、石块，以刨蚀、磨蚀及拨（掘）蚀的方式将大围山彻底地改变，冰斗、冰窖、U形谷、鱼脊峰、冰川溢口等地形地貌就是当时最刻骨的印记。球状的花岗岩石蛋漂至满山，形成了大小不等、形态各异的漂砾群。这些花岗岩石蛋小的直径5—7米，大的直径达到22—25米。它们或垒叠于山谷中，或卧于山巅，或置身于山坡。相互间有的架空，有的直立，有的横卧，有的斜靠，更有上下叠置为伴者。它们或与流泉飞瀑相依相偎，或藏身于郁郁葱葱竹林树木间，或在云雾飘渺中时隐时现，给了人们无限的想象空间。这些带着远古气息的石头，被赋予了如壮士石、补天遗石、围山大佛、风动石等名字，演绎了一个个壮丽而奇特的故事。

大围山是湖南第四纪冰川地质遗迹发育较好、类型较全的地区，其地质遗迹齐全且保存完整，是长沙市唯一的国家级地质公园，也是湖南省唯一的以第四纪冰川遗迹为主的国家级地质公园。经专家认证，这里留存国家级地质遗迹4处：即玉泉湖羊背石、祷泉湖冰窖、栗木桥块砾碛和船底窝。其中栗木桥块砾碛基岩冰溜面及羊背石在国内罕见，玉泉湖羊背石最为稀有珍贵，被称为"冰川之魂"，也是大围山国家地质公园的"镇园之宝"。还有省级地质遗迹42处、县市级地质遗迹15处，都具有很高的科研科普价值，堪与阿尔卑斯山第四纪冰川地质遗迹媲美。它还是中国东部继庐山后建立的又一个第四纪冰川遗迹地质公园。

二

大围山峰峦连绵，山高林密，森林覆盖率达 99.5%，以“秀”著称。山得水而秀，水因林更美。在崇山峻岭和茂林修竹之间，镶嵌着无数奇峰异石和 100 多处流泉飞瀑，形成了“夏无严寒，冬无酷寒”的森林小气候，夏季温度在 18 ℃至 25 ℃之间，使大围山具有“天然空调”和“森林氧吧”的优势。

大围山是一个天然的植物园，有 23 个群系，2000 多种，乔木有 427 种。主要植被类型为常绿阔叶林和常绿针叶林，天然林主要有马尾松、黄山松、锥栗、枫香、檫木、杉树、竹类等。人工林主要为杉树、马尾松、马挂木、水杉、柳杉等。属于国家一级保护植物的有银杏、伯乐树、水杉等。属于国家二级保护植物的有半枫荷、粗榧、樟树、凹叶厚朴、鹅掌楸等。三级保护树种有银鹊树等。山顶有 1 万余亩的杜鹃花海和 5000 余亩高山草甸。国家三级保护药材有黄连、八角莲、厚朴、野生天麻等。

数量最多的就是竹子了。大围山有竹林面积 900 多公顷，俨然是竹的海洋，山上山下，石旁溪边，到处都是竹的娇姿。春天，细雨蒙蒙之时，竹海烟云，一片虚无缥缈，漫步其中，如临仙境。竹子的品种齐全，有方竹、水竹、黑竹、 湘妃竹、葫芦竹、箭竹等 20 多种，还有特别珍贵的罗汉竹。

大围山动物资源也十分丰富，有巨蟒、猿猴、云豹、棋盘蛇出没，有角雉、白鹤、地花鸡、相思鸟等珍禽在这里栖息。已发现野生动物 60 余种，列入国家一、二类保护动物的达 14 种。国家一级保护动物有金钱豹、云豹、黄腹角稚、白颈长尾雉。国家二级保护动物有穿山甲、果子狸、白鹇、大鲵、红腹角雉、黑鸳等。属于省级保护动物有棘胸蛙、豹鼠、黄鼬、竹鸡、野猪、鼬獾、红嘴相思鸟、华南兔、豹猫等。

森林中生活的彩蝶有 1200 多个品种，是中南地区最大的天然蝴蝶博物馆。

大围山有数不清的自然景观，栗木桥就是其中的一个，是有着“千年长旱不断流，万年连雨水碧青”美誉的精华景区。在山腰 650—960 米之间，以龙泉溪为中心线的一条溪流，奇峰异石，流泉飞瀑，美不胜收。

七星峰是大围山的最高峰，海拔 1608 米。七星峰南北两侧为浏阳河的源头，在海拔 1200 米范围内，群峰逐渐浑圆融合，形成西宽东窄，长约 17 公里的带状苔地灌丛草原，镶嵌着玉泉、天星、祷泉、黄羊等 12 个沼泽湖泊。七星峰缘于一个美丽的传说：很久很久以前，天上的王母娘娘有七个女儿，兰心蕙质，美艳无比。她们常居天宫，十分寂寞。有时她们拨开云雾往下观看，只见人间到处奇山秀水，美不胜收，很是羡慕和憧憬，尤其是看到大围山上，群峰隽秀婀娜，古木蓊郁，分外壮观，恨不能飞身下去游玩。一日，她们趁着王母娘娘不在，一起偷偷飞出天宫，飘落在大围山最高处，百鸟在她们四周歌唱，麋鹿在她们四周欢舞，山泉在她们脚下弹琴。她们嬉戏在林间草地，感受着一种从未有过的快乐。她们看到不远处有一个小湖，便跳进湖里洗澡。经过湖水的沐浴，她们一个个变得更美丽。洗完澡，她们便躺在芳草地上，解下身上的彩带向四周抛撒，犹似撒下满天花雨。顿时，漫山姹紫嫣红，这就是后来数万亩的高山杜鹃花海。后来 7 位仙女要回天宫，她们每人留下一根玉簪作纪念，从此大围山便有了红、黄、白、紫、绿等百种杜鹃。人们说，那 7 块巨石是 7 位仙女的头簪变成的，便称为“七星望月”，山也就为“七星峰”，仙女曾洗过澡的湖泊，也就称为“天星湖”。天星湖还是浏阳河的发源地。

大围山美景，令人目不暇接。有船底窝，有马尾皂瀑布，有五指山，有仙人试剑等景点。船底窝海拔达 1500 多米，在山高林密、人迹罕见的地方，有几处前人居住的屋场遗迹，偌大的屋场前坪后院，小桥流水，鸡鸣狗吠，

大围山

好一派自给自足的殷实人家景象。在距遗迹不到100米的对面小山岗上，一座高约尺许的小土地庙，寄托着前人对这块土地的期盼和敬畏。大围山的美景历来为文人墨客所钟情。元代浏阳籍文学家欧阳圭斋曾赋诗描绘过大围山的美景：

大围山高高几许？绝顶嵯峨戴林坞。
石隙花开自夏春，地垆僧拥无寒暑。
清流白鹇涤毛距，绿树黄熊引筋膂。
山腰日午婴儿啼，知有雷公出行雨。

清人张帜也有诗赞曰：

千里山河一望收，最高巅上正三秋。
山根东走盘吴尾，水势西流灌楚头。
斑豹昼同顽石卧，苍鹰晴共淡云浮。
南衡七二峰峦外，别样岧峣足胜游。

清代江西籍进士李荣陛写过一篇《游大围山记》，《浏阳县志》上载有这篇游记。其中有一段，李进士从4个方面将大围山与别的名山进行比较，突出描述大围山的独特、美丽与神奇。

盖此山绝胜约有数端：他名山多驱使岩石，神馊鬼琢，离合以成奇，而大围际天皆土，望如阵云，自然严整，一也；他山过于险阻，末锐。或不可措足。大围四周拔起三四十里，至其巅转迤平，村坞通达，经行累日不厌，二也；他山攀陟未半，已忧枯竭，而大围愈高愈润，空水相涵，反动人江湖之兴，三也；他山聚奇山内，夹辅难匀，大围各面所临，兄弟儿孙依之，连体数百里为一，叶大围之名，四也。

大围山以其茂密的森林，丰富的资源，秀丽的风景，宜人的气候，被称为“湘东绿色明珠”。1992年，经林业部批准，大围山被列为国家森林公园。

三

1993年，大围山国家森林公园建设摆上市委市政府的议事日程，市里成立专门班子，从政府办、林业局、建设局等单位抽调精干力量，在原大围山林场安营扎寨，养在深闺人未识的大围山开始撩开她神秘的面纱。整个大围山忽然热闹起来，修路大军、各类工程队伍，林业、地质专家陆续来到这里，他们披荆斩棘，沐风栉雨，高起点规划，高起点建设，到处是他们忙碌的身影。经过三年多时间的艰苦努力，1996年10月1日，在中华人民共和国成立47周年之际，大围山国家森林公园终于迎来了开园，向世人展示迷人的风采。

按照远景规划，大围山国家森林公园将大围山镇、原白沙乡、张坊镇等乡镇7万余亩山地面积囊括进来，境内群山环抱，土地肥沃，雨量充沛，植被丰富。原始次生林和人工林浑然一体，形成一片绿色的海洋。

基于大围山国家森林公园独特的地质构造和众多完整的第四纪冰川遗迹，国家将浏阳市大围山国家森林公园正式列为国家级地质公园。对照国家地质公园创建标准，大围山国家地质公园管理处开展了相关建设工作，完成了包括地质公园规划与地质遗迹保护、地质公园解说与标识系统、地质公园科学研究与科普活动、地质公园管理机构设置与信息化建设等4个大方面的建设任务。

2013年1月，浏阳市政府出台了《湖南浏阳大围山国家地质公园规划（2013—2025）》，持续投入专项资金用于地质遗迹调查和保护。

四

“山不在高，有仙则名。”天下名山多僧占，大围山也不例外。据史料查证，大围山曾建有红莲寺、陈大仙人庙、白面石将军庙、李氏家庙等。位于七星岭下南边的陈大仙人庙，建于何年无法考究，毁于何年也不清楚，半个篮球场大小的一片废墟里，一道石门还立着，几根石条横七竖八躺在荒草之中。据七星岭的老辈们讲，陈大仙人庙毁坏应该很久了，他们儿时看到的就是现在这个样子。南宋进士出身的大学士汤璹就诞生在大围山的一条山冲里，死后葬在白面石后面，当时建有一座小庙。现白面石将军庙已找不到踪迹，李氏家庙也不见踪影。

红莲寺名气最大，史料记载也最多。红莲寺由南朝时期龙树菩萨传人开山建造，盛于唐代，毁于明末清初。相传寺庙建筑宏伟，占地约1公顷，有和尚百余人，寺内四季香火旺盛，每天慕名前往烧香拜佛的人络绎不绝，成为浏阳、江西上栗、铜鼓和平江等方圆百里香火最旺盛的寺庙。

基于红莲寺的历史渊源，2006年，大围山国家森林公园划拨土地100亩，用于红莲寺的恢复重建。按照大围山国家森林公园的总体规划，重建的红莲寺要打造成佛教文化与浏阳地域文化相辉映、养生文化与旅游文化相结合的宗教场所。在规模上，立足于重现其鼎盛时期的宏大气派，定位于湘东第一佛寺的高规格。在规划布局方面，结合周边环境，做到融入自然景观，切合佛教实际，充分体现佛教思想与文化特色。在建筑式样上，均采用明清时期南派寺庙建筑风格，在古朴庄严中渗入恰当的现代元素。

经过近十年的建设，红莲寺主体建筑基本完工。大庙由山门、天王殿、钟鼓楼、大雄宝殿、观音殿、藏经阁、三圣殿、药师殿、佛舍利塔及其拜谒广场、僧房、方丈室、斋堂组成。另设文化体验区，有浏阳名人纪念馆、佛学苑、功德楼、万佛塔、茶楼、素食馆等设施。整个寺院气势恢宏，布局合理。

“南朝四百八十寺，多少楼台烟雨中。” 南朝梁武帝时期兴建的红莲寺（又名佛佑泉寺），在沉寂1000多年之后，以全新的面貌屹立于大围山国家森林公园的顶峰。

大围山

禅意道吾山

道吾山是浏阳市区一处近郊公园，坐落在湖南省浏阳市西北环线处，西起蕉溪岭，东达宝盖洞，列峰七十一。这里山峦重叠，群峰竞秀，风光旖旎，历史悠久。前临天湖水，背靠莲花峰，湖光山色，禅境清幽，是一个休闲、健身的好去处。

进入山门，盘山公路便一直向上，差不多40分钟到达山顶的天湖。天湖是50年代修的一座水库。清澈的湖水倒映着蓝天白云和苍翠的群山，显得格外纯净。兴华禅寺就在天湖对面的山脚下。

兴华禅寺是2004年开始重建的，用了3年多时间，重修了大雄宝殿、观音殿、念佛堂等建筑。2015年7月，果欣法师接任兴华禅寺住持后，为振兴祖师道场，完善寺院各项功能，兴华禅寺兴建了斋堂、天王殿、地藏殿、法堂、藏经阁等殿堂。禅寺的建设都是按照有关资料记载，最大程度恢复原有面貌，力求修旧为旧，重现兴华禅寺当年风采。

道吾山

道吾山古称白鹤山，又名赵王山，传说有一赵黑者，瞄着这里山势险要，扼守长沙至浏阳之要道，便据此占山为王，所以又称为“赵王山”。据《潭州府志》记载：唐大和年间（827—835），有僧名宗智者，入山未及顶，为巨石所阻而坐石穴。忽有白衣老人自称裟伽龙，近前施礼说：“师为开山祖，待师久矣。”宗智答道：“吾志唯此，道成吾矣。”语毕，风驰电掣，石裂道开。宗智就此辟地开山，割茅斩棘，并以“道吾”命名此山，初建道吾寺。

开山禅师宗智，俗姓张，江西洪州豫章人氏，是禅宗石头禅法系的传人，他传三大名僧，即渐源仲兴禅师、渌清禅师、石霜庆诸禅师。其中石霜庆诸又传法 23 大名僧和 1 个秀才，所传弟子中卓有建树的大光居海，更有唐禧宗的三太子削发于石霜，后为龙湖普闻禅师。道吾山法脉传承寺院，除石霜崇圣禅寺外，又有大光禅院、宝盖禅寺等三大祖庭，道吾山为浏阳禅宗第一祖庭。继宗智禅师后住持道吾山高僧有：青原系下七世道吾从盛，八世道吾契论。南岳系下十世楚圆、十一世道吾悟真、十三世道吾仲圆。宗风远被海外，法脉远传东瀛、新罗、朝鲜、日本等东南亚国家。从道吾祖庭传承下得法的高僧近 70 人，约占全国 1200 年间高僧总数的 6%，使道吾山兴华禅寺成为天下丛林第一重要祖庭。潭州境内的石霜、宝盖、大光等著名寺院皆为其下院或分支。

兴华禅寺由普通庙宇一下变成护国禅寺，还有一个传说。

唐开成年间（836—840），文宗李昂重病，御医束手无策，因而出榜征召神医。伽龙化作白衣老人入京，给文宗看病，并说：“我是潭州道吾山的裟伽龙，圣上的病，明天便可痊愈。”文宗问：“应当怎样酬谢你？”裟伽龙说：“我不需官禄，不需要金银珠宝，只求你能在潭州道吾山建座寺院。”说完，便腾空而去。说来神奇，文宗的病真的就如摘掉了身上的一个虱子，立马就好了。

文宗病愈，想起病重时恍惚之间发生的一切，不敢怠慢，即派钦差前往浏阳道吾山建寺，斟酌再三，决定派裴休来完成这件差事。裴休当时供职江南，离潭州较近，且他精通佛理，是最佳人选。于是裴休奉命前往潭州浏阳道吾山，敕建护国兴华大禅院。历时 5 年，寺院即将完工时，裴休上书，请求文宗御书寺额，文宗依准，并封裟伽龙为白衣龙王，立龙王寺于老龙潭之侧。

看来道吾山与皇帝是有一定渊源的。

道吾山

2015年果欣法师继任道吾山护国兴华禅寺住持后，又兴建了斋堂和宗智讲堂。使初具规模的千年古刹，融湖光山色、烟雨苍穹于一体，庄严秀灵，堪为道吾山第一胜境。

近年来，浏阳市政府将道吾山近郊公园的建设提上议事日程，投入3000多万元，改造提质进山公路，完善了供水、供电等基础设施，对景区内所有违章建筑进行了整顿。一些信众自发组织，募集资金，努力恢复旧貌，在不久的将来，道吾山就会以全新的面貌呈现在世人眼前。

巍巍九岭山

一

九岭山脉为罗霄山脉的北段分支，山体为自北东向南西，分布范围较广，绵延于江西省的永新、奉新、万载、修水、铜鼓及湖南省的浏阳等12个县区之间，与跨越湖南平江县、浏阳市、江西铜鼓县、修水县的连云山脉东西相望。山体主要由中元古代的变质岩系双桥山群构成，并有大量侵入岩类侵入，包括中一晚元古代的英云闪长岩、花岗闪长岩、二长花岗岩、钾长花岗岩、二云二长花岗岩，二叠纪的二云二长花岗岩、黑云二长花岗岩，晚侏罗世的二长一钾长花岗岩、二长花岗岩；早白垩世的二云钾长花岗岩、黑云钾长花岗岩，新第三纪辉长辉绿岩，第三纪火山岩一玄武岩等，地质结构复杂多样。

九岭就是山岭多的意思，九为阳数中最大，在古代，九代表多。九岭山西部余脉伸向浏阳市，在金刚镇内有80多平方公里，主峰亭子岭海拔802米，另有海拔600米以上的山岭10多座，是金刚镇的天然屏障，浏阳

九　岭

老头没有了，巨嘴也不见了。师傅冷笑一声，关上茅棚门睡觉。

第二天，师傅带着徒弟一路找到藤坡，只内整坡的绿色变蔫了，一根水桶粗的青藤中间嵌着那把斧头。青藤精就这样给灭了。

传说归传说，现在的藤坡依然还有满坡的青藤。

有人的地方一般都有庙，在金刚九岭山的肖家片，就有一座洞庭王爷庙。传说在老丙子年，当地人算了一下，应该有 140 多年了，从西乡枨冲何家湾分香火过来，在山下建了一座小庙。然而，这座小庙十分灵验，治愈了很多疑难杂症。江西上栗县一位身患怪病的老太婆，到处求医，花光了家里的积蓄，家人对此灰心丧气，老太婆自己也没了信心。后来听肖家片洞庭王爷庙的种种传奇，抱着试一试的心情来到庙里，占卦求签，得到了一剂药方，她回去按方煎服，只用了半个月竟痊愈了。

像这样的事一传十，十传百，现在的洞庭王爷庙香火旺盛，来自江西、平江的病人络绎不绝。

四

金刚镇有 3 个村和 20 个村民组散落在九岭山境内十多条山冲，村民多达 1000 多人，因为山高路远，环境偏僻，交通不便，信息闭塞，一直是经济发展缓慢的村。为了从根本上解决贫困问题，市、镇两级出台了多项措施，将山顶上的村民整体搬迁，在平缓地带和集镇集中安置，加宽和硬化进山道路，发展旅游业，派出扶贫工作组进村，实行一对一帮扶。千年古镇焕发出勃勃生机。

九 岭

烟雨朦胧石柱峰

一

石柱峰旧称金顺山，位于浏阳社港、龙伏、淳口和古港等四镇交界处，海拔 1359.7 米，奇峰耸峙，鹤立鸡群，同治《浏阳县志》称此山“峭削如柱，壁立千仞，晴日可瞰洞庭”。当地有民谣形容石柱峰：“头在江西南昌府，尾在湖南长沙府，中间拱起石柱峰。”

石柱峰拔地而起，巍峨雄伟，四周山坡陡峭，南北两侧悬崖峭壁直立如削。浏阳旧志形容石柱峰山势为“峭矗层霄”。由于石柱峰特殊的地理位置，形成地区小气候，天气变化无常。若天清日朗，莽莽群山连绵在望，田畴民舍映入眼帘，甚至还“可瞰洞庭，直观长沙”。然而，当你还陶醉在美景中，一股冷气流交汇于此，顷刻雷闪雷鸣，大雨倾盆，好像漏了天。一日之内时雨时晴，变化万千。更多的时候，石柱峰总是笼罩在朦胧的烟雨之中。

石柱峰山高林茂，郁郁葱葱，有红豆杉、伯乐树、香樟树、银杏等大量保护植物，古树名木就超过 500 株。周洛发现大面积世所罕见的野生桂花林群，这些桂花树沿着周洛大峡谷两岸生长。由于峡谷大部分是石头，它们的根深深地扎进泥土中、石缝里，显示出顽强的生命力，虽然树都不是很大，但斑驳的树皮像老人粗粝的掌纹。据有关资料显示，这里的桂花树树龄都在 600 年以上。每年的八九月，这些古桂花树开出亿万朵小花，整条山谷氤氲在醉人的花香中。百丈崖樱桃坡有面积足 2 平方公里的野生樱桃，据传为晋代著名道士许逊所栽，距今有 1700 多年了。这是一个天然的果园，樱桃挂满树枝。因为纬度的原因，果实不是很大，也没有南方樱桃那么甜。一到秋天，这里就成了附近的鸟类和獾、麂等动物猎食的天堂。良好的植被养育了品种繁多的鸟类和一些珍稀动物。

石柱峰屹立在北乡，成为一个横跨多地的最高峰，也成了天然的分水岭，北麓周洛洞之水为捞刀河主要源头，其西、南两麓名百岩洞、枫林洞之水辗转奔流后也汇入捞刀河，而东坡水流经宝盖洞最后汇入浏阳河。

从石柱峰各个方向流下来的水，顺着悬崖峭壁攀援而下，形成了大小

石柱峰（主峰）

几十条瀑布，有周洛瀑布群、龙泉瀑、青龙溪18级瀑布群等80多处。近年来，周洛村的村民引进外来投资，开发了周洛瀑布群漂流项目，因其惊险、刺激而声名远扬。

石柱峰的山泉夏凉冬温，清甜甘美，且含有多种矿物质，当地山民称为“长寿泉”。玉皇殿南侧天井中有两口小井，涓涓清泉自后殿“百汇泉”中汩汩涌出，颇似长沙白沙井。“百汇泉”由明嘉靖二十七年浏阳县丞李潜题名，原先泉水上涌细浪翻滚，后在上面加盖了一块青石板，水从暗沟由后殿流至前殿天井，构成屋中有井胜景，前来旅游休闲和上香的人除了喝，还要带一些回去。

二

据旧志载，石柱峰昔日有四十八庵寺，有孙思邈所用的晒药台、葬有“后周诰封兵部袁侍郎”的铁坟坪以及拴船桩、云雾殿、祷雨灵台、龙王庙（又名玉皇殿）等古迹。

保存较完好的是玉皇殿，也是众多庵寺中规模最大最为有名的。位于石柱峰西侧海拔1059米处。玉皇殿原名“樱桃观”，据说有1700多年的历史，是一个历史悠久的道观。根据有关资料记载，晋宁康三年（375年），晋代著名道士许逊携家四十二口从江西迁至浏阳，在石柱峰山腰酷似女阴的樱桃石旁掘穴结庐，著书传经。这个道观就是东晋净明道派祖师许逊所创的婴母教的发祥地，是一所气势不凡的道观了，殿前石柱上镌对联云：

仰止高山与东大国南天马西巨湖共臻名胜；

降若时雨继商桑林鲁舞雩汉昆明毕荐馨香。

唐贞观、宋宣和、明万历屡有增修。至明代古樱桃观已有麻石砌成的房屋 48 间，僧道各半，成为浏阳六大道观之一。因观外野生樱桃满坡，清代又以“樱桃观”名载入史志。

樱桃观改名为玉皇殿，有一段传说。据清嘉庆《浏阳县志》记载，乾隆二年，有贵妇人唐欧氏到樱桃观进香，忽然一阵狂风平地刮来，天昏地暗，飞沙走石，几个轿夫也被吹得七仰八翻，等他们回过神来时，发现唐欧氏连人带轿神秘失踪。唐家得知情况，带着家丁把玉皇殿找了个遍，没有发现任何可疑之处，只得上报官府，要求找回唐欧氏，并惩办罪犯。官府派人侦探，无奈大风来得蹊跷，随从亦说不出有用的线索。鉴于唐家的势力，官府只好下令将樱桃观拆毁，永禁修建。道光十五年（1835），当地百姓在原址重建一座庙宇，为避嫌隙，改名“玉皇殿”。但唐家后人还是将官司打到官府，要求拆除新庙。为了保全道观，老百姓火速行动，将其装扮成祈雨的龙王庙。官府派人前来查看，只看到一座龙王庙，于是驳回了唐家的请求，这桩官司的状纸仍保留在周洛。现在保存的马殿还是光绪二十四年（1898）重建的，占地约 700 平方米坐东朝西，由前殿、过亭、后殿及左右偏殿组成。

再往前推，石柱峰早在秦时就有道家在此开山修炼，保守算也有 2000 年的历史了。山巅三清殿虽然只是一座石头砌就的小庙，但十分古朴沧桑，从石碑上模糊不清的字迹，仍然可以看出这座小庙“始建于秦，扩建于汉”，还有一副“篆丹留古殿”的上联，下联已不知去向。

自古名山多妙联。石柱峰上也有一联，传为江西一秀才所作，上联曰“石柱峰，峰上生枫，风吹枫动峰不动”，当时有很多人想对，无奈实在难度太大，距今 370 多年，仍无人对出。

有许多美丽的传说一直在石柱峰地区广泛流传。在玉皇殿下百余米处，有一花岗岩柱状石，高两丈多，方一丈余，名叫“吊船桩”。传说远古时期，洪水滔天，四下一片苍茫，只剩孤零零的石柱峰露出水面。世界就这样静止了。突然有一天，一对兄妹撑来一只独木小船 ，他们把船拴在一根高耸的石柱上。随着大水的褪去，兄妹在此安顿下来。白天他们开荒种地，辛勤劳作；夜晚以山为伴，栖身洞穴，日子慢慢有了生机。然而，由于没有婚配，无法繁衍后代。兄妹俩十分痛苦。还是哥哥想了个主意，他提出与妹妹结成夫妻。妹妹一听坚决不同意。哥哥说："现在世上只有我们俩了，如不成婚，没有了后人，也就没有了世界啊！"妹妹无奈，若有所动。她提出一个条件：要用两个大石头，从高处一起滚下，如果能滚到一处，就成婚，否则就不可以。于是，他们各选一块大石头从山上推下去，巨大的石头像脱缰的野马卷起灰尘飞奔而下，直飞到山下一个开阔处。令人称奇的是，两个大石头居然滚到了一堆。妹妹不再说什么，兄妹俩才欢欢喜喜地成了婚，开始生男育女，繁衍后代。从此，那根高耸的石柱就称之为"吊船桩"。山下两块紧挨着的石头就叫"夫妻石"。"夫妻石"在后来漫长的岁月里早已淹没在山川变化中，已经找不到了。

类似的故事传说在几大名山都有，证据无非是石船、石柱之类的。

在"吊船桩"西北百余米处，堆积着几块巨型花岗岩酷似蛇形组合。相传这几块花岗岩原是一个整体，后被雷公打成了蛇形。相传很久以前的两晋时期，皇室纷乱，社会动荡，牛鬼蛇神争先出来作怪。这时，蛰伏在石柱峰的一条千年大蟒，已成青龙精怪，它再也耐不住寂寞，于是频频出动，危害生灵。它或呼风唤雨，使寒冬腊月突发山洪；或遍吸甘霖，使阳春三月燥热无比。它有时变成一座古庙，引来进香者而吞之；有时变为妖艳女子，引诱爱色男子而缚之；有时装成慈善老人，专食童男童女。搞得地方生灵涂炭，鸡犬不宁，人心惶惶，纷纷外逃。这时，恰逢道士许逊云游到此，听到有这种怪事，极为愤怒，决心为民除害，便与道界相商，祈告天庭。不久，黑云翻滚，电闪雷鸣，煞气满天。蛇精见玉帝派来雷神，情知不妙，便慌不择路，就地变为一块巨石，但首尾尚未完全变成时，就被雷公劈头打来。只听一声巨响，天崩地裂，桶口粗的大蟒已成几段，血流成溪，露出堆堆白骨。

三

中华人民共和国成立后，石柱峰的面貌日新月异。特别是近些年，按照市里的统一部署，将石柱峰旅游开发整体包装，主打绿色天然牌，主攻环保无污染，突出山水游、农家乐、土特产，以奇山秀水、历史文化、红色传统教育等，吸引了广大游客，昔日神话中的石柱峰真正成了人间仙境。

石柱峰

风光旖旎连云山

一

连云山古名纯山，西南方起于湖南省浏阳市的西北部，腹地在岳阳市的平江县南部献冲乡南部的连云村，经江西省铜鼓县北部，东北方直达修水县西部。浏阳市蕉溪、淳口、沙市、龙伏、社港等北乡部分乡镇和城区的集里街道都属于连云山，浏阳东部有大围山国家森林公园。

连云山脉与其东方偏南的九岭山和北方的幕阜山脉，地理上是一个更大整体幕连九山脉。主峰为小连云山，海拔 1600.3 米，在平江县献冲乡连云村。据有关资料记载，连云山“峭壁千仞，群山起伏，沟壑纵横，森木密茂，常有云气覆盖其上，远视之，如入云端。非天高气爽之日，难见山巅，故得名”。连云山相对高度 1400 多米，全脉 1000 米以上的山峰有黄花尖、下小尖、连云山、轿顶山、福寿山、白水坪、甑盖山、十八盘、寒婆坳等 10 座。三面群山起伏，一面平川蜿蜒，山间林深竹茂。

连云山

连云山流域群山环抱，山高谷深，植被丰富，自然生态保存完好，珍贵野生动物有云豹、穿山甲、锦鸡、鸳鸯、红嘴相思鸟等，50年代曾出现过十分珍贵的一级保护动物华南虎；野生植物光药用植物就有1000余种，珍稀植物主要有水杉、青檀、银杏、金钱松、黄连等，堪称“动植物博物馆”。

二

在连云山地区，人们津津乐道一个传说：清末湖北一代怪才陈细怪，才高八斗，学富五车，生性豪放，不事权贵。他善于用言语抑强扶弱，讽刺世事，嬉笑怒骂于谈吐之间，因此深受百姓爱戴。有一年，陈细怪到湖南平江玩耍，闲聊之间，听说当地大才子李元度刚刚辞官赋闲在家。陈细怪便决定前往拜访。陈细怪到李元度家时，临近中午。李元度见来人衣衫破旧，满脸风尘，还以为是哪家落魄书生来讨路费的呢，所以礼节便轻慢了些。谁知此举可把陈细怪得罪了，他觉得李元度门缝里瞧人，看不起自己，拂袖便走。李元度一惊，脱口道：“这人有骨气！”赶紧上前拉住陈细怪，再三道歉，并安排家人准备酒食，二人对饮起来。喝着喝着，李元度动了心思：也不知道这家伙才学如何，我得出个题考考他。李元度转眼瞧见桌子上摆着的一盘青笋，眼珠子滴溜溜一转，便有了主意，道：“先生，今日相聚也是缘分，不如吟诗作对，以助雅兴。”

陈细怪一听，知道今天的这顿酒食恐怕没有那么好吃，不过他成竹在胸，便道：“这是当然，有酒无文，岂不浪费，请赐教。”

李元度说：“我有一上联，思索良久，竟一直对不上来，不知陈先生能不能续上呀？”只见李元度用竹筷夹起一片笋来，道：“筷子夹笋，笋夹笋，老笋夹嫩笋。”筷子是竹子做的，它夹笋，可不就是老笋夹嫩笋吗？

陈细怪略一沉思，也随手夹起一块肉，放进嘴里大嚼起来，道：“嘴巴吃肉，肉吃肉，活肉吃死肉。”嘴巴是活肉，肉块自然是死肉，上下联可说对得相当工整。李元度大喜，对陈细怪的才敏非常叹服，硬拉着他在自家住了十几天，两人天天谈古论今，吟诗作对，快乐非常。这天，陈细怪见远处的青山高耸入云，若有所思，便问李元度：“李先生，这山叫什名字呀？”李元度答：“连云山。”

陈细怪嘿嘿一笑：“李先生，我出个对子你对对如何？”

李元度：“但讲无妨。”

陈细怪轻声念道："连云山上山云连。"

李元度愣住了：这个上联看着易对，其实可不简单，这是一个回文联，正读倒读意思一样。想了半天，实在是对不上来，急得脸都红了。

陈细怪看出了他的囧境，呵呵一笑道："不要急，慢慢对，什么时候有下联了，告诉我就行。"然而，李元度到死也没对出来。

三

连云山一年四季风光旖旎，以多姿的峰、奇特的岩、灵动的溪、幽深的谷、飘逸的瀑和古朴自然的原始森林著称。

春天，绿色如黛，天然阔叶林、针阔混交林和竹海把起伏多姿的山岳装扮得娇翠欲滴，绚丽多姿。蝴蝶和蜜蜂是这个季节的使者，它们轻盈飞舞，传播爱情和花粉；鸟歌虫鸣，伴随着清泉的欢唱笑语，演绎出一曲大自然的天籁之音，将人带入一个留连忘返的神奇世界。

为了一场如约而至的花事，踏青的人来了，有人带着小孩，这是认识大自然绝好的机会；有人携着情侣，这是容易动心可以盟誓的时节。他们在山冈，在草地，在峡谷，掬一捧甘洌的泉水，采一束放肆的野花；或者干脆四仰八叉地躺在地上，好像要把自己融进去，成为一朵花，成为一片叶，成为一双扇动的翅膀；看天上云卷云舒，放飞自己囚禁已久的心情。每年的二三月份，很多学校都会组织学生开展春游活动，到连云山的几处烈士陵园扫墓、献花，缅怀革命先烈的丰功伟绩。

夏天，连云山盛大丰硕，所有的叶片、草茎和枝条，都把自己尽量地打开，接受阳光的抚摸、亲吻，接受大自然最慷慨的馈赠。它们是这个季节的主角，果实灌浆，禾苗抽穗，泉水喷涌，空气中弥漫着一种母乳的味道。连云山上的花变成了一颗颗青涩的小果，树在滋滋生长，你能够听到它们身体膨胀的声音，这种声音让整个山岭都洋溢着生机和活力。

在这流火的时节，有人从时间的缝隙抽身出来，躲到阴凉下，避于俗世外，远离城市的喧嚣和生活的纷扰，享受着这满眼的绿，满目的翠，微醉在没有一丝污染的氧吧里。湖南和江西的几所高校在连云山都设立科研教学基地，每年暑假期间组织学生来到这里，采集动植物和岩石标本，开展社会实践活动，这里有学不尽的知识，成了最宽敞最开放的教室。

秋天，连云山丰盈了，成熟了，那些小青果吸满了天地的精华和灵气，

连云山

连云山

它们以各种形状展示着自己的饱满和充沛，诱惑着人们的口味，也喂养着日夜厮守的动物们的食欲。此时的连云山渐渐蜕去身上的华丽，枫叶红了，那是画家不小心滴落的一点颜料；杏叶黄了，那是奖给守护山林奉献山林的劳动者的一枚枚金币；只有松、楠、榛、竹这些常青的植物，它们收了收身上的衣襟，准备迎接下一个季节的到来。

连云山迎来了一年中最热闹的时候，农闲了，放小长假了，人们放下疲惫，放下纷争，放下名利，来这里探险、露营、野炊，原来生活是这样的纯粹、这样简单、这样轻松。有人带上专用工具，开着极具个性的汽车，在简易的山间土路上，来一场横跨湘赣两省的穿越，他们要的就是这种新奇和刺激。据不完全统计，连云山每年接待游客 300 万人次以上。社港镇的周洛村以其险峻的石柱峰和落差巨大的瀑布，吸引着长沙、湘潭、平江和岳阳等地的人，来这里爬山、漂流。近年来，景区每年接待游客近 20 万人，旅游收入过亿元，极大地拉动了当地经济的发展。

连云山

冬天，连云山的高耸和突兀，更早地迎来了西伯利亚的寒风，这样的变化，都在预料之中，也在规律之内。连云山在寒冷中沉思，在冰雪里孕育。这是一个休整期，也是一个准备期，为来年的春暖花开，也是岁月的更迭圜转。这个时节，连云山上的瀑布不再轰然作响，有的轻盈飘散，落成一粒粒白色的珠玑；有的银装素裹，悬挂成一幅玉色的条屏。连云山有些静，有些紧，有些深奥。

有人就偏爱这冰天雪地，他们是寒风中的冲浪者，是雪地里的舞精灵，盼着天空早一点下起鹅毛大雪，而且越大越好。只有这样，他们穿上雪撬，戴上护膝，沿着山坡，冲上蓝天，让自己飞起来，在空中那一瞬间，他们享受到了脱离地面的惬意。目前，连云山有适合开展滑雪的山坡十多处，当地村民自得其乐，也吸引了一批滑雪爱好者前来，这种简单便捷的体育活动深受群众喜爱。

庇护北乡人的蒿山

蒿山横亘沙市和北盛两镇之间，距捞刀河西岸 3000 米，海拔不过 208 米。因为雄立在相对平坦的地方，显得有些突兀和高耸，大有“造化钟神秀，阴阳割昏晓”的气魄。同治《浏阳县志》对蒿山做了如下记述：“蒿山，距县七十里，高如环翠，四望瞭如。泉芳不涸，多石，晶莹可爱。西有孔道达长沙、平江，东侧溪水环之。”蒿山地貌非常独特，在它周围棋布星罗的小山均为丹霞地貌，而唯独蒿山却是喀斯特地貌，即周围小山都是由平缓的层状铁钙质混合不匀而成的红色碎屑岩，而蒿山是具有溶蚀力的水对可溶性岩石进行溶蚀等作用所形成的地表形态的石灰岩山。在同一地方、同一范围、同一平面内，以圆心形式出现两种岩层，十分稀罕。毫无疑问，上万年前，地壳的剧烈运动产生了如此独特的地貌。

对于蒿山之命名有三种说法：一说因为山上盛产可以食用的“蒿”；二说因为从远处看该山，像在平地上突起的蒿丛；民间流传较广的是第三种说法。相传很久以前，蒿山所在的地方是一个较大的湖泊——莲花湖，这里湖水清澈，荷叶田田。每到夏天，满湖荡漾着碧绿的荷叶和鲜艳的莲花。

蒿　山

采莲时节，小舟穿梭于荷叶之中，鸥鸟翻飞，渔歌互答，一派水乡画景。然而，这样美好祥和的生活不久被彻底改变了。生活在洞庭湖中的小王子乌龙，因为面目丑陋，被兄弟姊妹歧视，连自己的父亲洞庭湖龙王也嫌弃他，弄得乌龙饱受折磨。它一气之下，遁地泉来到莲花湖。见到这般美景，一时喜不自禁。它想，既然洞庭湖容不下我，我也就不稀罕，何不就在莲花湖干一番大事业，将这里再造一个洞庭湖。它不禁为自己这样的想法而激动。于是，它施展法力，翻动身躯，一时狂风大作，暴雨倾盆，莲花湖被搅得巨浪滔天，整个湖区地动山摇。然而只一会工夫，只听天空“轰隆”一声巨响，颤抖的大地回归平静，乌云散去，雷电停息。第二天，人们惊讶地发现，偌大的莲花湖不见了，一座高山屹立在眼前。原来，乌龙的行动，惊动了玉皇大帝，随即差天兵天将挟神山将乌龙镇住，令其收心思过，行善赎罪，才避免了一场生灵涂炭的灾难。现在蒿山上片片鱼鳞样的怪石，传说就是乌龙身上的鳞片，而山上长满的蒿草就是莲花湖上的芦苇。正是因为这满山的蒿草，这座山被称为蒿山，而环绕山下的小溪，则叫乌龙河。

蒿山上有一座庙，叫吴王庙，一直香火旺盛，是当地人心中的神圣之地。

同治《浏阳县志》对吴王庙做了如下记述：“吴王庙，在蒿山。旧志：唐相魏徵奏修。茂柏层松，苍翠欲滴。殿前流水萦绕，石杠矗起，行人利涉，僧秀元所营。疑祀汉吴王芮，或曰祀吴大帝孙权。”

蒿　山

唐朝以后，寺庙因为战乱曾经遭毁，明英宗天顺年间，百姓自发重修庙宇，因为时间久远，庙内供奉的成了“吴大帝孙权”了。

时光荏苒，岁月流逝。吴王庙历经1400多年，虽几经毁损和重建，但从来没有断过香火。吴王庙在北乡人的心中，已经超越了宗教意义上的顶礼膜拜，成了对亲民爱民、勤政清廉的美好德政的虔诚坚守和不懈追求。

在沙市、秀山、赤马等乡镇的北乡人还有一种说法：蒿山是为北乡人遮风挡雨的神山。冬天，从长沙以西刮过来的西北风，被蒿山一挡，就少了些刺骨的淫威；夏天，只要蒿山上黑云沉沉，人们就会互相转告。快收谷，快进屋，蒿山报信有雨落。

吴王庙里供奉着吴王像和另外几尊佛像，建筑较为简单，与想象中雄伟气派的大庙有很大的落差。其实，庙宇的大小与它的影响并没有太大的关联。“山不在高，有仙则名”，蒿山的海拔不高，吴王庙不大，但它在当地人心中却是那样的高大伟岸，蒿山上的“神”无论是吴王芮，还是吴大帝孙权，无论朝代怎样更替，也无论是谁来掌管这方水土，只要心中装着百姓，他就是百姓心中的依靠和保护神，就会受到百姓的爱戴、拥护。即使他死了，人们也会在心中留下他灵魂的安放地。

蒿 山

大隐于市孙隐山

孙隐山位于浏阳市淮川街道城东，相传为唐代著名医学家孙思邈栖隐之处。据《清一统志·长沙府》载：“孙隐山在浏阳县城东半里许，上有洗药泉、炼丹崖。”《浏阳县志》云：“东城外，小山亘伏城隅，传孙思邈栖隐处。”

孙思邈，京兆华原（今陕西省铜川市耀州区）人，出生于西魏时代（581），唐代著名道士、医药学家，被人称为“药王”。孙思邈自幼聪颖好学，7岁时读书能“日诵千言”。后因病学医，通百家学。孙思邈小小年纪能侃侃而谈老子、庄子的学说，并对佛家的经典著作十分精通，被人称为“圣童”。随着年龄的增长，孙思邈的名气和影响也不断增大。隋文帝得知后，派人前来请他做国子博士，他称病不领。唐太宗即位后，召他入京想授予爵位，仍被拒绝了。高宗继位后，邀他做谏议大夫，也未接受。他认为做官太过世故，太受约束，不能做自己想做的事，他只想做自己喜欢做的事。

孙思邈中年后离乡别祖，不远千里来浏阳，他游览了浏阳的美丽景色后，选择在县城边上一座小山上结庐为观，采药炼丹。他在这里完成了《千金要方》《千金翼方》的撰写。他在《千金要方》一书序中阐述“千金”之义：“人命至重，贵如千金，一方济之，德逾于此。”孙思邈认为，人命重如千金，不应草菅人命。他注重医德医风，被后世尊为医者楷模。

为了搜集各种单方，孙思邈跋山涉水，不畏艰险外出采药，每到一个地方，只要百姓有求，他总是精心为其治疗。孙思邈还善于炼制丹药，在炼丹的过程中，他发现了用硫磺与一些物质混合有易燃易爆的特性，为后来李畋成功发明爆竹奠定了重要的基础，使浏阳成为世界花炮发源地。

明朝诗人郑序有《游孙隐山》一诗：

孙隐之山若许年，至今台观尚依然。
云间不见烧丹灶，桥下犹流洗药泉。
造谒为民祈雨泽，徘徊寓目爱山川。
穹碑备载飞升事，胜迹由来岂浪传。

2001年，孙隐山改名为“思邈公园”，用以纪念孙思邈。思邈公园位于圭斋路、浏阳河路、浏大公路交叉处以及济川河与浏阳河的交汇处，是浏阳第一个融自然景观与人文景观为一体的开放式主题公园。

思邈公园里有升冲观、洗药桥、洗药井、炼丹台等胜迹。

升冲观在孙隐山东北麓，前临浏阳河，据同治《浏阳县志》记载，道观建于唐代初期。宋徽宗时，全国兴道教，孙思邈被徽宗封为“妙应真人”，道观得以扩建。元至正二十六年（1366）毁于火灾。明洪武三年（1370），道士王坦然集资复建修。宣德八年（1433）邑人喻道纯皈依道教，修炼于此。天启五年（1625），住持彭思伟重修殿宇。清雍正八年（1730），知县陈梦文再次修地建门。观原有前后两进，分别供奉儒、道、释三教神像。前殿立有铜铸高达2.3米药师像。这些殿宇、神像及其他古物毁于1958年，仅殿后四株古樟无恙，树高20米，参天覆地，郁郁葱葱，生机盎然。

洗药桥（又名泉石桥），在城东门外浏阳河港口处，即今济川桥。此桥为明代嘉靖元年重修，清同治六年水毁，后由当地群众集资重修。90年代以钢筋混凝土桥代之。“泉石桥”为浏阳市八景之一。

明代有人（无名氏）有诗咏《药桥泉石》：

羽客凌霄岁月多，尚遗仙迹锁烟萝。
溪流细泛桃花去，地骨轻穿薜荔过。
洗药已无前日穴，炼丹空有昔时窝。
何时拉得奚囊侣，来倏尘襟细琢磨。

洗药井在升冲观后殿右侧围墙附近，为青石砌成，圆形，口径约50厘米，井水清澈微苦。传说泉水从观后一棵老树中汩汩而出，近处居民多汲用此井水，孙思邈就用这泉水为医治的病人洗药。1979年因后山崩塌，古井被埋。

清人周忠信《纪游草》诗词集，有“浪淘沙”《药桥泉石》一词，记下了清乾隆时的古井、药桥：

涧曲水云连，仿佛桃源，杏林橘井迹犹传。洗濯临流香泽泛，龙虎堪痊。羽化已千年，销尽炉烟。丹台何处问神仙？惟有溪桥泉石在，灵气悠然。

炼丹台在孙隐山半山腰处，有荒坪，长约3米，宽16米余。相传孙思邈在此炼丹，有丹灶，亦毁，只留下清秀才唐瑞的《登炼丹台怀古》一诗：

炼药台空仙已去，台空仙去我还来。
涧边幽草年年绿，枝上名花岁岁开。
不老金丹何处觅，难留青鬓莫相催。
乾坤日月双丸转，感慨登临酒数杯。

现在的孙隐山思邈公园前面是一个近千平方米的广场，门口耸起了石砌的牌楼；广场靠山的一面立着一块石刻，上面篆刻着孙思邈的事迹；升冲观经过重新的修葺，已是香火旺盛；东面山头的陡崖上，有一个人造瀑布，白练般的水流凌空而降，云蒸霞蔚，显得飘渺，仙气十足。孙隐山成为市民休闲好去处。

孙隐阁夜景

古迹探幽

孔氏家庙

孔氏家庙位于浏阳市达浒镇（滩头）金石村圣庙组，是一处孔氏后裔祭孔的庙宇，只有孔子的嫡系后人聚居地才有。两千多年来，孔氏族人每年定期进行春秋和孔子诞辰 3 次祭祀。目前，全国仅存孔氏家庙三座，一座在山东曲阜，一座在浙江衢州，还有一座就是浏阳达浒镇金石村的孔氏家庙。

据有关资料记载：浏阳滩头孔氏系山东曲阜孔子后裔之南支。孔子第 37 代孙孔巢父为潭州（今长沙）刺史。唐建中三年（782），孔巢父奉帝旨说降田悦叛军。当年六月，德宗令其招安叛将李怀光，孔巢父再度深入虎穴，舍身劝降。因言辞失宜，不幸为李怀光部下杀害。死后，朝廷追赠孔巢父尚书左仆射职，谥号“忠”。孔巢父遇害后，其子孔瑛世袭其职。后因五季之乱，孔瑛无法北归，遂寓居平江。另据浏阳县志和浏阳孔氏族谱记载：“五十五代祖孔靖安，因浏阳被元兵歼灭，奉诏将邻县抽补，于洪武六年携男孔德阳分来浏阳东乡十三都九甲滩头家焉。”其中的“滩头”就是现在的金石村，明洪武六年即公元 1373 年。自此，山东曲阜孔氏脉在浏阳繁衍生息，发展为孔子世家的八大分支之一。

孔氏家庙

孔靖安奉诏自平江来浏居住，浏阳举全县之力安置孔圣后裔，随同来浏的有圣裔数百户。这一支有明确世系谱记的孔门后裔，集中居住在浏阳河上游的达浒镇滩头村，另有两小支分布于东乡三口和北乡枫林。这些孔氏后裔，都受到了朝廷免除杂役差徭的优待，其族长还由朝廷发给五品冠带，享受知府待遇。

明万历十四年（1586），山东曲阜衍圣公府批准按祖制在浏阳建家庙，于是由府县出资为浏阳建造孔氏家庙，其规模与县城文庙相等。于是，县衙即在孔氏集中居住的达浒镇（滩头）大兴土木建设孔氏家庙。按照设计，要在大溪河和金坑河交界处挖一条约300米长的小河，让它绕着家庙后方潺潺而流。族人们开挖小河时并不顺利。白天挖开了，过了一夜，河道又自己合拢了。反复几次，如此咄咄怪事，让孔氏家族非常不安。于是派族里懂水性的人潜到大溪河河底一探究竟。那人从水里上来后，告诉众人一个惊人消息：说水底有一只蛟龙头！大家听了，惊恐不已，不知如何是好。经高人指点，要大家把大铁钉钉进河底，蛟龙便不会再出来作怪。族人按此办理，一边开挖河道，一边打制了很多大铁钉往河中钉，日夜不停。果然，怪事没有出现了，河道很快挖通了。后来，河所在的位置就叫圣殿港。

三年后孔氏家庙落成，山东衍圣公府派人带着朝廷批文、绶带与县府官员一起来到滩头验收、庆贺。当时的建筑极为宏伟，按山东曲阜孔庙形制建造，主体由万仞宫墙、泮池、棂星门、大成门、大成殿、五王殿建筑群组成，两侧有戟门、东西廊庑、祭祀享堂、文昌亭、家塾等建筑，占地面积4000平方米。家庙前立有一块一人多高的“优免牌”石碑，上面刻着免除孔氏一族赋税的朝廷公文。槽门外原来还有一块“下马石”，不管是达官还是贵人，见到“下马石”就得恭敬步行，不得骑马。

20世纪60年代，孔氏家庙遭到人为因素和自然因素的破坏，大部分建筑已毁。“优免牌”和“下马石”都已不知所终。大成殿里原来有一座将近4米高的孔子石像也被推倒。一些牌匾被摘下丢弃，石雕被砸毁。家庙修建时栽种的一些古树被锯倒当作柴火烧了。只有家庙后面还幸存两棵大古樟，这两棵古樟要5位成年男子才能合抱，一如饱经沧桑的老者傲然屹立。大成殿和五王殿虽然没有被推倒，但损坏严重。近年来，滩头的孔氏后裔及浏阳社会各界有识之士，多方奔走，大成殿、五王殿已经修复。

修复后的大成殿，重檐歇山顶，通高10余米，覆小青瓦，面阔五间。内外置大小不一的圆木柱38根支撑，以穿斗式为主，抬梁式为辅的混合构架。

殿围四向设回廊，正前方设雕花格门，其余三向以砖墙围护，上部砌土坯。外刷土红，殿内原有孔子石像（花岗石），上悬“万世师表”木匾额，两侧回廊前方置钟、鼓亭，春秋两季举行祭祀典礼。

曲阜孔氏一脉迁徙到湖南浏阳达浒镇金石村，在此繁衍生息，千百年来，英才辈出。近现代历史上较为有名的有第七十一代孙孔昭绶，是著名教育家、诗人和政论家，他曾两任湖南第一师范的校长，培养出了毛泽东、任弼时等伟人；还有开国中将孔石泉等。目前，金石村有孔姓人家1000多户，约4000余人。

2005年，孔氏家庙被公布为长沙市文物保护单位。2007年7月10日，当地村民在修路时挖出一块貌似龟的石雕。它昂首肃立，背上有槽，说明是背负石碑的赑屃，赑屃是传说中龙之九子之一。形似龟，好负重，象征“长寿吉祥”，古代宫殿、祠堂、庙宇前坪，常有赑屃驮载着石碑。这块赑屃石雕正好印证了清康熙年间孔氏族谱中赑屃负碑的图像。2010年由浏阳市政府拨款及当地村民筹资对家庙进行全面修缮，恢复了大成门和东西廊庑等建筑。孔氏家庙是见证孔氏祖庙形制和儒教文化的重要实物资料，具有一定的历史价值、艺术价值和研究价值。

孔氏家庙

胡氏家庙

胡氏家庙位于浏阳市中和镇苍坊社区大屋组（今苍坊老屋上屋），是当地胡氏家族祭祀祖先的祠堂建筑。

据考证：家庙又名建十公祠，始建于清中期，当时的规模为两进，面阔三间，中有天井一个，后栋供着胡氏祖先的牌位。乾隆五十九年（1794）的一天，因有祭祀活动，大量香烛堆放零乱。晚上最后一拨人走时忘了用水浇灭残火，以致余火蔓延，待人们发现赶到时，大火已把整个建筑吞噬，救火的人已无法靠近，眼睁睁看着家庙毁于一旦。

没有了家庙，胡氏家族逢年过节，只能在各自的家里摆上供品，祷告一番。这年冬天，胡氏一族聚在一起喝酒，说到家庙一事，族长说，我们活着的人倒是很快乐，但我们的祖先却一直在外游荡，没有一个落脚之地，这是我们胡氏族人的一块心病。在他的提议下，胡氏族人决定重新修建一座家庙。经多方筹集，于嘉庆二年（1797）在原址重修。同治二年（1863），一场百年不遇的洪水再次将胡氏家庙冲毁。望着家庙在洪水中倒塌、冲毁，胡氏族人束手无策，欲哭无泪。以后的二十多年，胡氏族人没有再提修建家庙之事。

光绪十六年（1890），族人胡成翰建提议修建家庙。然而人们对此反应平淡，有人认为修了几次都毁了，实在有些劳民伤财。有人认为关键是要选一个好地方，不能建在原址。经过几天的选址，胡成槛认为建祠于孔嘉坪，该地位置较高，视线开阔，得到族人一致赞同。据1994年由嗣孙成瀚海文氏续修的《安定胡氏族谱》卷八记载："……一时踊跃输将者七百余缗。章程既定，公举我仲兄宪亭（成槛）董其事，遂于辛卯二月初四日，经始度基，广六丈七尺，袤八丈三尺，既而虑成槛独力难支，复举萱叔（名萱）赞助，历期年而祠成。择于壬辰六月六日，恭迎始祖入享，而基万世又烧包长之祚焉。"重建后的家庙青砖黑瓦、油漆到栋。"庙貌崔巍，观瞻益壮。"

民国初年，胡氏家族在家庙内创办学。2000年，胡氏族人又重新修缮，以小青砖替换土墙，参照旧时留下来家庙的一些图片，尽量沿承古建筑的风格。新建的胡氏家庙，风格古朴，独具特色。

胡氏家庙坐东北，向西南，其建筑为中轴线布局，正面开三门，占地面积565平方米，硬山顶，二重马头墙，青瓦覆顶。正门上书“胡氏家庙”，中间有过亭及两厢廊庑连接，亭内顶部有八边形彩绘藻井，十分精致，前有享堂，后有寝厅，内设神龛列先祖牌位，墙体上嵌有石碑一通，记载胡氏家庙创建、修葺、迁建的历史沿革等相关内容，弥足珍贵，是研究清代祠宇建筑的重要历史文献资料。

2014年，胡氏家庙被列入为长沙市级文物保护单位。

谭嗣同祠

原名“谭烈士专祠”，位于浏阳市淮川街道城西社区才常路 89 号，为纪念爱国志士谭嗣同而修建的、颇具江南地方特色的祭祀式祠宇建筑。据考证：该祠始建于民国二年（1913）。谭嗣同（1865—1898），清末政治家、思想家，曾任四品衔军机章京等职，清光绪二十四年（1898）变法运动失败，与刘光第等 5 人同时被害，史称“戊戌六君子”。

1913 年，湖南省代督军兼民政司长刘人熙，忆起弟子谭嗣同为变法牺牲之惨烈，遂呈请北洋政府褒扬谭嗣同，兴建纪念祠。大总统袁世凯慨然同意，内阁总理唐绍仪即颁布褒扬令，并下拨了 500 光洋兴建纪念祠。浏阳县知事随后划拨位于西正街上前清县典史署前 500 平方尺空地，作为建祠用地，由谭嗣同的家人自费兴建纪念祠。

建一座祠堂 500 光洋远远不够，但李闰顾不了那么多，她要的就是丈夫的名节。自从谭嗣同就义后，李闰一直受到旧势力的歧视。公公在的时候，她有事还能和公公谭继洵说，谭继洵是一个有知识有经验的人，对世事看得深，想得远。谭继洵死后，李闰更显孤独。她记得谭继洵说过，丈夫的声名会在公公谭继洵之上。现在国民政府果然颁布褒扬令，并拨专款建祠，她毅然变卖了部分家产，就召集匠人动工了。

开工建设后，李闰几乎每天奔波于家里和工地，家人也劝不住。这一天她等得太久了，她的夫君为了这个民族和国家已殉难 5 年了，终于等来了世人的认可！她一定要尽快建好夫君的祠堂，让世人知道她的夫君是顶天立地的英雄，要好好地纪念她，宣扬他的精神和气节！

民国三年（1914）秋天，祠堂终于建好了，李闰在大门跟前默默伫立，她的内心充满了悲伤，也有一种自豪。

李闰少即好读博览，擅长诗韵，爱作诗词，也喜欢高歌朗诵。每月初一、十五及夫君嗣同生辰忌日，李闰都要祭奠他。孙媳妇刘萍君嫁到谭家后，李闰必携谭训聪夫妇到谭嗣同烈士祠向神座跪拜，焚香燃烛相祭。她还作悼忘诗，书于钱纸之上，焚于炉内，以寄托哀思。其中有一首诗是这样写的：“盱衡禹贡尽荆榛，国难家仇鬼哭新……惨淡深闺悲夜永，灯前愁煞未亡人。”李闰感到到处是荆棘杂木丛生，国难家仇亲不在，凄惨的深闺中漫漫长夜没有尽头，面对着一盏孤灯，真是肚肠欲断。

祠堂坐北朝南，沉稳大气，砖木结构，封火墙，硬山顶，小青瓦，面阔三间，进深三间，占地面积535平方米。自南向北，沿轴线上，依次为前门、前厅、过亭和后堂，过亭两旁为天井，祠堂上额嵌有“谭烈士专祠”汉白玉石碑。后堂神龛上题“俎豆馨香”，牌位上题“中华民国烈士谭公讳嗣同字复生之神位”。前厅正中，挂着梁启超送来的匾，其上“民国先觉”四个大字兀自沉重。李闰还特地购得左侧杂屋，以做宾客休息之所。

1983年10月，祠宇被列为省级文物保护单位。同年，省政府拨专款进行维修，由浏阳县政协和县文化局联合举办谭嗣同生平事迹陈列于内，并辟为谭嗣同纪念馆，是年对外开放。1995年1月，谭嗣同祠被列为湖南省第一批爱国主义教育基地。2013年3月，谭嗣同祠被列为全国重点文物保护单位。

谭嗣同祠

蔺氏宗祠

蔺氏宗祠位于浏阳市文家市镇玉泉村泉塘组，是当地蔺氏家族为纪念祖先而建立的家庙建筑，至今已有300多年的历史。据《蔺氏族谱》记载：宗祠始建于清雍正十三年（1735），乾隆六十年（1795）重建。1993年，蔺氏族人对古祠进行了全面的修葺。蔺氏宗祠坐北朝南，左连湘赣边界铁山界，右抱吴楚咽喉铁栏关。河水自东流西，省道穿境而过。前有虎形山如屏如障，后倚许阜峰直插云霄。矩形布局，为砖木石结构，前、中、后三栋，占地面积600平方米。青砖斗砌，二重马头封火墙，墙脊上都装饰着精美的浮雕，双重翘角上雕有神像，栩栩如生。小青瓦覆顶，面阔五间，中间三间位置稍微内退，形成一条走廊。房屋内部为木构抬梁结构，栋与栋之间有天井、过厅和厢房连接。

蔺氏宗祠

蔺氏宗祠前面建有一个约800平方米广场。大宗祠门三拱，石狮一对。大门上有一幅“功成完璧，绪衍中山”的对联，洋溢的是蔺氏家族满满的自豪，也透露出祠堂所繁衍的是蔺相如中山堂派后裔。前厅不大，两边有耳房，中间是一个长方形的天井。中栋正厅高挂着两块黑漆鎏金牌匾，一块上面书有晚清重臣李鸿章题写的“德媲相如”，另一块为湖南巡抚陈宝箴题写的“锡类推仁”。后栋神龛正中高处供奉着蔺氏先祖蔺相如的牌位，然后是来浏始祖的牌位。两边墙上分别挂有蔺湘亭的画像和他们自创的《蔺相如颂歌》《蔺氏家训》。整个祠堂有32根大木柱支撑，柱基上装饰着金雀、麒麟等吉祥物的浮雕，还有一副副意境深远的对联。其中有“修河德大流芳远，完璧功高衍庆长”“理正大伦亲其亲长其长，事关公论是曰是非曰非”等，表现出了蔺氏一族讲伦理、讲道德、讲公平的凛然正气。

浏阳蔺氏均来自江西，据《蔺氏族谱》记载：明朝万历年间，冲文公字邦信，自万载绍溪迁居浏南。在许阜峰（又叫水步尖）下插草为标。其时山林茂密，常有老虎出入，之前来到此处的两家，均被老虎吓走。冲文公略通风水，他认为有老虎来往，自是藏龙卧虎之地，居之可兴。冲文公遂在此搭寮安家，一家四人开荒垦地，农畜兼营，春耕夏播，秋收冬藏，开创了蔺氏一家新基业。至清雍正年间，冲文公一家已有男丁72人，女眷60多人。

蔺氏先祖原为战国末年赵国重臣，因完璧归赵和渑池之会得罪了秦国国君。秦始皇统一六国称帝天下，蔺相如知秦王不会放过他，暗遣子女分散各地。其四子景公从陕西渭南迁往江西九江一带，其后裔一再迁徙，至冲文公来到浏阳文家市玉泉村。其子孙为扬祖烈而继宗风，决定在樱桃埠泉井窝下边平地上新建蔺氏宗祠，宗祠告竣后，族人开始纂修族谱，统一字辈，树立纲常，确立家规家训，规定春蒸秋尝制度，一个全新的姓氏文化从此奠基。300多年来，蔺氏族谱已经9次编修，现保存有五修七修八修九修本。

《蔺氏族谱》对祠堂建设过程有这样记载：鸠工庀材，夙夜不怠，历时4年才予竣工。中华人民共和国成立后，为解决贫苦农民住房问题，安排林木匠和刘典礼两家居住了十几年。集体生产时，祠堂做过保管室和晒谷场。由于祠堂建筑具有文化历史传承和农村实用特点，一直没有遭到破坏。以至当今能成为政府保护的文物，文化交流活动的场所。

在后栋的墙上，有蔺氏家族的家训：“培植心田，品行端庄。破除迷信，奋志芸窗。勤劳创业，切忌游荡。扶贫帮困，和睦邻乡。禁止赌博，严惩窃攘。争讼酗酒，四时谨防。婚姻随缘，恩爱情长。孝顺父母，教子有方。”字比较多，内容包括了做人做事，品行修善。蔺氏家族对族人的教育，很注意从娃娃抓起，只要是蔺家的小孩，必须听从族里的安排，定期到祠堂里接受家训的讲解、培训。

正是通过这样严格的家训和孜孜不倦的引导，蔺氏家族从小接受潜移默化的教育。后裔谨记祖宗教训，积极投身社会，不计个人得失，推动公平正义，彰显家国情怀。他们耕读为本，文治武功，在各条战线上大显身手。清代有文魁称号的蔺廷华，秀才蔺树山，两人出口成章，不仅文章锦绣，而且一手字写得龙飞凤舞，堪称名家；名医蔺大建视病人为衣食父母，不论天晴下雨，还是白天黑夜，只要他知道了就会出诊，以独特的人格魅力赢得了社会的广泛赞誉。清代蔺树钏，少时天资聪颖，胆识过人，从军入伍后屡建战功。一次战役中他跃马悬崖，救驾有功，朝廷封他为一品军门提督，封号“振威将军”。

从浏阳走出去的蔺氏后裔还有广东军分区参谋长蔺斌，北京军区空军独立师师长蔺传族，还有香港工商界的蔺大萍，江西省万载县委书记蔺万扬，湖南省桂东县县长蔺万贵，浏阳县副县长蔺万珍（女）等。特别是热心公益事业的蔺万桃，20 世纪 80 年代曾义办家庭福利院，赡养当地孤寡老人和孤儿，获得民政部授予“德高义重”金字匾，评为全国学雷锋标兵和湖南省劳动模范，并选为湖南省第七、八两届人大代表。2000 年，他被评为全国学雷锋标兵。

蔺氏宗祠不仅是宗族祭祖的场所，还是传承家风、淳化民风的道德讲堂，它的教化功能和文化影响正在进一步发挥作用，即使在文化多样化的今天仍然放射出时代的光芒。

卢氏家祠

卢氏家祠位于浏阳市达浒镇书香村老祠组，是一处具有浏阳东乡地方特色的家族祠宇式建筑。据考证：卢氏家祠始建于清末。建筑坐东向西，门向 295 度，主体面阔三间，前后二进，中设天井，硬山顶，覆小青瓦，砖木结构，南北两侧前设封火山墙，各辅厢房一间。平面呈矩形布局，占地面积 759 平方米。前栋抬梁式构架，前檐设两方形石柱，上部置卷棚装饰，雕刻穿插枋、雀替等，前厅南北墙上有“忠孝廉义”四个大字。柱上镌一副楹联一副：“山脉自南迁回族支分神灵斯会，世胄由东海蕃衍直下食采承封”，青条石大门横梁浮雕石狮一对及龙头等吉祥图案。清同治十二年（1873），我国著名地理学家卢彤在此出生。

祠堂，是汉民族供奉祖先和祭祀场所，是家族的圣殿。老百姓有祠堂是从宋代开始的，朱熹提倡建家族祠堂：每个家族建立一个奉祀高、曾、祖、祢四世神主的祠堂四龛。宗祠是宗法制家国一体的特征，是凝聚民族团结的场所，它往往是城乡中规模最宏伟、装饰最华丽的建筑群体，不但巍峨壮观，而且注入汉族传统文化的精华，记录着家族的辉煌与传统。作为汉民族悠久历史和传统文化的象征与标志，具有无与伦比的影响力和历史价值。

卢氏家庙

宗族通过修谱、建祠、祭祀、团拜活动，从思想上、组织上加强了统治，又通过制订族规家法，把族人的言行限制在宗族规定的范围内。这些族规书刻在族谱和碑石上，执法权在祠堂。犯族规者，轻者只是被面斥；再重者在祠堂前打板子，然后锁在祠内；而最重的惩罚则是族长们入祠做出决议，将不肖子孙绑来，或除籍或在祠堂前被活活砍死、烧死，甚至被沉潭也是有可能的事了。

40 年代初期，浏阳卢氏祠堂就处理过族里一个寡妇。她丈夫 25 岁因痨病死了，后来被一位长工所吸引，两人相恋。在族长的安排下，族中人将其双双捉奸在床。本来一个守寡，一个未娶，完全可以公开相爱，热热闹闹办一场喜事，然而，身为团总的族长早就垂涎于寡妇的美貌，多次调戏未果，如今却被一个长工占了便宜，就一心要置两人于死地。族长这次要从严从快处决这两个人。在他的主持下，按族规，男的被分尸，女的被沉潭。

我们不好说这样的处理有什么不妥，在民不聊生、战火纷飞的年代，国民政府已内忧外患，风雨飘摇，多一事不如少一事，按照宗族的规定处理族内人似也合理，但在今天看来，发生这样的事情是不可理喻的。

卢氏家祠结构典型，是卢氏家族繁衍生息渊源历史的实物见证，具有重要的历史价值和艺术价值。2011 年元月，卢氏家祠被列为浏阳市（县）级文物保护单位。

卢氏家庙

陈家祠堂

陈家祠堂位于浏阳市张坊镇江口村七溪片。据考证，祠堂始建于清乾隆二十八年（1763）。坐北朝南，门向165度，砖木结构，面阔三间，悬山顶，覆小青瓦，设槽门，内设中、后厅，共为三进，左右各列回廊、厢房、横厅等。是当地陈氏家族祭祀先祖的祠宇建筑。

七溪是一个三面环着小溪河，背靠牛轭岭的小盆地，陈家大屋就坐落在这个盆地的中央。对于这个大屋的辉煌过去，当地陈姓后人三天三夜也说不完。

很久很久以前，一户陈姓人家从江西用一担箩筐挑着一点细软在这里落脚，一家人开荒种地，纺纱织布，艰难创业。几十年过去了，陈家人丁兴旺，日子越来越好，在当地算是大户人家了。陈老爷看着家里的情况，想着要建一幢房屋。他请来一位远近闻名的老风水先生，希望能为他们家谋一处好地。老先生看了一辈子风水，走遍了周边几个县市的山水。他一到七溪就觉得这个地方与众不同。这里背后的山高耸有势，龙脉绵长，极似一把太师椅。前面的河沿对面的小山包抄过来，形成一个巨大的回环，

江口陈家祠堂

好像一条碧玉的腰带，来无踪迹，去不留痕。这可是千里难找的风水宝地。老先生有点为难了，按照师承铁律，风水为天机，不可完全泄漏，讲缘份，是阴德。无论为谁看，都不能完全指点真穴，而要稍有偏向，为自己留一线退路，否则就会导致双目失明。老先生看过之后，不禁长叹一声。陈老爷心中疑惑，连忙问是怎么回事。老先生说，你这里是风水宝地，只是没有点到真穴，如果点到真穴，那可是朝朝有人做官，享不尽的荣华富贵啊。陈老爷自是高兴，请老先生一定要帮忙，好话讲了一皮箩。老先生看看差不多了，就说："我如果为你点了真穴，我的双眼将瞎，后半辈子的生活将无着，如何是好？"陈老爷发誓，说会像待自己的亲人一般赡养老先生。见陈家人情真意切，老先生于是焚香秉烛，祷告师傅。一番仪式下来，这才带着陈家人来到离河四十八丈的一个洼处，架起罗盘，校正中轴线，定下槽门、正门的位置。老先生对陈老爷说："请谨记您的承诺。"陈老爷又是一番表白。

从此，老先生和陈家人生活在一起。3 个月后，老先生的眼睛瞎了。陈家人好生安慰，并安排人专门照料，彼此非常和谐。

房子快完工时，陈家收到喜报，大儿子在乡试中喜中举人。这在县里都是十分了不起的事。此后，陈家迅速发达起来，只用几十年的时间，成为方圆百里的显贵。堂号十八栋，人丁上千，特别是出了贵人，戴花翎的八人大轿就有四十八顶。

家大业大，请的长工短工就多了，规矩就立起来了，住的地方要分开，吃的也不同，合着也该出事了。一天，老先生到外面去转了一圈，回家晚了点，吃过饭后就在自己的住房里休息。他听到几个小孩在唱一首歌："猫饭先生，狗饭先生。"觉得奇怪，就叫过一个孩子问道，你们唱的是什么歌？小孩说："刚才您回来晚了，家里给人吃的饭没有了，就把给猫和狗吃的饭给您吃了。所以我们叫您是猫饭先生、狗饭先生啰。"

老先生听了差点一口气没上来。他后悔啊，自己当初给陈家点了真穴，不惜断送了双眼，以致自己只能靠陈家过日子。他好不容易让自己平静下来，暗暗地在心里盘算着。

七溪村背靠的大山在地理上叫青牛饮水，牛头枕着小溪边，从大围山东麓园下来的小溪河过张坊后，在青牛伸出的牛轭岭隐入了一个 U 字形的峡谷里，再从青牛的嘴边流出，在七溪塅根本看不到水出从何处来的，是风水的关键。

这天，老先生找到陈老爷，说："老爷，您家现在已是富甲一方，朝中有人，您还满意不？"

陈老爷连说满意，再三谢过。谁知老先生叹了一口气。

陈老爷问老先生："您为何叹气？"

老先生说；"我对不起您啊。"

"什么事对不起我？"陈老爷问。

老先生显得很后悔，沉默了好久才说："我对不起您啊，我还是有保留，给自己留了一点后路，您一家对我太好了，我不能不说了。"老先生告诉陈老爷，您家目前儿孙做的官还不是很大，其实可以出将入相，一人之下，万人之上的。

有这样的好事，陈老爷高兴极了，他请教老先生应该怎样做才能实现这个宏愿。

老先生回答说："山主人丁水主财。这个屋场财路很好了，但主人丁的后山在牛轭岭关住了，要在牛轭岭处开三尺宽的路，这样才能通了人丁的风水。"

陈老爷对此深信不疑。他不久就请来一些工匠开始修路。然而，奇怪的事情发生了：当天修好的路，过了一晚上就恢复了原样。陈老爷只好再加人手。可是只要过了一晚，白天凿开的石、挖开的土，晚上统统回到原处。

陈老爷不死心，去请教老先生，希望能想个办法。老先生说，要修通这条路，需要用铜钉铁钉作桩基，才能镇得住。陈老爷没有含糊，吩咐下去，砍桐树33棵、铁树33棵，一边推进一边用桐木桩铁木桩切入。工匠们照办了，每打进一根木桩就涌出一股红色的血水，直把一条河水都染红了，血水流到下游七八里的地方，连河滩上的沙子都成红色，那个地方后来就叫红沙村，也叫洪沙村。完工的当天夜里，电闪雷鸣，狂风大作，把陈家大屋主祠堂的元宝脊刮到了地上摔得粉碎。而小溪河里原有一块巨大的青牛石也被大水冲掉了头。据很多人说，那头石牛原来是吃张家坊，屙陈家坊，现在变成了吃陈家坊屙张家坊。

这条路修通后不久，陈家情势急转直下，朝中几个做官的要不因参与宫中争斗而受牵连，要不因贪腐问题被问责，关的关，罢的罢，逃的逃，人丁急减，凡事不顺，官司连连，十几年工夫就败落了。十八堂拆的拆、倒的倒，那片黑压压的大屋到处是断壁残垣，满目疮痍。只有陈家主祠堂仍然在风雨飘摇中顽强地伫立着，坚守着陈家仅有的一点点辉煌。

那个风水先生也借故开溜，不知去向。

传说，当然有虚构、夸张的成分，但是，为人真诚、心怀感恩，无论在什么时代都是做人的基本品德。

陈家祠堂两侧有墙垣围护，现存建筑约500平方米。布局合理，结构严谨，木雕精美，祠宇内设隔扇门、格窗，古朴典雅，后栋为穿斗木构架，前栋抬梁结构。梁架上为三层九爪虎形小斗栱，做工精细巧妙，实属罕见。祠宇历经修葺，20世纪70年代，槽门被拆除，改建为七溪小学教室。

2002年，族人对祠宇进行修葺，将中栋正面格扇门处阶檐以及后栋糟朽的木间墙改造。该祠堂是陈氏家族繁衍生息渊源历史的实物见证，具有重要的历史价值和艺术价值。

江口陈家祠堂

贝氏家庙

“船收千石粮，仓藏万卷书。”这是当地民谚对船仓村历史文化的诠释。这里有特殊的地形地貌：两头是渐高渐小的山丘，中间是低洼肥沃的农田，酷似一艘大船。于是把这个地方叫船仓。贝氏家庙位于船仓村，属长沙市级文物保护单位，是浏阳境内保存得最为完好的古建筑之一。船仓村原是一个乡，后来并入浏阳市高坪镇。船仓村的人大部分姓贝，都是贝氏家庙里祖宗繁衍下来的后代。

贝氏家庙坐北朝南，门向170度，中轴线布局，占地面积2000平方米，砖木结构，面阔3间，中轴线布局，进深3幢（前栋、中栋、后栋），东西两侧设厢房、走廊。小青瓦，马头封火墙。

和一些宗祠不同，贝氏家庙前栋不是一个大门，而是开有三个，分别为中门、东门和西门。在古代，大门的数量、高矮都是有讲究的。宋代开始制定有关规定，严禁民间用“九”数和黄色，也规定祠堂开门的数量，族人中有人考了进士或是中了举人才有资格开三个大门，建成的祠堂才能叫某某家庙。不然就只能开设一个大门，名字也只能叫某某宗祠。贝家明清时期，曾涌现出多位进士、举人、秀才，大门就可以开三个，贝氏祠堂也叫贝氏家庙。

进入家庙是前厅，中间有天井，种着一棵枝繁叶茂的桂花树和一盆典雅高洁的兰花，两边有过堂通向后面两栋，东边过堂放置一口铜钟，有500多斤重，西边过堂放置一个牛皮大鼓，直径有1.5米。每逢春秋祭祖，杀猪宰羊，族人团聚，仪式始迁祖开始时击鼓撞钟。后栋高大的神龛上，供奉着贝氏20代祖先的牌位，上面悬挂“兰薰桂馥”匾额，意思为祖宗恩泽像兰花和桂花一样馥郁芬芳，保佑子孙发达，历久不衰。前厅天井里的桂花树和兰花正好与这牌匾相呼应。事实也是如此，从贝万福以来，600多年历经风雨沧桑，贝氏家族在这里繁衍生息，现已有2000多人口。

贝氏的祖先贝万福是四川人。明洪武末年（1398），他从四川迁徙到了这个山清水秀的地方，由于人生地不熟，创业之初受了不少苦，吃了不少亏。在艰难的生存中，他学会了不少东西，也总结了做人的道理。据《贝氏族谱》记载：贝氏一族一直奉行忠、孝、廉、节。在族谱中对这四个字

贝氏家庙

有详尽的解释："忠"就是为人要忠厚诚实，忠于职守，贡献社会；"孝"就是要孝顺父母，关爱亲友；"廉"就是要勤劳节俭，自力更生，不贪不占；"节"就是要遵纪守法，克己复礼。正是有这样的教诲和训示，贝氏家族始终艰苦奋斗，不懈努力。经过三百多年，贝万福名下已是人丁发达、家业兴旺了。

贝氏后人中历代都有成就突出者。贝德襄，清光绪年间浏阳绅士，曾在浏阳县团防总局总办任职，资助刘善涵创办迎佛寺浏阳女子职业学校，著有《汉律启蒙文集》，后又创办了狮山职校和贝氏小学，为官一世，两袖清风，可谓"生也廉，死也哲"。

清光绪年间，贝氏家族发展到鼎盛时期，十九世嗣孙贝允昕少年读书时，常与谭嗣同通书信，评论时事。光绪十四年（1888）参加乡试，高中举人，在湖北抚署和福建、广西藩署掌管文案十多年，后在浏阳任文华、围山两书院山长。戊戌政变后，贝允昕慨叹"民智之不开，朝政之日敝，由教化之不行"，乃于光绪三十年（1904）到日本留学两年。回国后，他力推宪政，积极参加反帝反封建斗争，任湖南中路师范学堂监督兼教务长，岳麓高等学堂法制、经济教员。1912 年任湖南省法制院院长，1913 年任国务院政治会议议员，1915 年回湖南任公立一中校长，同年，又与岳父刘人熙合办湖南《大公报》，任副社长。1925 年，浏阳境内遭受特大旱灾，民不聊生，他以律师公会会长身份，向湖南省政府呼吁，并筹款赈济灾民。他还先后倡办财政学堂、新民政校、湘东女校等，湖南有不少老师、律师都是他的学生，所以享有“校长之长，律师之师”的美誉。

贝氏家庙历经200多年的风雨侵蚀，好多地方出现破损。在家庙中栋墙壁上两边现有“忠、孝、廉、节”4个大字。据贝氏老一辈回忆，这是晚清一位油漆艺人拓于宋代著名儒学大师朱熹的字体，历经百年沧桑，现仍然刚劲有力地呈现于后人的眼前。这4个大字，也是贝氏家族的家训精髓，教育和鼓舞着贝家子孙忠孝为人，老实做事，奋发有为，报效家国。

改革开放后，贝氏宗族两次捐资30余万元，先后对家庙进行了修缮，按原貌将屋面、地面、墙体进行维修加固，添置了香案、香炉、匾额等。由于贝氏族人重视文物保护，得到了各级政府的一致认可和大力支持。2011年贝氏家庙被浏阳市人民政府公布为县级文物保护单位，2014年被长沙市人民政府公布为市级文物保护单位。

贝氏家庙

李氏家庙

一

李氏家庙建于清嘉庆二十年（1815），坐落在著名的“濠溪八景”所在地——大围山（原白沙乡）狮口村新征组。是一处坐东朝西的砖木结构建筑，门向350度，砖木结构，面阔五间，进深四间，建筑面积达884平方米，一、二进之间设天井和过亭。李氏家庙墙体采用“父子砖”眠墙砌筑、方形石门与圆形石门巧妙搭配，十分坚固，也较为罕见。此外，封火山墙、硬山顶、小青瓦，建筑群显得古香古色。

二

《李氏家庙图说》对其有评价较高的表述：“地依围山之麓，东镇桃岭，西拱狮崖，南北诸山，如门如翼，面揽长堤烟树，苍茫不减盘古风。”

李氏一族在浏阳东乡的发展确实比较迅速，目前这一支有2100多人。数百年来，浏东李氏重教尚武，人才辈出。明嘉靖年间，宗伯公以文章致通，

李氏家庙

李氏家庙

授翰林院编修；明永乐年间，襄敏公抗击倭寇战功卓著，官拜南京兵部侍郎；清代以来，浏东李氏家族以文治武功致仕者难以胜数。

追根溯源，浏东李氏还与唐太宗李世民扯上了关系，他们的祖先竟是有着高贵血统的皇亲国戚。这到底是不是真的？李氏家族曾在族谱里找到了线索。

李氏家族曾七修族谱。1938年第七次修订的族谱序言说：“吾族之谱，肇基于唐，先朝功令，不祖帝王，七修吾谱，玉步已迁。”撰写序言的为李柱国，在谱上尊称其为华轩公。族谱里记载，东区李氏最早来到浏阳的是一个尊为贵斌公的人，他拖家带口从江西义宁（今修水）迁移至浏阳。自此，大唐王脉支分浏东，开启了它在浏东大地600余年的沧桑历程。六修谱之前只从贵斌公开始才有详细的传承谱系，唐朝至明朝的则极为简略。李柱国主持第七次修订族谱时，从江西修水借了李氏宗族的龙凤谱，上面详细记载了李家从唐朝至明朝的谱系传承情况，续接上了浏东李氏三门族谱。至于浏阳李氏为什么没有完整的谱系，原来是在一场大火中被烧毁。

从《浏东李氏三门族谱》和《新唐书》等历史文献上也能找到佐证，李世民十四子曹恭王李明的玄孙嗣李皋做过洪州刺史、江西节度使，随后李氏家族开始在江西一带繁衍。“龙凤谱” 其名也彰显出谱系传承的显赫身份，只有帝王世家才能使用“龙凤”之名。

这套七修族谱对浏阳东乡李氏家族来说有两点非常重要的意义：一是基本可以认定浏阳李姓三门系唐太宗李世民后裔，二是七修谱上增加了著名理学家朱熹于南宋淳熙四年（177）为李氏擢写的《李氏修谱旧序》。

三

李氏家庙整体建筑和别的祠堂基本上相同。青砖麻石建造，大的足有100公斤重，古朴肃穆，整个正殿由6根柱子支撑，每根柱子的柱础上，都依稀可见曾经精美的花纹。从大门进入就是前厅，两边有厢房，前栋与后栋之间有一个横向长方形的天井、过厅设有八角形的雕花藻井，彩色的绘画十分鲜艳，后栋大厅是祠堂的核心部位，设多层供台，里面供奉浏东李氏三门先祖之神龛灵位。大厅还是宗族宴席、议事和重大活动的中心，每年几次的祭祀都在此进行。

2007年，长沙市人民政府将其公布为长沙市级文物保护单位。

李氏家庙

鲁氏宗祠

鲁家宗祠位于浏阳市大围山镇中岳村鱼头组，为当地鲁氏家族祭祀远祖近宗的祠堂建筑。据考证：该祠创建于清乾隆期间（具体年月不详），现存祠堂为清光绪二十九年（1903）重修建筑。“土改”初期，祠宇曾用作鱼头村村部，现正门处墙体上依稀可见当年“农业学大寨”时期的标语。

鲁氏祠堂背靠青山，面朝绿水，坐南朝北，门向330度。砖木石结构，封火墙，硬山顶，小青瓦，面阔三间，前后两栋，栋宇间设过亭天井，亭内上方置八角彩绘藻井，绘着八大仙人像，线条流畅自然，人物惟妙惟肖，一看就是造诣较高的画家所画。建筑平面呈矩形布局，共计面积387平方米。祠堂前墙洞开三扇大门，大门高大宽阔，门上绘着高大的门神。正门两侧对联：“教犹秉礼，道本尊亲。”门上方书“鲁氏宗祠”四个大字，正门左右各开一门，比大门矮而窄。硬山顶，风火墙，梁头上画着精美的图案，显得很有气势。祠堂内左右各有一小天井连着前后栋，后栋正中显眼位置供着三个高大的神龛，上面是鲁氏先祖的牌位。自前檐至两边厢房呈直线排着七组石檐柱，每组麻石柱上都刻有对联。上厅栋梁上书有“光

鲁氏家庙

绪二十九年岁次癸卯七月二十八日巳时重修”等建祠题记。祠宇内石柱上镌刻六幅楹联，其中一副是：“地号鱼头，忝政清名留自昔；形如鸟翔，周宗礼制炳于今。”鲁氏宗祠里原来挂有很多牌匾，如“光前裕后”“望族永昭”“瓜绵百瓞”等牌匾。

鲁氏一族在星湾是望族，人口众多，非常重视教育，各朝各代人才辈出。星湾后来改名为鲁家湾了。鲁氏一族便在星湾西岸之金潭园修建了气派的总祠。乾嘉间，宗祠遭火灾烧毁，过了几年后，鲁氏族人于光绪十二年便在今鱼头坪处建了景福堂。鲁氏人口不断增多，便于鲁氏总祠附近，前前后后建起了七座分祠：文吾公祠、彩公祠、昌炽祠、秋潭公祠、蟹形祠、石山岭祠和中岳祠。

说起中岳祠，还有一段令人动容的故事。中岳有一对鲁氏夫妇，膝下无子无女。一日深夜，一女乞丐在其屋前生下一男婴，女乞丐显然没有能力抚养，抱着孩子痛哭。鲁氏夫妇一见就动了恻隐之心，将这对母子收留下来，悉心照料。女乞丐深为感动，临别时便将儿子送给他们。鲁氏夫妇老年得了一个儿子，自是喜出望外，给儿子取名鲁建亭。两位老人对儿子真是倾尽了心血，含在嘴里怕化了，捧在手里怕摔了。建亭也很争气，长大后为鲁家挣得了一份大家业。可当地鲁氏人，说他是带养的，没有资格入祠上谱。此时鲁氏两老已故，鲁建亭在老人坟前哭了一通，一咬牙，便

鲁氏家庙

在中岳自建了一座鲁氏宗祠，比鱼头总祠还要气派，名中岳祠，把父母的牌位恭恭敬敬摆在堂屋中间。不久，鱼头鲁氏总祠需要维修扩建，经多方筹集，资金缺口仍然很大。有人提议备办几桌酒席，将包括鲁建亭在内的鲁氏中财力雄厚者请到总祠商议。那天，鲁建亭直到快要开席了才赶到，他谁也不理，戴着顶旧草帽，背着背篓，找个座位就坐下，将背篓放在供台下面，上面盖了些野菜。开席之前，族长向大家报告总祠的修建情况，先是感谢一些捐钱捐物较多的人，然后谈到目前资金短缺，亟待众人捐助之意。众人默然，先前闹哄哄的大厅一时间静得听得见呼吸声。鲁建亭看看差不多了，就不紧不慢地问道："到底还要多少呢？看看我那背篓的银元够不够？"有人上前揭开篓子上面野菜，下面全是白花花的银元，众人惊得张大了嘴巴合不拢。鲁建亭顺理成章地上了族谱，从此，鲁氏族人再也不敢小看他了。

中华人民共和国成立后，鲁氏宗祠分给了四五户人家居住。鲁氏祠堂的主体建筑保存基本完整。结构典型，建筑集石刻、木雕、镶嵌、泥塑、彩绘等于一体，具有重要的历史价值、科学价值和艺术价值。2011 年元月，鲁家祠堂被公布为浏阳市（县）级文物保护单位。

鲁氏家庙

石霜寺

石霜寺又名崇胜禅寺，坐落在离浏阳市区约40公里的金刚镇石庄村霜华山，因山峻水秀，触石喷水如霜而名。史籍载："法道盛时，石霜、道吾俱为选佛之场。"这是一座影响深远的千年古刹、祖师道场，相传为庆诸禅师所建。

传说庆诸初到石霜山，找到里正，要求施舍一块袈裟大的地方用以建寺，里正一听，觉得好笑，不过一块小小袈裟大的地方，便满口应允。庆诸带着里正来到一块开阔地，将袈裟抛向空中，那件袈裟越飞越高，竟遮盖了墨庄、都庄、石庄三个村的土地。里正惊慌不已，后悔自己大意失言，有心反悔。经协商后，只得将石庄拨出，同意庆诸在此建寺。有了土地，还需要木材。石庄的山都是当地一刘姓财主所有。一天，庆诸找到刘财主，请其施舍几棵树木，以便建寺。刘财主指着连绵起伏的群山说："我山上的风尖树你尽可以去砍，全部送给你了"。庆诸念声阿弥陀佛，谢过刘财主，转身便走。刚走不久，好端端的天气来了一场暴风雨，电闪雷鸣，狂风大作，山上碗口粗以上的大树竟齐刷刷地被吹断了树尖。刘财主叫声不好，

石霜寺

无奈自己已经答应了人家，他知道这位和尚绝非等闲之辈，不如遂了人家，也算是积了功德。庆诸最初所建的寺庙到底是什么样子已经不为人知，但高深的道法使庆诸声名远播。

《五灯会元》有传，庆诸（？—888），俗姓李，庐陵新淦（今江西清江）人，拜绍銮为师，出家学佛。初参访沩山灵祐，在密印寺当米头，后又到道吾山参访宗智。一天，宗智说："我心中有一物，久而为患，谁能为我除之？"庆诸答："是物俱非，除之益患。"宗智赞之，封为普慧禅师。而《宋高僧传》记载，说释庆诸，俗姓陈，庐陵新淦玉笥乡人。13岁礼绍銮禅翁为师，在洪井西山落发，23岁往嵩山受具戒，便就东洛学毗奈耶。后在云岩道吾，得石霜山遂有焉之志。

《宋高僧传》说庆绪在石霜山结茅宴坐时，就有很多追寻。后居石霜寺20年间，堂中老宿长坐不卧，屹若榴杌，天下谓之"石霜枯木众"。他名登朝廷，声动公卿。唐僖宗闻其道誉，遣赐紫衣、龙杖，他坚辞不受。唐僖宗又赐袈裟、禅杖，并诏命宰相裴休奉旨监督扩建（874—879），敕封"唐代国寺"，"仰食皇恩"，敕封"崇胜禅林"。只是僖宗没有想到，他的第三子后来从石霜寺出家，法号"普闻"。普闻后去大乾山开法，法号"龙湖禅师"，成一代名僧。现距石霜寺四公里还有一处叫"太子桥"的地方。传说太子桥横跨石庄与都庄接壤处，是古代由金刚进入山区唯一桥梁。石霜建寺之初，即筑有石拱桥。清代中叶，因改道失修，桥崩于洪。多年以独木承渡过客，屡犯安全。直至1982年壬戌之冬，由何运镰等为首，募捐复筑石拱桥。在清基采石工程中，从河床沙砾层挖出古碑一块，上载"南无阿弥陀佛"纵行大字外，并记有太子桥重修于皇清雍正某年某月，主持者为石霜寺住持楚芝裕师等文字。据民间传说，是唐僖宗三子因受宠妃嫉害，流浪在石霜寺出家修行。

对于庆诸禅师的开悟，《景德传灯录》卷十五中有记载："师后参道吾，问：'如何是触目菩提？'道吾唤沙弥，沙弥应诺。吾曰：'添净瓶水著。'吾却问师：'汝适来问什么？'师乃举前问，道吾便起去。师从此惺觉。"

据《五灯会元》卷五记载：师后避世，混俗于长沙浏阳陶家坊，朝游夕处，人莫能识。后因僧自洞山来，师问："和尚有何言句示徒？"曰："解夏上堂云：'秋初夏末，兄弟或东去西去，直须向万里无寸草处去。'良久曰：'只如万里无寸草处作么生去？'"师曰："有人下语否？"曰："无。"师曰："何不道'出门便是草'？"僧回，举似洞山。山曰："此是一千五百人善知识语。”因磅囊锥始露，果熟香飘，众命住持。庆诸因此在石霜寺一待就是20多年。

石霜寺寺坐北朝南，依山而建，气势磅礴，呈参差错落之格局。鼎盛时期占地面积一万多平方米。山门高大堂皇，颜其楣曰：“崇胜禅林。”院墙高大，联其门曰：“大千世界，不二法门。”寺内大雄殿匾书“唐石霜寺”，相传是唐僖宗亲笔所书。殿内还有裴休、包拯塑像。寺内殿阁、庙廊、道院、僧房，一应齐全。计有天王殿、大雄宝殿、地藏王菩萨殿、准提王菩萨殿、千手观音殿、五百罗汉殿、伽蓝殿、卧佛殿、万佛塔等各大殿宇，还有禅堂、祖堂、钟楼、鼓楼、念佛堂、方丈室、藏经室、客堂、观堂、放生池、庙廊、僧房等建筑。山门前眺浏翠峰，晴岚雨雾，春花秋月，气象万千；后傍凤翔峰，状若凤凰展翅；狮子峰居其左，象王峰居其右，宛如狮象拱卫门庭。大雄宝殿居建筑群中心位置，总面积764.4平方米，高18米，建于花岗石台基之上。方丈室居全寺最高处，面积250平方米，高11米，硬山屋顶。

寺内石碑首推宋朝刑部侍郎丁应奎书虎严禅师碑，碑中有山林寺庙咏景诗词。大佛殿堂台阶上，左右碑石各一，一书“石霜崇胜禅寺重修殿记”，署衔曰“翰林院检讨癸酉福建主考官德州峨山孙襄谨撰”。另一书“皇清雍正乙卯年春月，重修大殿芳名记”。由此可知，该寺大佛殿堂，在清雍正年间重修过。可惜寺院年久失修，多有颓败。山门、贴金菩萨遭毁，迄今尚存大雄殿、斋堂、戒堂、祖庭及方丈室等处。

石霜寺有内八件与外十八景之分。内八件即：千人锅、万人床、裴相笏、包公砚、祖师袈、古禅杖、自鸣钟、枯木堂。其外十八景有左凳柏、盐醋井、虎扒泉、飞来塔、乌龟石、木鱼山、将军洞、棋盘石、上马石、仙女鞋、神仙椅、七藏水、霜华潭、太子桥、蛙滴水、九牛磨、打鼓岭及隔河会(连理樟)等。

石霜寺山门前，迄今尚耸立一柏树。县志载：建寺时，前坪有一株小柏树。一日，庆诸见一小和尚正在拔除它，立予制止，要他以石砌围护，因撑持向左，后长向左偏，谓之“左凳柏”。此柏树，现在仍长得虬枝婆娑，具翼公寿仙之状，颇有临门迎客之姿。翠叶葱茏，大于双人合抱。

作为唐朝国寺，受到历代皇家的重视，石霜寺曾管辖寺院48处，房屋5048间。唐僖宗赐香火田300石，以充寺院经费。其门楣曾悬有“唐石霜寺”匾额，相传为唐僖宗所书。宋仁宗时曾加以拓建，清雍正时又加以重建。

传有骑马关山门之说，有“殿高九十尺，佛高七十尺”之名，“浏阳大佛”寺院之宏大可想而知。

宋代诗人毕田拜谒石霜寺后，为古寺的风景和深厚的历史所动，留下诗云：

石上泉华喷猛霜，境奇因此辟禅房。
使君环笏留何用，枯木千余满一堂。

“裴休笏”系唐代时宰相裴休之物，据有关资料记载，裴休因建议立太子之事被贬为湖南观察使。他笃信佛教，石霜寺又是他督建，便执笏来访。庆诸指其笏说：“此物在天子手中为珪，在官人手中为笏，在老僧手中且道唤作什么？”裴休无言以对，遗笏而去，后建遗笏堂。此笏虽曾遗失多次，终完璧归赵，至今仍在，为寺存八宝之一。

清人徐旭旦在《石霜寺》一诗中更多地感叹古寺的清幽、灵气：

春深玉殿紫苔封，簇绕屏山翠几重。
鸟识磬声仍下食，云移潭影恰闻钟。
龙华地变黄金界，鹫岭南归白社宗。
我爱远公栖遁好，再来挥麈抚长松。

石霜寺

“虎扒泉”是一处极具传奇色彩的景致。据清顺治年间浏阳知县韩景《石霜寺记》载：“传开山时，僧苦远汲，忽夜闻虎吼。次晨，视崖间石壁，上有虎爪痕，泉五道喷出如沸，盖道力宏远，猛兽亦为效灵也。”因而名曰“虎扒泉”，迄今尚有泉水流出。

清光绪时任两广盐运使的浏阳优贡黄征游历石霜寺后，写下《虎扒泉》一诗：

几幅袈裟地，禅林托钵初。
传闻泉竭绝，曾费虎爬梳。
鸿雪犹留印，龙云宛辟畲。
名山总神异，不必道凭虚。

中国佛教禅宗五家七宗，有两宗发源于石霜寺。《中国佛教》中记载：“有楚圆，住石霜崇胜寺行化，其下有慧南、方会，开黄龙、杨岐二派，合前五家，号为七宗。”石霜寺成为临济宗杨歧派和黄龙派的共同祖庭，在中国和日本禅宗史上，都有着极其重要的地位。《景德传灯录》《宋高僧传》也另有记载：石霜崇胜禅寺著名禅师还有石霜大善禅师（宋、元时期，南岳怀让禅师法嗣第二世）、石霜性空禅师（怀让禅师第三世洪州百丈怀海禅师法嗣）、石霜晖禅师（庆诸禅师法嗣，石霜禅寺第三世住）石霜楚圆、法永（楚圆同门）、石霜节诚（云门第四世南台勤禅师法嗣）、石霜琦（云门第三世荐福承古禅师法嗣）、守孙（杨歧方会法嗣）、宗鉴（南岳下十六世大沩果禅师法嗣）等人。其中楚圆是闻名全国、影响深远的人物。

楚圆也叫石霜楚圆（986—1039），生于雍熙三年（986）。全州清湘(治所在广西全州)人。俗姓李，少年时曾学习儒家经典。年满22岁，在湘山隐静寺出家。楚圆的母亲对佛教很有认识。据《楚圆传》载：“其(楚圆)母有贤行，使之游方。”（《禅林僧宝传》卷二一之《慈明禅师传》）此后，楚圆到襄沔一带游历，与大愚守芝、芭蕉谷泉相遇，相互结伴而行，共同到汾阳，拜善昭座下苦修7年，尽领禅法要旨之后，才离开汾州。后又继续到各地参师访友。先到并州（治所在今山西省太原市）参访唐明智嵩，受智嵩的指示，与当时名士杨亿和谈禅论道。1022年楚圆到仰山参访时，杨亿便写信给袁州（今江西省宜春市）知州事黄宗旦，请楚圆出世弘法，住持袁州南源山广利禅院。从此开始了楚圆一生住山接众、传授禅法的生涯。楚圆先后主持了5所寺院，即袁州南源山广利禅院、潭州道吾山、潭州石霜山崇胜禅院、南岳山福严禅院、潭州兴化禅院。于宝元二年（1039）正月在潭州兴化禅院示寂，世寿54岁，谥号慈明禅师。主持潭州石霜山崇胜禅院时间是最长的。

说到楚圆与慧南的结缘，有一段非常有趣的故事。慧南经南昌文悦禅师提点，要他去参临济宗的第六代正宗传人石霜楚圆禅师（又称慈明禅师），在去石霜寺的途中，他遇到由石霜山来的僧人，说楚圆常常轻慢前来参学的人，慧南于是半途改道，前往南岳福严寺。后楚圆禅师前来接任福严寺住持，慧南便决定留下来，看看石霜楚圆禅师到底是什么样的人。楚圆到了福严寺，每次上堂说法，总是没说两句就开始骂人，对许多长老都有鄙薄之意，连怀澄禅师的开示，也都被他当作邪解，严加呵斥。慧南禅师对此感到气愤不平，但回想文悦禅师的话，想到心中的疑惑要自己来解开，因此决定直接向楚圆禅师请法。

楚圆原以为慧南声名远播，必定于佛法有所领悟，因此问了慧南一个云门宗的公案："洞山守初在参云门文偃禅师时，云门禅师要打他三顿棒，这三顿棒是该打，还是不该打？"慧南禅师曾经参过这段公案，因此毫不迟疑地回答："该打。"楚圆禅师听了他的话，神情严肃地说："听说打三顿棒，就是挨棒。那么你从早到晚，听虫鸣鸟叫、钟鼓木鱼打板之声，也应该要挨棒，那么你挨棒要挨到何时呢？"慧南禅师瞠目结舌，回答不出来。楚圆禅师说："我一开始以为当不了你的老师，现在看来，当之无愧。还不拜下。"慧南闻言赶紧顶礼拜下。楚圆禅师又讲了一段公案："赵州禅师说他勘破了五台山的婆子，赵州到底从什么地方勘破她了呢？"慧南被问得哑口无言，汗如雨下，无法回答而退出方丈室。

隔天，慧南进入方丈室请求开示，又被痛骂一顿，慧南惭愧地说："就是因为疑团无法解开，所以再来请求和尚开示。骂人难道是和尚慈悲接引的方式吗？"楚圆笑着回答他："这就是骂吗？"慧南当下有所契悟，并作出一首偈子呈上："杰出丛林是赵州，老婆勘破有来由；而今四海清如镜，行人莫与路为雠。"楚圆禅师看了后，以手指着"没"字并看着慧南，慧南更改成"有"字，心中更加地佩服楚圆禅师。

元、明两朝石霜寺处于衰落阶段，清代石霜寺又逐渐中兴，代表人物为"莲尊"，石霜临济宗人，为开山祖师庆诸禅师重建塔墓，上刻"唐青原第五世普会庆诸禅师塔"等字，今犹存。据现存碑刻记载：雍正十三年

（1735）重修大雄宝殿，乾隆五十九年（1794）修山门、两廊，次年续有修建。光绪五年（1879 年）重修观音阁，1923 年又对大雄殿进行了一次重修。1948 年石霜寺住持定宗开坛传戒，僧俗云集达千余人。石霜寺现存文物主要有：唐庆诸植古松柏、古银杏数株，树龄 1000 多年；寺内保存清代至民国年间匾额 10 块，最早的为清同治十二年（1873）。僧人墓塔 10 座，各类碑记 20 块。

2014 年，开始募资修建万佛圣塔，经过两年精心施工，在社会各界的关怀、支持下，石霜禅寺万佛圣塔圆满竣工，使千年古刹更添光彩。

石霜寺

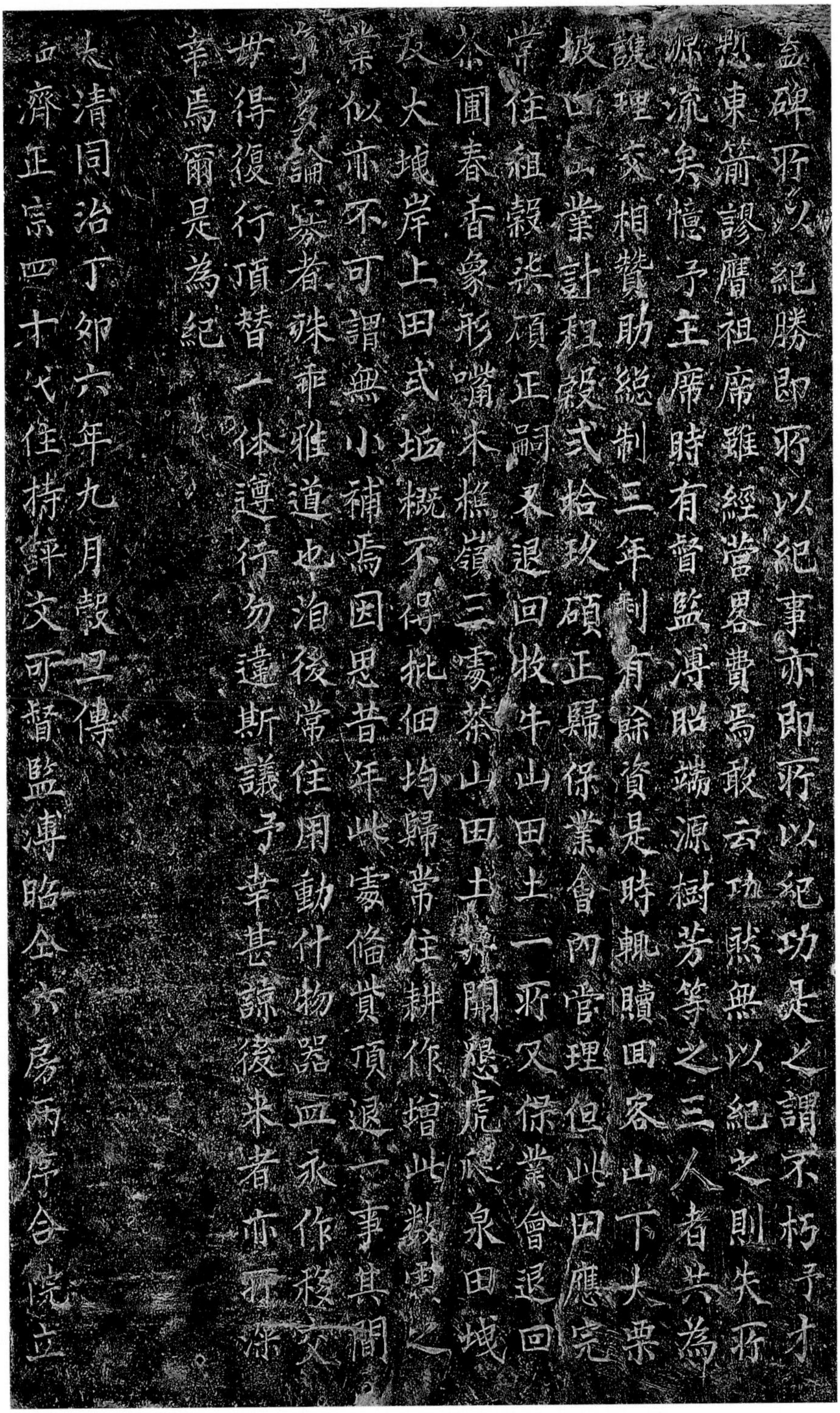

立碑所以紀勝即所以紀事亦即所以紀功是之謂不朽予才
愧東箭謬膺祖席雖經營畧費焉敢云功然無以紀之則失所
淵流矣憶予主席時有督監溥昭端源樹芳等之三人者共為
護理交相贊助総制三年剩有餘資是時輒贖回客山下大栗
坡山業計租穀式拾玖碩正歸保業會內管理但此田應完
常住租穀柒碩正嗣又退回牧牛山田土一所又保業會退回
茶園春香象形嘴木樵嶺三處茶山田土并開懇虎爬泉田塅
及大塅岸上田式坵概不得扯佃均歸常住耕作增此數處之
業似亦不可謂無小補焉因思昔年此處備賞頂退一事其間
爭多論寡者殊乖雅道也洎後常住用動什物器皿永作移交
毋得復行頂替一体遵行勿違斯議予幸甚諒後來者亦所深
幸焉爾是為紀
大清同治丁卯六年九月穀旦傳
臨濟正宗四十代住持評文可督監溥昭仝六房兩序合院立

石霜寺六房纪事碑

宝盖寺

宝盖寺，位于连云山脉宝盖山半山腰，浏阳市古港镇宝盖村（原宝盖洞乡）境内。据有关资料记载，宝盖禅寺建于唐代文宗景福帝元年（892），距今1100多年，与道吾山的兴华寺、金刚的石霜寺，大光洞的大光寺同为浏阳四大祖庭。明太祖朱元璋赐名“宝盖佛祖”。

宝盖山又名芦洞岭、诸灵山、寒婆坳，海拔1311.7米，属连云山脉，东临三口，西连崖山，南接古港，北抵平江。宝盖寺藏于千山万壑之中，峰顶壁立，呈现出云凝雨集，上大下小，状若华盖的奇异景象，故名宝盖。该处重峦叠嶂，巍峨雄踞，潺潺清水环宝刹，荡荡湖泊映繁花，古木参天，古墓群、祖师塔底蕴尽显。一条小路沿着山溪忽隐忽现，真有泰山十八盘的味道。鼎盛时有九栋十八亭四十八分庵，僧尼108个，香火田180亩，山200余亩，寺院宏伟壮观，香火极旺，求佛信众络绎不绝。

宝盖寺

宝盖村，人们习惯叫其宝盖洞，源于这里白果组炉前屋场有一风洞，曰“风神洞”，这个洞洞口朝上，草木不生，其深不可测。洞口总有一股风喷射而出，风时大时小，大的时候呼呼作响，整条山冲便竹木摇曳，有人曾趁起风时向洞口扔下十来斤重的石头试探，却被风甩出洞外数丈；小的时候微风轻拂，丝丝缕缕。为了避灾，百姓过去每年都会杀猪宰羊祭祀。现洞口仍保留有石柱、石栎和石碑神位。

宝盖寺历史悠久，盛于唐、明两代。开山祖师宝盖山约禅师系青原行思法脉唐石霜庆诸之得法弟子，为青原行思第五世。约禅师以下高僧辈出，名扬中外。现已发现有碑文记载的宝盖寺祖师、大和尚等55位，高僧大德294位。现今保存完好的宝盖堂上历代祖师古墓灵塔分为3个区域20余亩，约240余尊。

禅宗史书《五灯会元》中载有高僧宝盖山约禅师语录一则如下：

僧问：“宝盖高高挂，其中事若何？”

“请师言下旨，一句不消多。”

师曰：“宝盖挂空中，有路不曾通。”

“傥求言下旨，便是有西东。”

《五灯会元》中还记述了一桩关于宝盖的公案：

有徒问：“如何是宝盖？”

师曰：“不从人天得。”

“如何是宝盖中人？”

师曰：“不予时人知。”

至清初，先后有密因禅师，九代祖燃灯禅师、十代祖恢昌先禅师弘法宝盖寺。据传，这些禅师在禅林的声望颇隆，现有灵塔为证。

明代始祖朱元璋为宝盖寺赐匾《宝盖佛祖》，并题诗碑铭：

西祖一佛圣，云霄九天春。
开辟千古上，长济万世民。
德配光日月，明照静风尘。
从天从自古，从地从来今。

河南州名士李英不畏路遥千里，慕名而来，行至宝盖寺不远之宝山桥上，环顾四下，摇指高赞“真是名不虚传的风水宝地”。触景生情，挥笔题诗：

千古万年间，虚空架碧湾。
如虹横饮水，似月半衔山。
空藏人行广，岳嵬客往还。
不愁波浪急，长断宝门关。

在现已建成有观音殿左侧山梁上，有几座禅师灵塔，保存尚好，却碑文湮灭，仅有其中一座碑石右边底部余一个“蓝”字。这座古塔有可能保留着约禅师或宝盖和尚的灵骨。“蓝”字之上，必是“伽”字，伽蓝是佛寺的别称。由此大体可推断，此塔为宝盖寺祖塔。

古迹甚多，神话传奇动人，如宝盖的由来，说是新建寺院时，其经费来源主要来自信民的募捐筹集，主体工程竣工后又缺盖料，信士修庙的义举感动了玉帝，他指派十八路神仙各助金瓦一口，使大雄宝殿如期盖成。十八口金瓦一直是宝盖寺的骄傲，也是宝盖寺的来历之一。据传这十八口金瓦在一次战火前，由当的住持将其藏在一个叫五湾的地方，并留下一首歌谣：五湾十八窖，窖窖十八块，块块十八斤，斤斤十八两，不要挖和抢，那是玉帝赏，只待仙人收，凡人无福享。五六十年代，地方村民有很多人上山寻过此宝，自然没有任何收获。

宝盖寺庄严巍峨的汉白玉大佛，以洛阳龙门大佛为原型雕刻而成。龙门大佛为唐高宗发心，皇后武则天赞助脂粉钱两万贯，由唐高僧、净土宗祖师善导大师监造而成。善导祖师为教界所公认的弥陀再来者，他所监造的龙门大佛可以说是佛陀的自画像，庄严凝重，慈悲安详，纵观华夏佛雕崖刻，无出其右者。在龙门大佛造龛功德碑文中说：“佛法东传，七百余载，造龛功德，以此为最。”为了完成佛雕工作，由宝盖寺师父带领，与雕刻名家多次往返洛阳龙门大佛实地考察，多角度拍照取材，获取真实的第一手图像资料，又在白玉产地料场精心选料，历时两年三个多月，经过专家精心雕琢，最终这尊惟妙惟肖的大佛落成于宝盖寺庄严的大雄宝殿中。

宝盖寺现已建成万佛大殿、重 500 余吨的汉白玉大佛、居士寮等寺院硬件设施。后续的按规划还要兴建大雄宝殿、山门、斋堂、念佛堂、僧寮等建筑，以落实寺院整体规划，完善配置。

九龙寺

九龙寺坐落于杨花乡（现属大瑶镇）杨家湾半山腰。杨花河贯穿全境，东有东边山、南有九龙山，形成一个天然关隘，九龙寺隐于苍松翠柏间。这里群山环绕，山清水秀，宛若仙境，九龙寺就建在关口附近的九龙山。

寺庙占地面积达 50 公顷，四周皆为原始次生林，上百株古樟、银杏峥嵘苍虬，遮天蔽日。庙宇呈梯级建造，最下面是一处庙门，常年掩映在森森的古树下，庙门前面是一块约 200 平方的地坪，成为当地村民和游客的避暑胜地。再攀上十多级台阶，就到了主殿，这里香雾缭绕，木鱼声声，俨然进入了另一个世界。

九龙寺开基传说有二：其一，始建于唐朝末年，先建横溪岭清山坡，因无稳定的水源，僧侣香客生活极为不便，只得迁建禁龙山，后建杨家山，所存资料残缺，迁建年代均不详。但同治《浏阳县志》卷十二《县南寺观》内标明："九龙寺，唐时建。"其二，唐朝时，浏阳道吾山兴华禅寺有师兄弟三人，遵师嘱到南乡各建一庵，即金刚石霜寺，醴陵王仙保元寺，九龙庵宝华寺。宝华寺初建禁龙山，迁建杨家山后改名九龙寺。据有关资料记载，九龙寺迟建于石霜寺约六七年时间。清乾隆间改庵为寺。

清康熙三十八年（1699）留下的残碑载：现存开建僧姓朝代未详，复于自省禅师重兴兹山数十余年，道扬清浏……（自省，姓陈，丹桂人，幼年出家，授一徒。）又据大丰黄氏族谱载：始祖于清乾隆二十六年（1761）由浏阳迁大屋场契买九龙庵管业。清咸丰年间地方设团，九龙寺僧姓为志胜团 18 大姓之一。民国时期由乡人刘善泽创立的佛教居士林浏阳分林第三支林立于九龙寺长达 20 年。现存和尚塔墓 300 余座。由此九龙寺的历史和规模可见一斑。

民国时期的九龙寺，土木结构，主室地面铺以青砖，有庵门、围墙，前后殿和左右横、直厅及厢房大小共百余间。前殿约 50 平方米，栋高 7 米，半截前楼上一监察菩萨面向后殿而坐。两边各一正房。天井后为正殿，约 150 平方米，六根屋柱粗圆，中间置佛像，两边塑十八罗汉、二十四位储君菩萨，花格中门。"九龙禅寺"古匾悬挂在前殿门楣。

九龙寺建筑布局严谨，横直厅堂，交错有序，地基前低后高，连成自然。

住室、仓库、客堂、生活区俱齐。20 世纪 50 年代大部分建筑被毁。

九龙寺开山祖师带有 9 个徒弟，分九房，后增一房，各房均有堂号。10 房中有 3 房分出他处，松竹堂后来迁建兴隆庵（金刚镇芦花村），一房迁建麻石谢家禁山（属醴陵市），一房迁建华园炉化庵。十房文武俱齐，当家人佛星精武术，如福堂示勤、不动禅师工诗词。中华人民共和国，仍有佛星、示勤、啬夫、有缘、曾不动、邓安生、黄云凌等禅师。

1993 年 3 月 3 日，浏阳佛协指派西乡大平桥高国清从石霜寺到九龙寺主持，法名圣清。圣清逐年维修前、后殿，拆建西边生活区，扩建围墙，寺貌不断变化。

千年古刹九龙寺，有古碑、古墓、古塔、烈士墓、泉水、湖泊、古树名木、草场等 10 多处景点和清乾隆年间留下的木柜等文物。重建后的九龙寺，面积不断扩张，正殿黄墙彩瓦，飞檐翘角，古朴雄伟。内供释迦牟尼、弥勒佛、阿弥陀佛三大镀金佛像。前殿、观世音殿、济公殿建筑风格各异，各种佛神塑像千姿百态，有大有小，栩栩如生。

九龙寺耸于绿林之中，林泉幽美，岚气氤氲，天光云影，气象丛生，风景独具，气候宜人；山之北麓有九龙湖，水清如镜；东有乡南大门关口，风景如画；南有唐刹石霜寺，古道相连，是避暑、旅游的绝妙佳地。

关帝庙

杨花关帝庙位于原杨花乡（现并入大瑶镇）双江口谢家塅。据传清嘉庆年间，本地居民刘贤成之祖先，在谢家塅观（灌）场里迎仙观清理废墟时，挖出数尊铜像，其中一尊关帝像完好无损，油漆也很鲜艳，他当即清洗干净，焚香秉烛，将关帝像迎奉于观音阁前殿。地方人士认为他有佛缘，护法有功，推举为庙祝奉香大丁，并一直世袭，直到新中国成立后才改变。

翻阅浏阳南市刘氏族谱得知，双江口原来只有观音阁，始建于明万历二十二年（1594）前后。时刘姓祖先刘朝海全家由县南市迎奉观音香火而来，并在双江口修建观音阁。因十分灵验，一时香火旺盛，附近信士到双江口观音阁朝拜，习惯叫去“观音阁”，久而久之，观音阁取代双江口成为地名。刘贤成之祖先挖到关帝像后，就在观音阁前殿供奉。随着时间的推移，关帝庙的名气超过观音阁，大家习惯将双江口的观音阁称为关帝庙。

关帝庙是为纪念三国时期蜀国的大将关羽而兴建的。关羽生前曾拒受曹操的重金赏赐和诚心挽留，他千里走单骑，过五关斩六将，带着刘备夫人去寻兄，他的忠勇大义被人们广为称赞，成为“忠义”的化身。他死后朝廷多有封赐，很多地方以“忠义”名义为他建庙、塑像。宋代时封为“忠惠公”，后来再封他为“昭烈武安王”，崇宁三年（1104年）又封他为“崇宁真君”。到明代，万历皇帝封关羽为“三界伏魔大帝”。此后，全国各地开始陆续建了许多关圣（帝）庙，关羽的塑像穿上了以后帝王才能穿的黄袍，并戴上王冕。“关帝”也称为“武圣关公”“关圣帝君”。其庙宇也被称为“关帝庙”或“武圣庙”。关帝庙是中华传统文化的一个重要组成部分。

在杨花关帝庙内，有几通石碑，记录着这座庙几毁几建的经历，公元1909年（清宣统元年）夏月，洪水冲垮关帝庙前殿。是年秋月，当地人自发捐资捐物重建庙宇，并扩建前殿两厢横屋。

关帝庙每年秋季庙会期间，会请来戏班演戏7—12天。周围数十里及邻县、邻省来朝拜的和看戏络绎不绝，人山人海，盛况空前。人们在看戏娱乐之时，也把家里的特产带到街上进行交易，带动了集市的繁荣和当地经济的发展。

清季邑名士黄颖初先生作《武圣庙记》，刻石嵌于殿左（20 世纪 70 年代被毁）。撰时正是戊戌维新失败后的第二年，黄颖初先生之挚友谭嗣同忠于国事殉难，先生正避祸返乡，悲愤不已。故记中既颂关公之忠烈，发思古之幽情，字里行间，亦依稀流露怀旧之隐痛。

关帝庙西傍双江口。古石硚头一古樟，粗若圆桌，膝树长满两岸。后龙山平平坦坦，草木青翠。庙前一泉塘，隔河一泉塘，终年涌泉，清澈见底。洲上古樟集峙。双江河绕庙向东延伸，关圣庙犹在水泊之中的一艘小船。

关帝庙经过多次修复和扩建，现已成为四栋三天井，前低后高的民间特色建筑，集山、水、草、木、硚、路、亭、台、文化、商贸于一体，依山傍水，古色古香，自然和谐，极为雅致。置身其中，祈祷声、鞭炮声、流水声、飞鸟声、车笛声不时入耳。这里既是民间信仰的心灵净地，也是精致的美丽乡村。

祖师岩庙

祖师岩陈大真人庙位于浏阳市沿溪镇大光圆社区大光洞片，是一座具有地域特色的清代寺庙建筑。据考证：该庙宇创建于清嘉庆十年（1805），石木结构，坐东北朝西南，依山就势而建，占地面积 266 平方米。

祖师岩属连绵起伏的连云山脉，主峰海拔 1479.4 米，在大光洞境内有一面巨大的悬崖，是浏阳与岳阳平江的分界线，南为浏阳沿溪镇，北为平江福寿山景区。

陈大真人庙建在分界线一块名曰祖师岩的巨石上。对于这块巨石的来历，有一个传说：明末清初，浏阳和平江两地流行大范围的瘟疫，有的地方十户九空，情况十分严重。有一位叫陈昭显的道长，下山广施草药和符水，救百姓于水火，控制住了瘟疫，深得百姓爱戴。据地方志记载，这位陈道长后来只身一人躲进大光洞深山中辟谷得道成仙，在这块巨石上坐化。后人便在岩石上盖了一座祖师岩陈真人庙，庙内所供奉的就是陈真人百年不腐的肉身。陈公昭显真人在浏阳和平江一带百姓中声名远播，庙内香火旺盛。

清代县人张帜有《登祖师岩》诗云：

翠迷岭半疑无路，红起云端认是枫。
行到奄前人不见，山风送到一声钟。

祖师岩陈大真人庙不仅是道教场所，还是共和国第一位女将军李贞英勇杀敌、舍身跳崖的地方，留存着浓浓的红色印记。

李贞，1908 年正月出生在湖南浏阳一个贫苦农民家庭，6 岁成为别人家的童养媳。1926 年开始参加革命活动，同年被选为浏阳地区妇联委员。1927 年 3 月，李贞加入了中国共产党，随后与游击队活跃在湘赣边一带，多次参加武装斗争。在一次战斗中，游击队被敌人包围在狮子岩，李贞率领的游击队边打边向湘赣边界深山密林撤退，敌人穷追不舍，战至祖师岩时，游击队只剩下 5 个人。李贞和游击队员据庙坚守，打退了敌人多次进攻。天黑下来后，敌人燃起火把前来搜山，步步紧逼。李贞和队员们临危不惧，子弹打光了，就搬起石头朝敌人头上砸去。眼看敌人逼近，已无退路，李贞抛下一句："绝不能让敌人活捉！"她纵身从小庙一个窗户跳下悬崖，因被树枝挡住幸免于难，但已有身孕的李贞因此流产。其他 4 名队员也跟着跳下去。有两名队员也因为山上枝叶浓密保住了性命。李贞忍受着流产的剧痛，与 2 名战友互相搀扶乘着夜色走了五六十里山路，终于逃出敌人的包围，回到游击队伍中。

祖师岩陈大真人庙东侧设门，麻石墙体，巨木为架，铁瓦覆顶，殿内雕梁画栋。现存建筑为后人重修，基本保持原貌，主殿供奉陈真人神像，殿内一角悬挂中华民国十三年铸钟一座，庙宇前墙外是万丈悬崖。这是见证旧时中国传统历史文的实物例证，具有一定的历史价值和研究价值。

祖师岩

赤马殿

赤马殿又名包公庙，位于沙市镇赤马湖畔的龙头山。据碑文所叙，宋仁宗时，龙头山下半里许之仰山岭，有一单身汉，姓兰名伟人，家道贫寒，与老母相依为命。兰伟人没有什么手艺，只能靠砍柴和凿石为业，日子过得苦巴巴的。为改变家庭境况，他从了军。十余年后，终于擢升为解粮将军。

这一年的夏天，兰将军奉命押运粮食到边关听用。路过黄河时，恰遇黄河洪汛刚过，但见沿河两岸满目疮痍，良田冲毁，房屋倒塌，饿殍遍地，到处都是被洪水破坏的痕迹。一些人虽然侥幸捡了一条性命，但没有食物，以树皮、草叶等果腹，在死亡线上挣扎，若不尽快放粮赈灾，数以千计的百姓最终还是只有死路一条。兰将军身为朝廷粮官，深知“国以民为本，民以食为天”的道理。兰将军见此灾情心情，十分难过。他手上虽有粮食，但所押乃边关军粮，无君命绝不能挪作他用。然而，眼看百姓惨状，岂能熟视无睹？他下了决心，宁可丢官杀头，也要拯救无辜灾民。他即刻下令停车放粮。这一举措挽救了数以千计灾民的性命，百姓感恩涕零。

由于兰将军不经奏准，擅自用军粮放赈，被上司撤职查办，押往京城问罪。若交部议处，按大宋刑律当斩。

赤马殿

也许兰将军命不致死，也许是他的行为感动了上天。当一行人押着兰将军前往京城的路上，刚好碰上包拯大人从陈州放粮归来。他见一伙兵勇推着一人在前面走，后面跟着无数百姓在鸣冤叫屈。包大人觉得奇怪，命王朝、马汉前去询问。当包大人听完禀报后，即吩咐将囚犯暂且收押听候处理。

包大人回到京城上朝复旨，将陈州放粮一事奏明圣上。仁宗听后甚喜，直道“包爱卿辛劳”，并有赏赐。包大人趁圣上高兴，又把路过黄河所见之事奏明；包大人说：“我朝有这样爱民如子的好官，真乃圣上之洪福、百姓之幸运。”仁宗想了想，也感到很有道理，在此大灾之年，能有人为君分忧，真是难得。仁宗龙心大悦，即下旨：兰伟人解粮途中，见机放粮赈灾，解百姓倒悬之苦，虽有不奏擅专之错，然功大于过，今著官升一级，恩赐回乡省亲耀祖。兰将军死里逃生，还得到提升，心中自是感慨万千。回到赤马以后，把黄河放粮、触怒上司被判死刑，幸遇包大人在圣上面前相救，不仅特赦无罪，反而升官之事对母亲和家乡父老们说了，众人无不感谢包大人恩德。

几年后，包大人去世，兰家闻讯后即在自家设立包大人牌位，母子日日朝拜奉祀。

包大人爱民如子，公正廉洁，一直有青天大人之美称，越来越多的人前来兰家朝拜，所求之事也十分灵验。兰家便将包公牌位从家中移到龙头山，并建一小庙，当地百姓捐款捐物，小庙多次扩建。宋神宗熙宁二年（1069），当地民众将龙头山上一棵古樟锯断，就其活蔸雕9尺高之包公像，建修起前、中、后3栋大殿，取名赤马殿。

赤马殿前有宫门，两侧通道开拱门，宫门外有一对石狮。包公神像就供奉在包公庙的中间，两边是王朝、马汉的像。前栋有戏台，雕有神马、麒麟、狮、象、狍、龟，台前的阶梯式座位可容纳1000余人。中栋有十大立柱，雕有9尺高的包公尊像和关公神像，钟、鼓等朝拜设施齐全。后栋雕有观音、佛祖、唐僧、王母、韦驮之大像及十八罗汉、二十四诸天。在这些塑像的头顶上，密密麻麻地挂满了题匾。这些牌匾每块都有各自的含义，如“永沫清浏”是刘姓供奉的，“恩光大陆”是陆姓供奉的，“世喻青天”“维其有章”“庇显有周”等，分别是喻姓、章姓、周姓供奉的。

在后殿的东边，原有十姓公所，是赤马殿附近刘、陆、陈、何、李、黄、罗、戴、喻、周十大姓办公的地方。由每姓选一个德高望重的人，组成庙委会，每两年更换一次。由他们负责殿内的重大事务，如当时有香火田十亩，负责收租；每年一次元宵灯会以及殿内唱大戏和聘请庙宇主持、和尚等事宜。有诗云：

刘陆陈何李，黄罗戴喻周。
三春同教化，十姓共筹谋。
正气长存地，清风可济舟。
元元臻福祉，岁岁展鸿猷。

赤马殿自古以每年农历二月十五日和七月十三日为圣诞纪念日，即包公的生诞与神的生诞两天，庙委会组织举行公祭，并邀浏阳、湘潭、醴陵花鼓戏班或湘剧班酬神演戏一个星期之久。每逢这两个日子，来自萍、浏、醴、鄂等地的人就会赶集，看热闹。有很多人就是奔着看戏来的。赤马殿原有一个大戏台，始建于清乾隆间，采用石柱瓦木结构，上方是莲花八角拱斗，空间大，便于做戏。正面台口上悬“集大成”匾额，外两柱上挂“大排场三纲五常做起；好脚色十磨九练出来”，两边墙上刻有“金声”“玉振”四个大字。东西两旁有石神马八匹、青石乌龟一对，还有麒麟狮象等。曾有诗云：

商旅今从古道来，随看大戏尚连台。
宽心且听锣声急，妙手如挥雨点催。
楚相衣冠能惑众，梨园弟子响惊雷。
学哼几句寻欢乐，重担身轻笑脸开。

赤马殿大部分古迹在20世纪60年代被毁。1985年至2002年，长、浏、平等地群众自发集资，分三段时间照原修复。2003年修复了戏楼，新盖了露天庭，2004年新建门楼等，一些传统的礼乐仪式也渐渐恢复。现在的赤马殿宏伟壮观，殿外四周群山起伏，风景优美，殿前赤马湖尽收眼底，成了远近融宗教、休闲、集市、观光的好地方。

麻衣庙

浏阳境内有几座麻衣庙，据《浏阳乡土志》记载，县城东门外和东乡永和、达浒等地皆有。本文所记麻衣庙坐落在城东劳动路，因老庙在修劳动路时拆除，麻衣庙迁至现址。麻衣庙又名孝子庙，规模宏大，依山而建，山不高，参天的古樟、杨树将庙宇掩映在一片郁郁葱葱的绿色之中，大门两边屹立着造型威武的石狮子，从过堂进入，是二十多级的台阶，让人有一种仰视的感觉。庙宇有前后两栋，还有偏殿。前栋摆着一溜供人上香点烛的沙盘和烛台，后栋正中供着唐代杨孝子神像。

杨孝仙人杨名耀庭，是一个家住浏阳东门外的医生。据传，唐天宝年间，当地瘟疫流行，十里八乡染病者无数，病者先是出现头晕，上呕下泄，不出几天便脱水而亡，一时十室九空，风声鹤唳。耀庭是一位责任心很强的医生，他心急如焚，经过几天的研究，综合患者病情，配制出了一副能治愈瘟疫的药方。为了多救治一些百姓，他不辞辛苦，四处行医，一连 20 多天没有回家，且心怀仁慈，对贫困患者义务治诊，分文不取。在他的努力下，瘟疫迅速得到控制，经他治疗过的患者也日益好转。他妙手回春，救人无数，善名远播。耀庭看到瘟魔已止，于是束装返乡，刚到家门口，只见中堂停

麻衣庙

着一灵柩，心下愕然。邻人告之，其母系瘟疫死亡！耀庭闻之如晴天霹雳，呼天痛哭。自己的母亲不能救治，何能济世救人？母恩未报，抱恨终天。将母亲丧事料理完后，杨耀庭再没有出现了，人们以为耀庭又到外面行医去了，也就没有在意。有一天，杨家附近池塘里长出一朵莲花，好奇之人前往采摘，竟发现莲花旁一具尸首浮出水面。莲根生其口中，洗去尸首周身泥浆后，只见一人脸色乌黑、身着麻衣，大家认出是料理母亲丧事之后的杨耀庭。这时大家才知道他是因未曾救治母亲悲愤自责投水身亡的。

附近有个痼疾者将他口中那朵莲花采了后煎水引服，居然痼疾顿失，实在是神奇之至。于是，一传十，十传百，人们纷纷前往拜谒。

有地方富商倡议，在池塘附近择地建庙。一来纪念杨孝子，二来乞保地方平安。附近百姓纷纷响应，捐款捐物，庙宇很快就建起来了。因耀庭死后体裹麻衣，口生莲花，此花奉为灵丹妙药，可治病消灾，后人称之为"麻衣仙人"，所供奉其神位的庙故曰"麻衣庙"。乡人感其情，铭其恩，建庙设坛，供奉神灵，四时祭祀。每逢杨孝仙人诞辰，皆举行庙会，祭拜者皆着白衣祀之，络绎不绝。是时，天公每必普降甘霖，谓之"洗街庆寿"。乾隆《长沙府志》张璿《孝子庙》诗二首云：

> 皋鱼风木恨，灭性为终天。一恸为君烈，千秋较孰贤。
> 念伤乌乌节，忍读《寥莪》篇。凄绝庭前树，风寒听暮蝉。
>
> 举国人怜孝，双亲骨不枯。麻衣今易素，血泪旧应朱。
> 魂绕秦关路，神传楚泽巫。庙名铭太史，遗俗正还无。

据清光绪二十一年所撰的《杨孝子传》记载："唐、宋、元、明皆如飨。康熙年初，县韩衙定制，正其号曰孝子庙，为文告之。乾隆间，知县赵嘉程改建文昌阁，遂移于兹地名筱水塅，距城里许。咸同间，粤匪由江西窜浏，常示梦防营，而阴助攻剿，以故民不大窘。光绪辛巳，庙祝失火，十余人移其像不动。候至亲去，则二三人从火中负之以出，皆无伤。孝之情，至千余年犹结而不散，宜其馨香百代，而享祀千秋者也。岳州平江亦称为孝仙，灵迹显著。同治十一年大旱，督抚因平浏祷雨事正闻，奉旨准其由地方官春秋致祭，盖神之灵，已有五六朝！"

不过，对于志书中所云杨孝子俗称麻衣孝子的说法，清末民初大诗人刘善泽教授到麻衣庙考察后，却据“故老传闻”做了另一种解说。他在其《诣杨孝子庙》的诗序中说：“按孝子本姓麻名声扬，字耀庭，专业岐黄。县东麻家湾是其故居。生于唐天宝五年，至贞元七年以殉母殁。盖麻医误为麻衣。声扬误为姓杨。”认为“麻衣”当作“麻医”，杨耀庭应为“麻耀庭”，本名麻名扬，则“麻衣庙”也当改为“麻医庙”并建议邑志也应当“举正”。刘教授重考据，他在其《天隐庐诗集》卷六中的这一说法，也令人耳目一新。

同治《浏阳县志》载邑人贺详麟《碑记》云：“孝道之大，塞乎天地。孝子生也寒微，无所建竖，今而灵承于帝肇禋有成矣。身前未竟之事，而于身后展之，发明德之馨香，翊中兴之景运，隆烁显懿，为国家建大功业，真灵不昧，浏水同长可也。”

杨孝仙的诞辰是唐朝天宝元年七月初八。每年的这天，人们皆要抬神出巡，街道行香叩拜者众多。还要踩高脚、舞狮舞龙、扎故事、放四眼铳等助威助兴，热闹非凡。周围各地如长沙、湘潭、株洲、平江甚至江西萍乡皆有人前来朝拜，或看热闹，或做生意，人山人海，成了当地一个约定俗成的节日。

麻衣庙大殿

东山仙母殿

东山殿位于浏阳市永安镇永和村东兴组东山，始建于清朝雍正年间，毁于20世纪六七十年代。自1986年开始重建，历经21年的扩建、完善，至2017年已粗具规模。庙宇占地面积15亩，建筑面积2400余平方米，集民间信仰与佛教学修功能于一体， 现有戏台（山门）、综合大楼（香庭）、仙母殿、三圣殿等主要建筑。

仙母殿内主供的玉仙，出生于湖楚衡山一书香门第，乳名小玉，系独生之女。她自幼温柔善良、聪颖好学。5岁时即能诵读道经并初解其意，对神仙修道、造福众生之事极为向往。7岁那年，其父母因瘟疫相继去世，孤零零的小玉只能依靠叔父生活。小玉看多了世态炎凉，自小立下修道成仙、悬壶济世、救度众生的誓愿。一日夜里，小玉孤身倚靠屋后大树，仰望星辰，不觉诵起《道德经》来。忽然，一仙翁悄然来到了她的身旁。仙翁见小玉有仙风道骨，深知此女绝非凡胎转世，有意收小玉为徒。小玉当然愿意。随后小玉跟随仙翁游历仙山道境，修学悟道，屡有所获；入市井俗世，布道施药，济世利民。十多年后，她终于功德圆满，得道成仙。

据浙江会稽古仙母祖庙碑文记载，说的是古时玉仙奉师命救百姓之事。当时正值玉仙随仙翁在茅山洞天（会稽山）参学，仙翁对玉仙说，现浙江会稽之地，战乱频发，瘟疫肆虐，十室九空，是你出山救百姓于水火的时候了，你下山去吧。玉仙便来到会稽山炉峰之巅，在一间无人居住的破房中安顿下来。玉仙不辞辛苦，采药熬汤，施法驱邪，送药下山，治好了不少病人。玉仙的举动一传十，十传百，周围百姓纷纷前来求治，玉仙夜以继日，有求必应。仅十多天时间，便控制了肆虐的瘟疫，拯救了无数生命垂危的百姓。当地灾情好转之后，玉仙还将防治瘟疫和常见防治疾病的药方传授给了当地的一些青年人，谆嘱他们世代传承，造福于民。之后，玉仙与众人挥手告别，驾祥云于天际，飘然而去。

广大百姓对她的再生之恩，无不感激涕零，纷纷尊称其为“仙母”。大家自发捐款捐物，塑像建庙，永久奉祀。因玉仙是十月十八驾临会稽民间，人们将每年的十月十八日作为仙母的生辰进行庆贺纪念。仙母庙信众日增，香火旺盛，经久不衰。

东山殿

有关仙母救民的故事在会稽还有很多，其中一个十分神奇。东晋时期南方有叛军作乱，朝廷宰相谢安（字安石，号东山）奉旨率王师绥靖南方，立军营于会稽之野。一日，探知有数万叛军即将来犯，其势凶猛，而谢安身边仅有亲兵五千。在敌众我寡、危险万分之际，有百姓来到军帐之前献计说："此地有仙母庙一座，凡有祈求者莫不灵验，请大帅亲往祭拜，以求退敌安民。"谢安万般无奈之际，只得抱着试一试的心态亲往仙母庙，祭祀祈祷，请求仙母以苍生为念，显灵退敌。是日，叛军乘夜来袭，在会稽城外，突然天昏地暗、风雨交加、飞沙走石，叛军当即哀嚎遍野、死伤无数，溃不成军，望风而逃。次日，叛兵深感叛乱有违天意，恐日后难逃报应，纷纷结队来降，或作鸟兽散回家。因仙母显灵，一场相持已久的战乱就此结束了，免除了诸多百姓的血光之灾，换得日久太平。之后，谢安和百姓深感仙母恩泽，以谢安为首，纷纷捐资为仙母重塑金身、扩建庙宇。并以谢安之"东山"名号冠以庙名，将"仙母庙"更名为"东山仙母庙"，以示纪念仙母显灵退兵救民之义举。

北宋时期，著名哲学家邵雍曾偕夫人至浙江拜祭大禹陵，闻知百姓传述会稽山仙母灵验的故事，便肃然起敬。遂与夫人前往"东山仙母庙"朝拜，并请画师描绘仙容，回家后雕塑圣像，修建专殿，虔诚供奉。随后，邵雍上表仁宗，详述仙母事迹，奏请封诏。仁宗准奏，敕封玉仙为"护国仙母"。

明代洪武年间，随着全国大移民，邵雍后裔永昌、萝兆二兄弟也从河南迁至湖南湘阴和浏阳，仙母圣像也随之至湘阴，后再转至浏阳永安供奉。之后几经周折，由邵氏族人多次更换地点供奉。至清代雍正年间，最终由地方贤达人士集广大信众之力，择永安永和村天螺岭（后因庙改名东山）风水宝地，正式兴建了"东山仙母殿"。据记载，当时庙宇为前后三栋二院格局，总建筑面积达千余平方米。前栋为山门戏台，中栋为正殿，供奉仙母，后栋为念佛堂，供奉西方三圣和十八罗汉。殿堂之间回廊相连，古朴庄严，庙内楹联、壁画均为名人佳作，凸显佛道文化相融并蓄、和谐共生的深厚内涵。庙外古木参天，门前曲径通幽，山下三泉环绕，颇具世外桃源、人间仙境之景象。正所谓"山环水绕无双地，神乐人欢第一峰"，佚名诗人留下的联句，表达了对东山殿情景的感叹赞美。

据邵氏宗谱《东山殿馨香祀记》和《东山殿戏台汇记》记载：东山殿远近闻名、香火旺盛，具田产数十亩。鼎盛时期，每逢仙母寿诞之期，八方信众商贾云集，戏台曲艺声乐不息，拜寿祈福、求签问卦、买卖物品、会友观演，热闹非凡，展现出了一幅“人神同乐”的美好画卷。

上世纪八十年代，随着国家宗教政策的全面落实，恢复重建东山仙母庙成为了广大信众共同的心愿。新东山殿一切均按照古庙的形制、规模、功能等建造，庙宇殿堂辉煌，圣像庄严，布局合理，功能齐备；文化浓厚，环境优美，信士云集，信仰纯正，管理有序。为彰显仙母威仪，2007 年雕塑木质仙母圣像一尊，并由信士捐资贴金后安奉正殿，后又雕刻石像一尊安奉殿中。2008 年，添置焚香宝塔一座，安放于庙外广场，铁质香炉三个，安放于香庭。同年还添置了铁钟一座和其他必要法器。

东山殿已成为浏阳市重点民间信仰活动场所和浏阳北区佛教居士的主要学修场所。

东山殿

青阳山道院

青阳山道院坐落在淮川城西之福地，背靠西湖山，前临浏阳河，闹中有静，院内古树葱茏，鸟语花香，风景秀美。因东方甲乙属木，纳东方之气其色青，南方丙丁属火，纳南方火象谓之阳，故名青阳山，实含天地之道。殿宇呈两向布局，江大仙人神殿坐西向东。

江大仙人，俗名江晃应，字应生，湖南醴陵雨桥江家牌人。生于清宣统元年（1909）四月二十三日寅时。江晃应两岁丧父，本来还算安定的家一下子失去了支撑，生活陷入困境。为了生存，母亲在别人的搓和下，带着江晃应下堂再嫁。然而，厄运却没有因此而远离。继父生性暴躁，又无持家能力，稍有言语不和，便以拳脚相向。母子俩不堪虐待，过了半年多时间，只得返回原来深山的老家，茅檐草舍，相依为命，艰苦度日。

江晃应没有能力进入学堂读书，很小就得为富家放牛、割草，以换取一点点食物，过着半饥半饱的日子。他自幼好静，内心聪慧，又极孝顺，常常还省出半个饭团拿回去孝敬母亲。后来，他拜一老裁缝学习手艺，生活略有改善。

青阳山道院

其时社会动荡，苛捐杂税繁重，官吏腐败，民不聊生，加上又有瘟疫流行，众多百姓死于非命，惨状历历在目。江晃应虽然年小，但他看在眼里，心怀恻隐，惴惴不安，发誓要扶危济世，救民于水火。八岁那年，江晃应在本地双峰寺出家，拜师学佛，在双峰寺受教八年。一日，其师对他说，我已尽平生所学传于你，见你佛缘很深，非常人所能及，你还是另寻别处深修，他日定有长进。江晃应叩辞师傅，从醴陵一路向浏阳而来。他边走边寻觅修行仙境，时有谢道师随行。至淮川城西青阳山处，见峻山秀水，仙雾缭绕，心下满意，便在青阳山结庐修道。后到沿溪大光洞祖师岩拜陈真人为师住庙。忽一日，陈真人托梦于他："汝根宿种深，今生后修行，仙榜题有号，冥籍已册名，授汝妙道诀，赐汝奇丹方，急修功果满，救劫息灾殃。"江晃应大悟，牢记师训，在祖师岩下不畏清苦，潜心修道。民国十五年（1926）十月二十五日，江晃应到灵山晋谒，又得陈真人梦示："诸座白杨林，天岩有洞位，出待汝修行。"斯时，江晃应离开祖师岩下山，往高坪白阳山燕子岩而去，果见该处彩云缭绕，瑞气凝空，清泉汩汩，岩峻如壁。江晃应登梯而上，见石洞外宽内深，优雅清静，倚北向南，可谓修道宝地。他于是潜心于此，明心秉性，服气炼丹，胸中藏八卦，气化推五行，辟谷绝粒，在岩内修炼一年，终于炼成"交梨火枣"济世灵方，时到功满。

江晃应炼得灵丹，便广施于民，百姓有求必应，治好了一些疑难杂症，深得百姓爱戴。民国十六年丁卯岁（1927）正月二十五日，江晃应端坐岩洞，得道成仙，肉身不腐。其时江仙四处现身，济世利民，挽沉疴，救危疾，起死回生。是年冬，以地方乡贤钟德旺为首，众百姓自愿参与，于岩前修建了江大仙人庙，香火十分旺盛。庚午岁（1930）分香火来此青阳山，众信为之建庙，香火绵延一直旺盛不衰。二十世纪六十年代，道观建筑大部分被拆除。

1983年，城西众百姓自发捐款捐物，恢复了部分庙宇建筑 。1987年扩建正殿，1990年扩建住房、厨房、斋堂。1991年经国家批准为道教场所，更名为青阳山道院。当时由邓松柏道长任主持，接管道务，四境道侣云集，道院逐渐兴旺，于1995年上级颁发道院产权。近二十年，道院又在当地民众的支持下，不断扩建、完善，至今青阳山道院，建筑面积已达三千多平方米，有常住道士十余人，居士两百余人。

2011年8月3日，由市民政局任命唐金友道长为本院监院。唐道长十四岁入道门，为正一派道士，并于2010年10月在江西龙虎山祖庭受录。

隐真观

隐真观始建于隋朝，相传秦代方士韩终在洞阳山寻找长生不死之药，至隋代宁、刘俩高道（其名无法考）在洞阳山修炼并得道成仙，于是大业年间（605—618），隋炀帝敕封洞阳山为“道教圣地”，宁、刘俩高道便成了洞阳山道教的始祖。公元617年，恭帝杨侑游洞阳山后，见此处群山合抱，绿水环绕，古木森森，云雾隐约，恍若仙境，兴致极佳，遂题诗曰：“依洞沐阳煦龙体，峦峰彼伏胜境仙。”皇帝的赞诗犹如一块金字招牌，吸引了众多的信士前来朝拜。唐玄宗时，洞阳山敕封为全国三十六洞天之第二十四洞天，再次奠定了洞阳山在全国宗教场所的地位。道教有十大洞天、三十六小洞天、七十二福地之说，能得此封号，大多是仙人和真人得道之所的圣地，渊源极深，积淀极厚。随着洞阳山名声大噪，各地道教大师慕名前来弘法修炼，洞阳山鼎盛时有僧道300多名，是全国著名的二十一观之一，也是浏阳最大的道观。唐朝一代道教宗师司马承祯在其著作《天地宫府图》中描述：“第二十四洞阳山洞，周回一百五十里，名曰洞阳隐观天。在潭州长沙县，刘真人治之。”古时浏阳属潭州。

隐真观当时占地面积在200亩以上，有五进两厅建筑，面阔七间。从巍峨的山门进入，是一块平坦的地坪，约百十平方米。登上二十四级台阶，便是隐真观的正门，上有“隐真观”三个黑底鎏金大字，两边一副门联“隐山有濯，真道无私”。观内有玉皇、关公、观音三圣五殿，另有道教传徒的“祖师堂”和信士用房几十间，大殿中一座4米多高的玉皇大帝像，让人一看就有威武森严的感觉。大殿内立着两人才能合抱的巨大柱子16根，照壁、卷棚、窗格，用料讲究，精雕细刻，形状美观。洞阳山后来成了先天正教发源地，是江南最大的道教全真派活动场所。

“粤稽隐真迹有由，开山始自宁与刘。烧丹济世孙思邈，卖药度人韩伯休。羽化当年桥宛在，垂名后代井犹留。云封石臼常如故，惟有镛钟空自幽。”清代张达汉这首诗说的就是宁、刘二位始祖得道后，孙思邈在此炼丹制药成仙的事。

孙思邈深入民间，遍访江南后，隐居于洞阳山一茅庵。他白天上山采药，晚上钻研医术，发明了伏火之法烧丹炼药，终有所获。他医术高明，不为名利，只要有求，他都会全力而为。在几次大的瘟疫流行时，都是他广施草药，为百姓解除痛苦，深受百姓爱戴，世人称为苍生大医。孙思邈将多年探索与实践的成果写成《千金要方》《千金翼方》两书各 30 卷留存于世（《千金髓方》20 卷已失传）。这两部著作成为与张仲景的《伤寒论》、李时珍的《本草纲目》相提并论的医学宝典，其经典之作《孙真人丹经》被录入《诸家神品丹经》。他炼油丹时发现了火药，《中华文明大博览》称孙思邈为原始火药之首创者，称之为药王。

据传，孙思邈医术医德不但闻名于世，而且惊动了仙界，在浏阳一直有他为九溪洞孽龙疗疾的传说。

相传有条龙在浏阳九溪洞洞里修炼了 800 多年（另一说为 8000 年）。当它正要造河出山入东海时，忽发一身恶疮，疼痛难忍，只得化作一个老者请孙思邈治疗。孙思邈一眼便知是即将出山的龙，于是对他说：“你的病我可以治，但你必须答应一个条件，出山时只能善出，既不能造河、毁没田庄、伤害生灵，也不能现出龙形，吓着百姓。”病龙满口答应。于是药王孙思邈遍采九溪洞的樟叶，在每片龙鳞间插上，只几日龙疮便好。按照药王的要求，这条龙将自己化作九只锦鸡从洞内飞出，九溪洞的山上从此没有了樟树。

孙思邈去世后，世人为了纪念他，将茅庵扩建为隐真观，又名药王殿。

隐真观现存古迹有 4 个：即仙济石桥、洗药泉井、殿下古钟和舂药石臼。仙济石桥被一次大洪水冲毁，只剩一个桥墩。洗药泉井尚在，由于没有清理和修缮，汩汩清泉变成了浑浊的脏水。而重达 3000 斤的古钟在“文革”时期已当作废铁卖掉，石臼也不见了踪影。隐真观好像真的隐去了真相，沿着时光的隧道，回到了历史的深处。观前村山腰上石崖原残留一副对联“隐山有濯，真道无私”，现这副对联镌刻在隐真观大门的石门上。

洞阳山清幽的风景和神秘的传说，吸引着人们前往探迹索源。唐代著名诗人刘长卿，在大历七、八年间任鄂岳转运留候时，曾南巡永、郴诸州，作《湖中纪行》10 首，其中有他游洞阳山所作《洞阳山》五言律诗一首：

旧日仙成处，荒林客到稀。
白云将犬去，芳草任人归。
空谷无行径，深山少落晖。
桃园几家住，谁为扫荆扉。

隐真观

也许是刘长卿的诗写得太好，也许是他的官声清廉，这首诗一经传播，洞阳山名气远播。一些文人墨客循迹而来，他们在洞阳山驻足，挥毫泼墨，留下了大量的诗词作品。

明代浙江长兴人王瑄任湖广副使时，曾游历洞阳山，作《洞阳山怀古》诗云：

悟得黄粱梦后身，洞天深处此栖真。
山中岁月临棋静，物外烟霞炼药新。
白鹤曾闻巢碧树，丹炉不见护青筠。
牧童指点南山麓，流水桃花别有春。

明欧阳念亨对洞阳山的美景赞叹不已，留有《题廿四洞天洞阳山》诗：

洞里有天清且幽，云山烟水一齐收。
松为伴也鹤为侣，石共居兮鹿共游。
何处更求真阆苑，此间便是小瀛洲。
世人不识壶中药，浩渺乾坤任自由。

清代张达汉对洞阳山情有独钟，曾多次来到这里，写过《洞阳山赋》一篇和诗多首，其中有一首《洞阳山》诗云：

洞阳山峻绝岩悬，白石峰接高半天。
清净隐真堪学道，巍峨仙羽好参禅。
龙藏空谷今何在，云锁丹台向宛然。
谩谓大围多胜概，此间灵境亦同传。

清代孙怀燕也有《洞阳山》一诗，把洞阳山描成了仙境：

仙子今何在，山中有烂柯。
白云千载下，红树夕阳多。
犬吠来源径，鸡鸣出曲阿。
桃源疑有路，一棹泛轻波。

这些诗作经后人收录整理，印成了一本厚厚的《洞阳山诗词歌赋》。

洞阳山道观从隋唐以来，香火一直旺盛，规模宏大，分东庭、西庭。这座祖庭历经千年风雨，几次修葺、扩建，功能完善，声名鹊起，最后毁于20世纪六七十年代。然而，隐真观始终是当地人心中的一方圣地，1400多年过去了，附近几个乡镇的人在孙真人生日和忌日都会来此烧香燃烛，祈祷风调雨顺，健康平安。人们对孙真人救民水火、无私奉献的精神怀有深深的敬仰和崇拜，这种敬仰和崇拜是洞阳山隐真观绵延千年的不绝尘缘。

洞阳山道教音乐是独具一格的音乐形式。这种音乐是历代道士们在斋醮（祈福、祭灵、布阵等一系列宗教仪式）时创作流传下来的，并在继承中不断创新，不断发展，形成了独具地方风格的文化现象。据有关资料记载，道教音乐兴起于南北朝，在隋、唐时期得到发展和繁荣。明代时洞阳山还成立了以传播道教文化和道教音乐的洞阳书院，清初时逐渐成熟。洞阳山道乐主要分为声乐和器乐两种门类，声乐又可以细分为韵曲、吟诵曲、朗诵曲三种类型，器乐则分为大乐、和小乐。大乐是指大锣大鼓、唢呐等合奏的音乐，发音刚强响亮，直击人心，而小乐则采用发音较为柔和的笛子和铛子，有净化心灵、温暖人心的功效。

山中只一日，尘世已千年。当今时代是一个快速发展的时代，生活节奏快、压力大。于是，人们开始追求回归自然的生活方式，寻找心灵的静地。也许，洞阳山道乐就是喧嚣尘世中一缕清音，能带给人们久违的轻松、温暖的抚慰。

隐真观远眺图

天符大帝庙

大圣庙又名天符大帝庙，坐落在我市澄谭江镇大圣村境内。

传说天符大帝系商末名将，叫吕岳，幼时开始学习气功，凭着自己的聪慧，他对气功钻研日深。为了更加丰富气功内含，他四处拜师学艺，博取各家功夫之长，将各家功夫兼收并蓄，形成了自己独特的风格，成为一代宗师。

功夫既成，吕岳归隐于浏阳南乡澄谭江一个偏僻的小村，这里群山环抱，人烟稀少，一条小河从村边流过，有山有水，民风淳厚，是一个远离尘世的好地方。吕岳在这里潜心修道，一晃十年过去。这年夏天，有外敌入侵，其势凶猛，从北边一路杀伐过来，朝廷军队丢盔弃甲，一退再退，战火烧到了京畿，眼看社稷难保。朝廷紧急招募士勇，参与抗击外敌。吕岳思忖，自己习武多年，除了强身健体之外，最大的用途还是报效国家。现国家有难，生灵涂炭，是到自己出力的时候了。遂弃道从戎，由于他文武兼修，又有盖世气功，每次战斗都是他冲在最前面，力克敌将，横扫三军。几次战役下来，敌军闻风丧胆，退却三百里。后来，在一次追击中，吕岳中了敌人圈套，壮烈殉国。

大圣天符大帝庙

大圣天符大帝庙

周朝初期，朝廷念吕岳忠勇双全，理应受到褒奖，于是敕封为神。当地乡民在吕岳原来修道之地建了一座小庙，以资纪念。

公元864年，即晚唐咸通年间，浏阳南区久旱不雨，草木枯黄，庄稼绝收。5月18日，乡民在大圣集市小庙处设坛虔拜，竟喜得甘霖。于是，乡民便在拜坛处将小庙扩建一座相当规模的古庙，内供吕岳塑像，尊号大圣。

岁月流逝，沧桑演变，然乡民对天符帝的敬仰却没有因为时间的变化而冲淡，大圣庙规模逐渐成形、扩大，到宋朝嘉熙年间，圣庙主体已成。元明连续维护，清代四番修拓，购铺面、筑戏台、铸钟鼎、兴右宅。直至咸丰末，营造方定型。

当时木匠袁八以绳断木，刻神像三尊。当时在庙内插栽了一株樟树，千百年后长成了一棵巨大的古樟，其枝叶竟将整个庙宇笼罩在其中，甚为神奇。宋嘉熙拓建正殿时，只得伐除巨樟，其时已需七人手拉手才能合围。

此后漫长岁月中，庙宇大部分建筑被毁，幸存观堂。神像亦藏至后山一僻静处。改革开放后，随着宗教政策的落实，民间信仰活动得以正常开展。2006年仲夏，民间有关信士倡议：重新修建大圣庙。当地民众积极响应，自发捐资百万，物料若干。历时一年，前殿重振昔日风采、后殿四栋，总面积达到三亩。

苦竹山遗址

苦竹山遗址位于浏阳市小河乡田心社区同心组一片油茶山地，面积约25000平方米，处于浏阳河上游小溪河南岸的台地上。在遗址内有打制石器，磨制石锛、细石刀，黑皮陶、灰陶、红陶残片和铜矛、铜镜、铜釜、铁三角架等。

考古学家通过对这些石器和铜器的考证，认定这些器物应该在6000至7000年前之间，人类进入了母系氏族社会，是母系社会发展的黄金期。当时古人类已经结束了巢居穴居、茹毛饮血的生活状态，学会了用火煮熟食物，会使用石斧和石凿成片开发土地，节省了更多的时间和精力。他们将植物的果实保存下来，以便来年播种，进行以水稻栽培为主的原始农业生产。人类不再只依赖大自然提供食物，食物的来源变得稳定。已成功地驯服牛、马和一些野生动物。开始形成了一个个聚落定居点，烧制、冶炼技术不断提升，能用泥土烧制出各种形状和用途的器皿，并绘上红色或黑色的图形、图案，产生了原始的宗教和艺术。我们的先民就是这样生活在以母系为中心的氏族社会里，他们有了组织和部落头人，过着共同生产、共同消费、没有剥削没有压迫、艰苦贫乏而快乐的生活。

也有学者从遗址发掘的情况判断，认为这里应该是半坡时代的建筑。考古队员在洞穴外不远处还发现了两个桩洞，中间区域发现了烧过的炉灰，还有石凳、石椅等，估计是那时候人类搭建的室外窝棚或类似于此类的建筑。然而，半坡时代只是相对黄河流域的北方而言，在山西、陕西等气候干燥、雨量稀少的地方，将房子的一半或大部分建在坡上，可以达到冬暖夏凉的效果。而在长江流域却不适宜，春夏两季连续多雨，半坡式建筑既潮湿又危险。

对于这样久远的时空距离，我们的想象真的有些迷茫。在这个群山起伏、几乎与世隔绝的山坡上，一群先民穿着兽皮短裙，手执石锄、石刀，说着只有他们自己才能听懂的简单语言，在这里辛苦劳作着，他们一刀一锄地开凿着属于这个时代的农耕文明。

苦竹山遗址所在的浏阳市小河乡，在古代是典型的南蛮之地，四面山高林密，东南西北无论从哪边进来，都需要爬几十公里的大山。居住在这里的先民，应该说是比较安全的，至少没有大规模的战争。是什么原因让居住在这里的先民离开了这里呢？也许是一场旷世的洪水冲毁了家园，让他们流离失所，只好另觅立足之处。也许是部落之间发生了血腥的械斗，先民被迫远走他乡。也许是一场致命的瘟疫，一夜之间夺走他们的性命。总之，他们走了，留下了这些让我们永远无法破解的谜。

2014 年 3 月，苦竹山遗址被公布为长沙市文物保护单位。

苦竹山遗址

锣背山遗址

锣背山遗址位于浏阳市大围山镇北麓园村新塔组，遗址分布在浏阳河上游大溪河阶地的山坡上，分布面积约 1 万平方米。

1986 年调查时曾进行深掘，发现文化层厚约 40 厘米，采集有红烧土、黑色炭灰，出土石器有磨制石斧、石箭镞、石锛、穿孔石刀、石网坠等，陶片有夹砂红陶、泥质灰陶、黑皮陶等，陶器饰有附加堆纹、云雷纹、人字纹、方格纹、弦纹等，器形有鼎、鬲、罐、坛等。

人类起源一直没有一个权威的说法，在云南的元谋，考古学家发现了距今 170 多万年的古人类化石——元谋人。湖南道县发现的 47 枚人类牙齿化石，距今 12 万—8 万年。考古学家经过认证，认为 7000 年前长沙的古人类已经脱离了原始人群穴居野处、茹毛饮血的生活状态，进入了母系氏族社会。1991 年 8 月，在浏阳永安镇芦塘村一个海拔 65 米的小山丘上，考古工作者发现一处旧石器遗址，采掘到 3 件打制石器，这是旧石器时代在长沙地区的首次发现先民活动的遗迹。他们应该是为了躲避滔滔的洪水和防御猛兽的侵袭，结成一个个群体，栖息在湘江流域沿河溪两岸的台地和山丘上。浏阳到底从什么时代开始有人类居住呢？根据有关考古发现，早在 6000 年前，古人类在浏阳河、捞刀河流域广泛分布，人类已经学会了建造防潮湿、防野兽的房子，除了狩猎外，还学会了纺纱织布，学会了种植水稻和其他农作物，开始形成以原始稻作农业和印纹陶器为地域特征的氏族部落文化。

根据锣背山遗址出土器物分析，浏阳河流域此时期分布着以耕种农业、渔猎采集经济为主的南方土著氏族部落，年代为距今三四千年前。从出土的红烧土、黑色炭灰石以看出，这里的人类已经能够熟练掌握用火烹饪；可以磨制石斧、石箭镞、石锛、穿孔石刀、石网坠等石器，而且他们能够用工具狩猎，然后将猎物砍碎熟食，甚至可以剥皮，用来制作衣服。从大量各类陶片可以看出，当时的陶器烧制技术已经非常发达，器型多，品种齐，不仅从单纯的实用出发，而且讲究形式美观。

1988 年，浏阳市人民政府将锣背山遗址公布为市（县）级文物保护单位。

锣背山遗址

锣背山遗址出土文物

呈祥屋古围墙

呈祥屋古围墙位于浏阳市古港镇白露村古墙组，是一处古宅的外围墙。据考证，此围墙建于清乾隆晚期至嘉庆年间，是人称“王十万”的巨富王才林员外及其父王良汲所筑私宅的外围墙。

王才林所属王姓一支，其先祖王佑曾是为宋太祖宋太宗两朝名臣，曾任太宗时的尚书兵部侍郎。王佑之子王亘是宋太宗时的宰相，以德量恢宏著名。他们是当时的大名人。其祖父王梦麟为清例贡生封中宪大夫。王家有几十家商号，在上海、长沙、广州等地均有产业，是方圆百里的首富。王梦麟当家时大兴土木，建了一座大宅，对于这座大宅到底有多大也无人能够说得清楚，当地老人也只能说出几个能体现大宅的事实。大宅六进十八栋，内有天井 20 多个，房屋 100 多间，如果外人进去，左转右转，就分不清东西南北，找不到出来的路。这栋大宅占地面积达到了十多亩，黑压压占了差不多一个垅。后人称其宅名“呈祥屋”，乃皇帝御赐。据说兴旺的时候，王家的地坪里，光八抬大轿就有 20 多顶，轿夫就有 100 多人。王宅于大革命时期三度遭大火，大部分房屋损毁，1954 年的水灾更使围墙内房屋损毁殆尽，现仅留如城墙般的外围墙。

原围墙大致呈椭圆形，正门面向西南，门向 220 度，围墙内面积约 67000 平方米。另有 6 个侧门，共七门，均为石质门框，铁质大门，围墙分内外两重，两墙间距三米，外围墙高约 5 米，有垛口及用以射击的枪孔。内侧围墙高约 2 米，墙上又立木柱，略与外墙等高，两墙之上覆人字形顶，两墙之间填筑土台，形成一个可以跑马，易于防守的碉楼形围墙。内外墙均以三合土杂卵石分层夯筑而成，夯层厚 20 至 50 厘米不等，十分坚固。几张铁门于 50 年代拆了投进了炼钢的大炉，六七十年代石门作为资产阶级的遗毒被人拆了用作砌河堤的材料。目前七座门及围墙顶部的建筑均已不见，仅有断续分布的墙体及夯土台。

关于王十万的富有，在当地有许多传说。当初王十万嫁女时，陪嫁的金银财宝、绫罗绸缎、雕花大床、衣服细软装了整整十八车，连居家用品都一应俱全。女儿嫁过去后，发现竟然少了一个掏耳朵的耳耙。王十万后来真的派人送了过去。不过也有一件让王十万感到丢面子的事，有一天，王十万家里挑水用的扁担断了，只得到邻居家借了一根扁担。有人就此写了一首打油诗：

东区富翁王才林，
不缺金来不缺银。
只缺一根木扁担，
万贯家财也求人。

呈祥屋古围墙

王宅的衰败只是几十年的事，外地的商号在晚清时期被查，民国时又经几次兵祸，只得关了所有商号，老宅先后几次失火，王家元气大伤，几房儿子迁的外迁，分的分家，一个显赫的大家族，就这样分崩离析。大宅的衰败有王家挥霍无度、后继乏人的原因，也有时局动荡、殃及池鱼的厄运。

如此大规模的私宅围墙建筑在浏阳甚至整个长沙地区都甚为少见，该围墙为研究此类型的建筑提供了非常重要的实物资料，具有重要的历史价值。2011 年元月，呈祥屋古围墙被公布为浏阳市（县）级文物保护单位。

呈祥屋古围墙

蕉溪岭古道

蕉溪岭古道位于浏阳市蕉溪镇蕉溪村。据考证，蕉溪岭古道始修于明嘉靖年间，至清道光年间建成。古道横跨蕉溪岭，依山势而建，曲折蜿蜒，整体呈南北走向，宽约2米，从北麓至山顶约7里，山顶至南麓约8里，总长约15里，有“上七下八”之说。

蕉溪峻岭似云梯，一步高来一步低。
十里不闻鸡犬叫，三山唯听鸟雀啼。
马行半路双膝跪，人到中途半寸移。
任是金袍紫带客，停车下马过蕉溪。

这是古时人们对蕉溪岭古道高耸险峻、崎岖难行的感叹。

蕉溪岭古道自古一直是浏阳县城通衢浏阳北乡、省会长沙和岳阳平江的交通要道。建设标准在当时是比较高的，阶梯式路面全部由不规则的麻石和青石铺砌而成，在缓坡的地方为了防滑，用细细的鹅卵石拼成各种花纹，既美观又实用。阶梯两边还砌有装饰的路沿石。峰顶原建有遗爱亭，爬上顶峰的人可以在此歇歇脚，看一看风景。附近有人在此设茶摊，一文钱可以让行人喝个够。北麓设有蕉溪铺驿站，属于官办，主要用于接待过往公差人员，接收上级公文、快报（现无存），也有军事上的用途。在步行和骡马的年代，这条连接南北的丛林古道上，全是行色匆匆的路人，有公差、书生、当地农民，最多是客商。他们要么自己挑着大包小包，要么请脚夫挑客，成群结队，图热闹，又防路上有闪失。事实上，明朝时蕉溪岭古道也曾发生过匪徒打劫行人的事件，以致好长一段时间行人不敢单独过蕉溪岭。后来县衙强力整肃，才消除了古道的隐患。

过往的文人既多，故留下了歌咏蕉溪岭的许多诗篇。如嘉靖《浏阳县志》所载，明代来浏阳任巡检的侍郎、江西丰城人王伟，撰《蕉溪岭》诗云：

万山环绕叠围城，绝顶中间一径行。
片片白云迎马足，离离黄叶助诗情。

江南五岭当为最，海上三山让汝清。
两手托天惟咫尺，似闻仙乐耳边鸣。

1972年，106国道建成，经浏阳县城过蕉溪岭通往浏阳北乡，打通了浏阳通向外省岳阳、平江的通道，昔日繁忙的蕉溪岭古道一时沉寂下来，古道上杂草丛生，渐渐失去往日的模样。

蕉溪岭古道现保存基本完好，具有较高的历史价值。2011年1月，浏阳市人民政府将其公布为市（县）文物保护单位。

蕉溪岭古道

汉高岭古道

汉高岭古道位于浏阳市小河乡田心社区，是一处清代的古道遗址。据考证：汉高岭古道修建于清嘉庆二十年（1815），原为小河乡连接七宝山乡的一条山道，全程约7.5公里（上以汉高岭峰顶为界，下至七宝山升平组）。

小河乡地处浏阳东乡，与江西黄茅、仙源、白水等地相邻，罗霄山的余脉是一个巨大的天然屏障，将小河阻隔在繁华和热闹之外，境内层峦叠嶂，山高林密，海拔700米以上的高山就有十多座，严坪栋海拔达到1030米，小河与外界联系靠一条通往张坊的30多公里的小路，到浏阳县城有100多公里。山路难行、信息闭塞，管理不便，在皇权不下县的清代，这里完全成了一个被遗忘的角落，是一个湖南不想管、江西管不了的地方。

因为山的阻隔，因为道路难行，深锁大山里的百姓，有的一辈子没有出过汉高岭。为了解决小河民众出行难的问题，一李姓乡绅首先倡议修路。饱受了路难行的苦楚，现有人牵头修路，人们纷纷响应，于是派人前往勘察。他们了解到，小河到永和七宝山有一条只有猎人才知道的小路，从田心后山爬上汉高岭顶峰，到达七宝山境内，而七宝山至永和已经有官道通浏阳，

汉高岭古道

汉高岭古道

如果修通此路，小河到浏阳县城将缩短 20 公里。

清嘉庆二十年（1815），由乡绅出面组织、百姓自愿捐款修建的七宝山至小河的汉高岭古道终于修通。这条道路宽约 1.2 米，路面镶铺大小不等的石块，坡度大的地方修了石梯，沿汉高岭四个山峰盘旋而上，蜿蜒曲折，全长十五华里，小河这边七里，七宝山那边八里，有上七下八的说法。

这条路的修通，极大地方便了小河乡的民众，小道上来来往往的行人，肩挑背扛货物的商贾，登高赏景的文人，使沉寂的小河乡有了活力。汉高岭顶峰处建有一个歇脚凉棚，还有一个供人喝水的小石井。后被毁，现仅存遗址。民国时期还有信士在顶峰修了一座“五王庙”，也在 20 世纪 70 年代被毁。

现存较完整的古道约两公里，还有几段虽存，但不连贯，断断续续。尚存青石《新路乐助刊碑》一通，上面密密麻记载着当年捐款修路人的姓名与款数，落款年月为“清嘉庆二十年”等字样。

汉高岭古道是旧时当地村民与外界交流的主要交通要道，也是通往江西的重要通道之一，具有较重要的历史价值。2011 年元月，汉高岭古道被公布为浏阳市(县)级文物保护单位。

汉高岭古道

小洞古道

小洞古道位于浏阳市张坊镇人溪村小洞组，为清代中期湘赣地区的交通要道。据考证，古道修建于清中期，原为浏阳张坊小洞通往江西仙源的山道。古道由双寿石拱桥、麻姑岩山、红军梁桥及摩崖石刻等组成。

小洞村居民一直以高姓居多，清代高世朝是当地有名望的绅士。他为人谦和，乐善好施，家有良田百亩和上千亩山林，日子过得很是殷实。他有两个儿子四个女儿，个个都有出息，有的考有功名，在长沙府衙任职，有的在商界有所作为，商号开到了省城。清嘉庆八年（1803），高世朝夫妇双双满七十岁，人生七十古来稀，在当时算是一件很荣幸的事，亲朋友邻都来祝贺。一应开销后寿款尚有些许结余，高世朝夫妇与儿子们商量，想用剩余的寿款做点善事。商量来商量去，决定修一座桥。屋前有一条通往江西的主路，跨河的板桥常年被大水冲毁，如果修成石桥就能一劳永逸。工匠们用了半年多时间将桥修好了，为纪念高世朝夫妇的功德，石桥取名“双寿桥”。双寿石拱桥单孔券拱，全石结构，东西走向，桥长 6. 06 米，宽 3.78 米，石桥端石刻其桥名。双寿桥旁原有驿站屋宇四间（已毁）。

距双寿桥下游约500米处山坳上，有一花岗岩摩崖石刻，凿有高 0. 72 米，宽 0.46 米的方框，框内镌刻“嘉庆二十三年，胡孔上、李隆涛合修，石匠曾孔言”等字样，还有修建古道年月、捐款者及匠师名等。

浏阳张坊小洞与江西仙源虽只隔着一条山脊，过去人烟稀少，山高林密，两边基本没有交往，即使住在边界上的人，也只有少数猎人能找到过境的山路。胡孔上为当时张坊富溪、小洞一带的亭长，在皇权不下县的王朝，也算是一个地方小官；李隆涛为小洞绅士，虽不是里长之类的人物，但他为人正派，热心公益，很是受人尊敬。在他们的倡导下，石匠曾孔言牵头修造，一些人捐钱捐物，江西仙源的几户人家也发动起来，负责江西仙源段的修建。两边同时开工，用了四个月时间，小洞这边提早完成，于是小洞的修路队伍又跨境帮助仙源修了十多天，终于修通了这条道 路。这条道路的修通，极大地方便了张坊小洞和江西仙源群众，促进了两地的人文交往和商品流通，后来这条小路成了江西与湖南交界的交通要道。

双寿桥下游 800 余米处有花岗石桥一座，一墩二孔，系当地百姓集资

小洞古道

修建，原有石碑一通，上面刻有捐资人芳名，后被挪去做了电厂的地坪垫石。

古道现残存麻姑岩后岭的一段约 3 公里的道路，路面宽约 1.5 米，镶嵌块石与卵石，占地面积约 4500 平方米。中华人民共和国成立后，交通道路建设迅速发展，捷径古道逐渐被公路取代。

小洞古道为第三次全国文物普查中新发现。2014 年 3 月，小洞古道被公布为长沙市级文物保护单位。

易雄墓

易雄墓位于浏阳市枨冲镇橙冲社区将军洞蜈蚣山山腰，是一处遵照谥封侯爵丧葬礼制的古墓葬。据考证，墓葬修建于东晋永昌元年（322），清道光元年(1821)易姓后裔对墓葬进行了重修。咸丰十年（1860），后裔在山前通衢的峡山口立祈阳石神道碑亭。

易雄，字兴长，三国魏甘露二年（257）生于地属吴国的浏阳。据《晋书·易雄传》记载，易雄幼贫好学，为人正直，聪敏有“神童”之誉。《一统志》记载，易雄为县吏时，“念无由自达，乃脱帻挂县门而去”，把当官看得很轻。后在长沙郡任主簿。公元302年，恰逢义阳张昌举兵造反，连陷江南六郡，长沙州官万嗣与易雄一同被掳。易雄气势轩昂，厉言争论，怒恼张昌，命牵出就戮。易雄义正辞严，毫无畏惧。张昌为易雄的忠直所感动，于是释放了他二人，易雄因此名噪一时。

张昌之乱平定后，易雄被为孝廉，升湘州（长沙）别驾（州佐官），但他自认出身寒门，不宜久处上位，辞归故里。不久，皇家诏下，用为舂陵县令。

晋永昌元年（322）春，大都督王敦据武昌，举兵反朝廷，声势颇大。湘州谯王承要求各处助兵守长沙，但均畏缩不前。易雄得悉此情，除书写檄文列出王敦罪行以外，又招募县境兵士千人，率赴湘州助承捍御。

大军压境，易雄以忠义卫民之心鼓励将士，身先士卒，相持数旬。后因伤亡惨重，易雄被俘，押解至武昌。王敦亮出易雄所写的檄文，怒目相视。易雄泰然自若地说：“此实有之，惜雄位微力弱，不能救国难王室如火毁，雄安用生为！今日即戮，得作忠鬼，乃所愿也。”（《晋书》卷八十九《易雄传》）

不久，易雄被害，死时65岁。其妻潘氏惊闻噩耗，悲痛欲绝，投门前樟树潭而死。王敦之乱平定以后，易雄遗体被运回浏阳，与妻合葬于今枨冲镇将军洞之蜈蚣山。

易雄为国平叛，悲壮捐躯的事迹，受历代帝王褒扬，朝廷谥号“忠义”“忠节”，谕立祠祀。元至治二年（1322）敕封侯加谥“忠愍”，主祀乡贤。明洪武间，追赠“宜阳别驾之神”御制帝旌，敕司每岁诞辰致祭。祀乡贤，每岁八月十四诞日，有司特牲致祭。清代诏查古昔陵寝，忠烈祠墓修葺事等。

易雄墓始建于东晋，距今已1600多年。《湖南通志》《国家文物志》上均有记载。易雄墓为夫妻合葬墓，花岗石与青石混合装饰，分四级台阶设置，每一层都设有踏步。墓地整个外装饰全部采用麻石与青石板砌成，封土堆采用麻石盖顶制作成南瓜型墓堆，高约1米，底径4.2米，四周有青石板做罗围，后罗围高2.2米，前1米，罗围前采用麻石栏杆封口，墓前与罗围内地面采用麻条三合土嵌缝铺平，下面三层采用青石板铺地面。墓前两侧置戴桂冠、着长袍的镇墓官（即石翁仲）一对，为花岗石质地，约七尺多高，还有石马、石虎、石羊各一对，花岗石华表三对，分台阶而上。中间汉白玉墓碑上刻“敕封忠愍侯易公讳雄、夫人潘之墓”，碑高3米，宽1.7米，周围镌有“双龙戏珠”图案浮雕，碑前置石香炉。下一层设有石桌、石鼓、石凳，中间护坡设有墓志铭，两边设文物保护牌和说明牌。

1958年，当地修水库，易雄墓冢遭到人为破坏，墓旁雕像、石翁仲等均被损毁，石马、石虎、翁仲被砌进水库溢洪道中。2004年，易氏后裔筹资对墓葬进行了全面修复。这是浏阳市境内装饰规格最高且年代最为久远的千年古墓，2005年公布为长沙市级文物保护单位。

易雄墓

张武墓

张武墓位于浏阳市枨冲镇青草社区港湾组龙虎岭山腰处，是一处遵照明代官爵规制修建的明初墓葬。该墓坐西南朝东北，砖石结构，由墓冢、墓围、墓碑、拜台等组成，墓葬平面呈圆弧形状，四级布局，占地面积约160平方米。墓冢、拜台护坡均为小青砖垒砌，墓冢高约2米，底径约5.5米，以花岗石结顶。青石墓碑，碑高2.5米，宽0.8米，青砖墓壁上砌有太极图案。墓碑正中镌刻“明成阳侯赠潞国公张讳武之墓”，右上刻“乾隆二十五年庚辰仲冬月谷旦修建”，左下刻“青草市、青草港、三滩、张家坊、达浒市、桃花港、益阳后裔公立”等字。据考证：该墓建于明永乐元年（1403），清乾隆二十五年（1760）由其后裔对墓葬进行了维修，并勒碑于墓前。

“靖难之役”，又称靖难之变，是建文元年（1399）到建文四年（1402）明朝统治阶级内部争夺帝位的战争。

因太子朱标早逝，洪武三十一年（1398），明太祖朱元璋把皇位传给了皇孙朱允炆，是为建文帝。因朱元璋时期将儿子们封到各地做藩王，藩王势力日益膨胀。建文帝害怕各藩王坐大成势，遂与亲信大臣齐泰、黄子澄商议，采取了一系列削藩措施，藩王的权利一再被削弱、压缩，又在北平周围及城内部署兵力，同时以防边为名，把明太祖第四子燕王朱棣的护卫精兵调出塞外戍守，做好了先消除燕王的准备。

朱棣对父皇传位朱允炆本来就十分不满，他认为自己无论政治才干还是驾驭能力都远在朱允炆之上，眼看新皇步步紧逼，要置自己于死地，再不反抗就无生路。建文元年（1399），朱棣在北平举兵，占领全城，以讨伐齐泰、黄子澄为名，声称“清君侧”，发动叛乱，史称“靖难之变”。张武随朱棣出征。

张武，浏阳青草人，豁达英勇，曾任燕王朱棣护卫。是年七月，张武随燕王开赴通州，与建文帝任命的伐燕大将军耿炳文所部展开激战，“靖难之师”先后攻陷蓟州，夺取雄县，又力战月漾桥，乘胜抵达鄚州。随后，张武率所部会合燕军各将领，于真定（今河北正定）力挫伐燕军耿炳文。耿遂因连战屡败，被建文帝召还，另以李景隆为大将军，统兵北伐。张武随朱棣先后在河间、济南等地与李景隆南军作战，持续年余，各有胜负。

建文二年（1400），建文帝又以盛庸为平燕将军，以代李景隆。燕军进至东昌（今山东聊城），盛庸率部坚守，在一次战役中又阵斩燕军大将张玉，燕军大败，只得退回北平。次年二月，朱棣再次统兵南下，至保定，出真定。盛庸军驻扎武邑县南的夹河。三月，两军战于夹河。朱棣首先派轻骑掠盛军战阵而过，盛庸派千骑追击，又令步兵列盾以进，鏖军力战，斩燕军将领谭渊。张武和燕军大将朱能率众死斗。张武率诸壮士为前锋，突入敌阵，然后佯诈败走。南军见状跟追，张武率众还击。正在这时，大风突起，两军咫尺不能见，燕军乘风大呼，南军大败，被追至滹沱河，溺死者甚多。八月，燕军渡过滹沱河。朱棣率兵攻打西永寨，因前军夜里迷路，南军挥兵来追。在这紧急时刻，张武带领一部埋伏于要道，将敌军击退。

建文三年（1401）十二月，朱棣再次率燕军南下，次年春先后攻克馆陶、东平，至徐州，趋宿州。四月，燕军追敌至睢水之小河，与南军对战，燕军将领陈文战死。南军乘胜夺占河桥，布阵于北岸。张武率敢死士从北岸树林中冲出，会合朱棣率领的骑兵，与南军大战，大破之。南军慌忙夺桥过河，燕军挥兵追击，斩首二万余级，南军掉入水中溺死者无数。张武随朱棣起兵靖难，因作战英勇，屡立战功，乃授以都督同知，成为燕军高级将领。

建文四年（1402）六月，朱棣率燕军攻陷金陵，建文帝不知所终。是月，朱棣即位。张武论功封成阳侯，禄千五百石，位次朱能下。当时封侯者全国仅 13 人，而张武名列第一。他被派留守北京，可见朱棣对他的倚重和信任。永乐元年（1403），张武卒于北京，封潞国公，谥号“忠毅”。

张武墓

谭继洵墓

谭继洵墓位于浏阳市集里街道龚家桥社区毛坪组白沙路北，是一座按清代品官葬制修建的、具有湖南地方特色的大型官宦墓葬。据考证，该墓修建于清光绪二十六年（1900）建成于二十九年（1903）。

谭继洵（1823—1901），字敬甫，谭嗣同之父，湖南浏阳人。曾历任户部郎中、甘肃巩秦阶道、湖北巡抚兼署湖广总督等职，因三子谭嗣同参与维新变法，遭贬还乡，住浏阳“大夫第”。1900 年忧郁而卒，与夫人徐氏合葬于今址。

谭继洵于清道光二十九年（1849）中举，咸丰九年（1859）成为进士。同治十三年（1874）官户部员外郎，次年转户部郎中。旋监督坐粮厅，驻通州，主办验收漕粮、催督转运等事务。光绪三年（1877）由谭钟麟荐于左宗棠，得由京官外放，补授甘肃巩秦阶道，加二品衔，后擢甘肃按察使、布政使。光绪十五年（1889）升任湖北巡抚。湖广总督张之洞办事专断，谭继洵为人谨慎，性格温和，张之洞论事每与之相左，也不敢违抗。中日甲午战争后，维新变法思潮激荡，谭继洵思想偏于保守。张之洞每约其联衔陈奏新政，

谭继洵墓

谭皆敬谢不敏。

其子谭嗣同，锐意维新，父子间意见亦不合。谭嗣同和唐才常倡导变法，计划在浏阳设立算学格致馆，推广新学，唐才常与刘善涵曾婉请其出名首倡，藉资号召，而谭继洵表示："守老氏之宝，不欲为天下先。""百日维新"期间，山东道监察御史杨深秀对谭继洵的守旧曾有参劾，在所奏不称职官僚折中指出："即湖北巡抚谭继洵守旧迂拘，虽人尚无他，要非能奉行新政者。此等即不逢裁缺，亦当分别罢斥，或优之听其告休。"如果维新变法成功，谭继洵恐怕也会因思想顽冥而被罢黜。光绪二十四年（1898）谭嗣同以主张变法得入军机，仅百日而失败。

作为湖北巡抚的谭继洵，儿子犯下弥天大罪能躲过一劫，并不是朝廷对他格外开恩，是因为谭嗣同的机智。他深知变法要面对什么，生死对他来说，早就置之度外，但他不能连累家人。谭嗣同拒绝出逃日本，回到浏阳会馆，模仿父亲谭继洵的口吻和笔迹写了几封家书，在信中严辞训斥儿子不忠不孝、不仁不义，责怪自己教子无方，信中痛戒其子，声称如果不悬崖勒马，就与儿子断绝父子关系。谭嗣同被捕后，步兵统领衙门派兵查抄浏阳会馆，抄走了这些藏在所谓隐蔽处的家书，很快交到慈禧手上。慈禧信以为真，随即下懿旨："裁缺湖北巡抚谭继洵，著无庸来京，即回原籍。"谭继洵死罪免了，削职为民。当谭继洵得知自己的儿子在北京被朝廷处斩的消息时，老泪纵横，写下了一副挽联："谣风遍万国九州，无非是骂；昭雪在千秋万世，不得而知！"写完掷笔在地，瘫坐在椅子上。

在忧郁中度过了两年多时光后，光绪二十六年（1900）九月十二日谭继洵病逝，终年78岁。

谭继洵墓坐东北朝西南，砖石结构，分布面积900余平方米。墓冢表面镶嵌扁卵石，墓冢后立有五通汉白玉石墓碑，五重顶碑帽，主碑阴刻楷书"皇清诰授光禄大夫兼署湖广总督湖北巡抚谭公敬甫府君、诰封一品夫人谭母徐太夫人之墓"。墓围由麻石构件围成半圆形，墓冢前设石香炉、拜台、神道等；神道两侧分立石翁仲、石马、石虎、石羊各二，栩栩如生；石望柱上有一副对联"为官秉正惠民济世传青史，处事谨严器识宏深启后人"。2007年7月，长沙市人民政府将其公布为市级文物保护单位，同年8月，市政府拨专款对谭继洵墓进行了全面整修。2011年1月，谭继洵墓晋级为湖南省文物保护单位。谭继洵墓是研究谭嗣同家族史以及清代官员等级葬制的实物例证，具有重要的历史价值、艺术价值和考古价值。

谭嗣同墓

谭嗣同墓位于浏阳市荷花街道嗣同村石山组一山坡上，是一处遵照清代品官丧葬礼制而建造的具有本土特色的晚清墓葬。墓葬建成于清光绪二十七年（1901），艮山坤向（即坐东北向西南），砖石结构，三面立石柱，呈半圆形，前有拜台，两侧护围，成八字状。墓碑高2米，宽0.7米，上刻“清故中宪大夫谭公复生府君之墓”，右碑刻“兼祧子传炜立”。墓地前方有石马、石虎、华表各一对，华表石柱上镌刻邑人宋渐元所作联语：“亘古不磨，片石苍茫立天地；一峦挺秀，群山奔赴若波涛。”墓冢镶嵌扁卵石，呈席纹图案，占地面积500余平方米。

谭嗣同是中国近代维新派政治家、思想家。他是光绪二十四年（1898）入京辅佐光绪皇帝推行新政，遭到慈禧太后及保守派的反对而发动政变被杀害的。同时被害的还有林旭、杨深秀、刘光第、杨锐、康广仁，史称“戊戌六君子”。

大刀王五和通臂猿胡七是谭嗣同慷慨就义的目击者。9月28日（农历八月十三日）是谭嗣同临刑的日子，步兵统领衙门派出重兵从刑部一直排至菜市口刑场，惶惶然如临大敌，刑场挤满了黑压压看热闹的人，脸上都露出非常凄惨的颜色。前清杀官员的刀和杀平民的刀不同，官越大刀越钝。谭嗣同是第五个受刑，他始终是若无其事的样子。

谭嗣同被害后，“亲友故旧，恐受牵连，都避而不出”，在家天下的清朝政府是可以理解的。按当时的情形，谭嗣同犯的是弥天大罪，搞不好会株连九族。大刀王五和浏阳会馆长班（管事人）刘凤池不避风险，于傍晚行人稀少时来到菜市口，用芦席掩盖了谭嗣同的遗体。待到午夜，刘凤池和儿子两人把尸体扛回会馆，还花费了私银60两购买棺材殡殓，存于会馆后院。

九月下旬，谭嗣同的胞侄谭伟赞偕仆人胡理臣、罗升，将灵柩运抵浏阳，厝于郊外茅坪（即今筱水石山）的暮庐中。在当时的气氛下，谭家不敢举行吊唁仪式，于是由谭嗣同的老师欧阳中鹄十余人在场，以尽师生之情。唐才常之父唐寿田先生偕友人送了一副挽联：

天事也难凭，人事更难凭，落落孤踪，今若此谁能遣此？
生才者造物，忌才者亦造物，茫茫事故，已焉哉为之何哉！

下葬的时间是遇害次年端午前后几天，趁着端阳水涨，用一条木船载着棺木运到今址。送葬的人也不多，多为谭生前好友和亲戚，还有几个请来做法事的人，一共 20 多人。据嗣同侄孙女吟瑞讲："嗣同公迁葬那天，用两条龙杠，五十余人抬灵柩，循南流桥、付家坝、谭家坝的大路，过小河到达嘉地，执拂人很多，特别是许多老百姓，还一道赶来送葬。" 墓葬至 1901 年 6 月才修建完成。1958 年，当地兴修水利，将墓葬石罗围、石望柱等石构件移走以作他用。1959 年，湖南省人民政府将墓葬公布为省级文物保护单位。1983 年省政府拨专款对墓葬进行修复，拜台下增设护坡，并修 83 级水泥砖石踏步，方便人们上山凭吊。

近年来，市文物局对该墓进行多次修葺、扩建等。1997 年谭嗣同墓被辟为浏阳市爱国主义教育基地，每年清明时节到墓地缅怀凭吊的中小学生团队，络绎不绝。2013 年 3 月，谭嗣同墓晋级为全国重点文物保护单位。

谭嗣同墓

李闰墓

李闰墓位于浏阳市荷花街道嗣同村石山组一南向山坡上，是一座民国时期建造的具有湖南本土特色的普通墓葬，是爱国维新志士谭嗣同夫人墓葬。李闰（1865—1925）字闰，亦字韵卿，晚号臾生，湖南长沙人。光绪九年（1883）春，奉父命与谭嗣同于湖北汉阳道署完婚。民国十四年（1925）因病而逝，终年 60 岁，葬今址。

李闰生于同治四年（1865）四月二十日。父亲李寿蓉官至道员。她与谭嗣同的结合，是父母之命。李寿蓉在户部为官时，谭继洵也在户部任职，两人既是同事，又是同乡。交往过程中，双方为儿女定下了这桩婚事。

婚后一段时间，谭嗣同对循规蹈矩的李闰不是很满意，直到经过了 5 年的磨合，李闰以其聪明贤淑、通情达理赢得了谭嗣同的认可，夫妻两人日渐恩爱。光绪十五年（1889）冬，李闰在兰州生下了一个儿子，取名传择。后传择不满周岁因病去世。谭继洵将谭嗣襄的儿子谭传炜兼祧过继给她，但谭传炜也于民国初年自杀，当时他只有 30 多岁。

1898 年 7 月 20 日，谭嗣同前往北京参与变法，9 月 28 日死于国难。远

李润墓

在浏阳的李闰并不知情。噩耗传到浏阳时，已是凄风苦雨的冬天。李闰痛不欲生，几次晕厥。她坚决要去北京奔丧，好不容易被人劝住。家里人怕谭继洵老人受不了这样的打击，还得要瞒着他。后来，谭继洵终于知道了，他哀惧交加，老泪纵横，丧子之痛使他一下子老了许多。李闰经常一个人于夜深人静时哭出声来。有一天晚上，谭继洵听到哭声，便踱至窗外说："七嫂，寡妇不夜哭，人死不能复生了，嗣同将来的声名，必然在我之上。"李闰是翰林的女儿，知道《礼记》有"寡妇不夜哭"的古训。她知道自己逾礼了，便停止了哭泣。

李闰给自己起了一个号叫"臾生"。这来自谭嗣同的诗句"忍死须臾待杜根"，意思是忍着痛苦活下去。李闰好像变了一个人，她不再病恹恹的样子，把家里打理得有条不紊：每天洗衣浆衫，很早做饭给侄子吃，送他们至学堂；侍奉老人，隔一段时间为老人做好吃的，一有头痛脑热，就及时叫来郎中，煎药熬汤，从无怨言，含辛茹苦数十年。

李闰还将谭嗣同留下的书籍、字画、砚台、乐器遗物等仔细整理了一番，分门别类存于木箱中，在二楼保存起来。丈夫在世时曾和她一起参加过反对虐杀女婴、救灾等活动。现在丈夫死了，要继续他的事业。她积极组织参与社会公益事业。就是在艰难的岁月中，李闰写过一副对联勉励自己："今世已如斯，受人间百倍牢骚，一死怎能抛恨去；他生须记着，任地下许多折磨，万难切莫带愁来。"李闰豁达顽强的品格受到了众人的尊重。

光绪二十六年（1900），谭继洵离开了人间。李闰典卖家产及首饰筹资修建"谭烈士专祠"，秉承亡夫遗志，继续从事妇女工作，在县城迎佛寺助刘善泽设立了浏阳第一所女子学校，并担任该校董事 10 年。

民国十三年（1924），李闰六十寿庆前夕，康有为、梁启超特地合送了一幅横匾，上书"巾帼完人"四个大字，由谭训聪夫妻将其悬挂于"大夫第"厅内。民国十四年（1925）李闰身患重病，逝世于大夫第。

李闰墓坐南朝北，平面呈半环形，由墓冢、墓围、墓碑、拜台等组成，占地面积约 60 平方米。封土堆墓冢，冢前立有镌刻"谭嗣同夫人李闰之墓"字样墓碑。李闰墓是见证和研究我国近代史上坚强女性，面对苦难人生而终生致力于妇女解放事业的实物例证，具有较重要的历史价值、研究价值和纪念价值。

1991 年，李闰墓被公布为浏阳市（县）级文物保护单位。2014 年该墓晋级为长沙市级文物保护单位。

欧阳中鹄墓

欧阳中鹄墓位于浏阳市淮川街道城西社区西湖山风景区，是一座遵照清代品官丧葬礼制而修建的品官墓葬。据考证，该墓修建于清宣统三年（1911）。

欧阳中鹄（1849—1911），字节吾，号瓣姜，祖居湖南浏阳普迹青龙头，后迁到浏阳县城营盘巷。清同治十二年（1873）中举，任内阁中书。受户部主事谭继洵聘，于1874年开始在谭家教谭嗣襄、嗣同二子读书，后唐才常也拜其门下就读。

欧阳中鹄知识渊博，推崇变革，曾发表“变法之论”。他充任过很多名人政要的幕僚，担任过众多青年才俊的塾师。谭嗣同称其学问“实能出风入雅，振前贤未坠之绪”。

欧阳中鹄墓

光绪三年（1877），谭继洵调任甘肃巩秦阶道。这年冬天，他便请假携家眷返浏，欧阳中鹄一同随行。自四年前离家进京，欧阳中鹄博得一七品小京官，也算荣归故里。

次年，欧阳中鹄再次入京充会典馆协修。光绪二十年（1894）二月，欧阳中鹄充武殿填榜官。不久，中日战争爆发，被清皇朝寄予厚望的湘军北上出关应战，到第二年初，却被杀得人仰马翻、丢盔弃甲。腐败无能的朝廷做出了种种妥协，欧阳中鹄感到非常失望和愤慨。刚好这时他父亲的坟墓被水所淹，他便请假回籍修墓。

欧阳中鹄在浏阳期间收到了学生谭嗣同一封两万余字的长信，这就是著名的《兴算学议》。欧阳中鹄读到这封信之后，身心为之一振，立即加以批改，请人印成单行本广为传发。

不久，谭嗣同和唐才常回到了浏阳，欧阳中鹄营盘巷的家成为了他们聚会的场所。他积极支持谭嗣同创办算学社，与他们商议制订了算学馆有关章程，选定了社址，并邀约了包括欧阳予倩父亲在内的十六人，每人出资五十缗（一千文为一缗），一所完全新型的学校、中国第一个数学馆——“算学社”终于开办了。

光绪二十四年，欧阳中鹄进京纂修《会典》，二十九年授广西思恩知府。旋调省署，总办文案。三十一年，授平乐知府。平乐多瑶族，地瘠民穷。首领下令，生两孩者弃其一，生三孩者弃其二。人心惶恐。欧阳中鹄到任后，先晓以大义，继设平粜，通贸易，置学校，教之以文字。光绪三十四年，欧阳中鹄调任桂林知府。宣统二年（1910）补授广西提法使。次年病故，终年62岁。其遗作有《瓣姜文稿》传世。

欧阳中鹄葬于浏阳市区荷花街道西南面的佛岭。民国八年（1919），其夫人周氏伴葬于右。该墓坐东北向西南，呈半环形布局，占地面积100余平方米。墓葬由墓冢、墓围、墓碑、拜台、神道、香炉、望柱等组成。墓碑六通，为汉白玉材质，其余石构均为花岗石材质。2010年7月因长浏高速公路建设，将夫妇俩墓葬整体迁移至西湖山风景区。2014年，欧阳中鹄墓晋级为长沙市文物保护单位。

谭嗣襄墓

谭泗生墓位于浏阳市关口街道办事处金口村冷井组蔺家岭上，为浏阳地区具有地方特色的清代品官墓葬。据考证，该墓修建于清光绪十六年（1890）。

谭泗生（1857—1889），初名嗣彭，后名嗣襄，字泗生，湖南浏阳人，谭嗣同仲兄。一直在浏阳长大。21岁时，父亲谭继洵任甘肃巩秦阶道，他就留在浏阳与伯父一起管理家业。他学识广泛，聪慧能干，很快就进入角色，将一个偌大的家管理得井井有条，特别是他仗义疏财，乐善好施，品德端正，深得人心。伯父死后，堂兄谭嗣棨接任，由于理念不同，处世风格不同，被堂兄和一些不理解他的人排挤、孤立。

光绪十四年（1888）秋，谭泗生第三次参加湖南乡试不中，听说台湾急需人才，发气之下离开家乡辗转福建，取道厦门，渡海前往台湾投奔亲戚唐景崧。在唐的引见和举荐下，谭得到了巡抚刘传铭的赏识，即委榷凤山县盐税。凤山县是一个十分荒蛮的地方，经济凋敝，民风强悍，土著部落与汉民矛盾重重，谭泗生不仅要管理盐政税，还要负责土地规划、河道治理、水路疏导等一应事务，几乎就是一个地方官。以前来此地的官员都将盐税当作谋取利益的途径。谭泗生初来乍到，不谙深浅，他一腔热血，雄心壮志，上任后即“严约章，杜侵蚀，亲会计，勤考核”。由于他身体力行，凤山县风气大为改变，各项工作有条不紊，民众评价极佳。

然而，谭泗生到任不到半年，于光绪十五年（1889）四月底染上风寒，一病不起，五月五日在台南府安平县治赤崁楼右侧蓬壶书院逝世。也有一种说法，谭泗生死于自杀。以其正直刚毅、仗义疏财之性格和严苛较真之作派，估计得罪的人也是不少，孤独、寂寞自不必说，他死于精神抑郁也有可能。

谭泗生在台颇受重视，“当道深赏其才，遂留台湾候补，且欲荐于朝，而以改委台南府盐务为信。”可当任命他为台湾盐运使的诏书发到台湾时，他却去世了。

光绪十五年（1889）六月，谭嗣同在北京突闻兄长谭嗣襄在台病逝的噩耗，心痛欲裂，匆匆带着侄儿谭传简星夜南奔，计划前往台湾迎回仲兄灵柩。抵上海时，接唐景崧电告殓事已毕，谭嗣同乃留沪迎梓。然后由他和谭传简将谭嗣襄的灵柩运回老家浏阳。至光绪十六年（1890）二月，才择地“十四都冷水井之原，艮首坤址为茔”，安葬好谭嗣襄。欧阳中鹄师为其撰《清故直隶州知州谭泗生府君墓志铭》。谭嗣同题联挽仲兄曰：“恨血千年，秋后愁闻唱诗鬼；空山片石，苍茫如待表阡人。”该联镌刻在墓前石柱上。

墓葬坐东北朝西南，砂石结构，平面呈半圆形，占地面积70平方米。墓葬由墓冢、墓碑、墓围及墓前石像等构成。该墓于1988年被公布为浏阳市（县）级文物保护单位。

谭嗣襄墓

人文胜景

浏阳文庙

浏阳文庙位于圭斋东路 81 号，在浏阳市第一中学校园内，占地面积 6000 多平方米。据乾隆《长沙府志》记载，浏阳文庙原为县儒学学堂，始建于宋，宋、元俱在县城东，明弘治十八年（1505）迁至县城西，至正德丁卯年（1507）创为圣殿及两庿，前为戟门为棂星门后为明伦堂及进德修业斋。清雍正二年（1724）知县赵晟改建文庙。又据同治《浏阳县志》，浏阳文庙于清嘉庆二十三年（1818）移迁今址，清道光二十三年（1843）由知县羊拱辰主持重建，即今之文庙。

文庙坐北向南。高大的围墙有一个特定的叫法："万仞宫墙。"语出《论语 · 子张》："子贡曰：譬之宫墙，赐之墙也及肩，窥见室家之好。夫子之墙数仞。不得其门而入，不见宗庙之美，百官之富也。"后人认为"夫子之墙数仞"，仍不能表达对孔子的尊敬和赞扬。明代胡缵宗敬称为"万仞宫墙"，并书写刻制成石额镶于曲阜城南门"仰圣门"上。清代乾隆皇帝为了显示自己对孔子的尊崇，又把胡碑取下换上自己书写的同样四个字。后来所有文庙的围墙都叫万仞宫墙。文庙的大门叫状元门。历史上有这样

浏阳文庙

浏阳文庙

一个规矩：如果当地没有出状元，文庙万仞宫墙的大门不能洞开，进来朝拜孔子的人只能走两边侧门。浏阳历史上确实是没有出过状元。死板、教条的科举取士制度束缚了浏阳人的手脚，但并不能说明浏阳没有人才。具有自强不息、敢为人先优秀品质的浏阳人，在历朝历代都有不俗的表现。浏阳文庙的状元门是20世纪50年代改建的，当时文庙已经成为浏阳市第一初级中学，为了方便师生的进出，特意将万仞宫墙的大门拆了重建。

从状元门进来，是文庙的前院，约700平方米的地坪将学校一分为二，左边是一中的教学区，右边是生活区，几幢漂亮的宿舍楼掩映在绿荫之中。地坪原来有泮池、状元桥和棂星门等建筑，因历史的原因已不复存在，令人遗憾。登上七级台阶就是大成门。“大成”二字取自《孟子》一书“孔子之谓集大成者”，意在赞扬孔子是集大成者。大成门因形似古代的兵器“戟”，故又称戟门。封火墙、硬山顶，覆黄色琉璃瓦，青花瓷脊，置葫芦宝顶，东西两侧相对应为忠孝祠、更衣所。门楣上的“大成门”和后面“大成殿”两块三字竖牌都是由清雍正皇帝所题。门前石柱上镌刻有雍正撰题的楹联：“先觉先知为万古伦常立极，至诚至圣与两间功化同流。”可以看出清廷为巩固其封建统治而对孔子的高度尊崇。

大成门有正门和两个侧门，平时进出从两边的侧门，遇有重大仪典才开启中门。大成门的门槛比一般的门要高，一是寓意孔子的学问造诣高，二是提醒进入大成门的人应小心谨慎、举止端庄。进入大成门，左右两侧分别有“蕢鼓”“镛钟”两亭。“蕢”和“镛”在《说文解字》中是形容器皿大、声音深沉洪亮，这两种乐器只有在祭孔时才会使用。经过一条宽6.21米、长42米的甬道，直通大成殿。甬道，又称为御道，是文庙的主干道，原为皇帝的专用通道。甬道两旁为庭院，翠柏古松，郁郁葱葱。其中有一棵罗汉松，是当年和文庙一起从城东迁移过来的，已经有500多年的树龄了，大约一人合抱，高约3米，虬枝龙爪，傲然挺立，树干皱巴巴的，像一位饱经沧桑的老者。庭院左右侧即为东西两庑，为旧时安放孔门“七十二贤”牌位的地方。在甬道与月台之间的是九级石阶梯，“九”为阳数最大，九级台阶代表至高无上，只有皇宫或皇帝的行宫才能用，孔子是除皇帝外唯一可以享受这种待遇的人。正中是汉白玉雕成的盘龙，以前皇帝到孔（文）庙祭拜孔子，都是乘坐轿辇从雕刻的盘龙上前行，也称为“御路丹陛”。上了月台，左右两侧各有一座重檐四角攒尖顶的礼乐亭，又称为“演舞亭”，“亭各高二丈四尺四寸，广一丈四尺，轮一丈六尺，台高一尺五寸”（同治《浏阳县志》）。这两座礼乐亭的修建与一个浏阳乾、道年间精通乐理、专事古乐研究的名叫邱之稑的先生分不开。乾隆八年（1743），清廷颁布《文庙乐章》，至道光九年（1829），浏阳县令杜金鉴奉上谕，倡导祀孔乐舞，聘邱之稑为文庙乐舞教习。邱先生即赴山东曲阜孔庙，学习丁祭乐舞。回到浏阳后创办礼乐局，并于道光二十二年（1842）倡议重修文庙。新修的文庙为祭孔需要，在月台上修建礼乐亭两座。这在全国孔庙建筑中实属独具一格，也是浏阳文庙建筑的特色之一，祭孔时舞生以六佾或八佾在礼乐亭内翩翩起舞。

大成殿是文庙的主体建筑。同治《浏阳县志》记载：“殿高五丈五尺，广七丈二尺八寸，轮六丈二尺四寸，覆黄瓷瓦七万二千一百有奇。”砖木石结构，正中置五色葫芦宝顶。大殿内有石柱32根，承托全部抬梁构架。大殿的梁柱以及台基、阶陛均雕有非常精细的图案。整个建筑的色彩也经过周密的考虑：深红色的门扇，暗红色的墙壁，屋檐下的斗拱和彩画与暖色调的屋顶形成对比，而且增加了出檐的深度，在蓝天白云衬托下，显得极为鲜明强烈。大殿的屋顶是微微下凹的曲线，显得十分柔和，而屋檐的相交处突然翘得很高，飞檐翘角不仅在视觉上有强烈的冲击，而且具有东方建筑个性，给人以动静交替、虚实相济的建筑艺术美感。门前石柱上镌刻乾隆皇帝所撰、中国佛教协会会长赵朴初先生书写的两副长联，一副是“觉世牖民诗书易象春秋永垂道法，出类拔萃河海泰山麟凤莫喻圣人”，另一副是“气备四时与天地日月鬼神合其德，教垂万世继尧舜禹汤文武作之师”。

浏阳文庙

门楣上是雍正皇帝撰题“生民未有”门匾，取自《孟子》一书：“自生民以来，未有夫子也。”大殿内正上方悬挂康熙皇帝撰题“万世师表”横匾。正中央供奉着我国伟大的思想家、教育家和儒家学派创始人孔子像。左右两边分别立着颜回（复圣）、孔伋（述圣）、曾参（宗圣）、孟轲（亚圣）的塑像。这五尊圣人塑像的式样、大小都是按照山东曲阜孔庙规格定制的。

在大成殿的后面，原来有一座叫圣母殿的小庙，是专门供奉孔子父母牌位的，在孔子父母和孔子生日这天，会在这里举行祭祀活动。60 年代初期，为了解决教职员工的住宿问题，就把小庙拆了，修建了一幢住宿楼，目前尚在使用。

孔子生于公元前 551 年，距今有两千多年的时间了，对于孔子具体的长相，后人并不十分清楚。相传孔子是生有异相之人，他的脸部有七陋：鼻陋、嘴陋、眼陋、耳陋，四个器官，七个窍孔。就是两个鼻孔朝天，嘴中牙齿露出，也就是俗称的龅牙，两颗眼球突出，露出了很多的眼白，两只耳朵大而下垂。具有这种异相者必有大成就。于是人们设计了 4 个标准像：第一个是帝王像，也就是七陋之像；第二个是孔子左手拿书的讲学像；第三个是站着的行教像；第四个是坐在马车上的周游列国像。浏阳文庙采用的是帝王像。大殿内石柱上的对联是雍正撰题：“德冠生民，溯地辟天开，咸尊首出；道隆群圣，统金声玉振，共仰大成。”用来赞扬孔子的道德和

浏阳文庙

学问在历代圣人之上，从开天辟地起就被尊为第一人。

孔子一生最大的成就是创立儒家学说，在治国的方略上，孔子主张“为政以德”，用道德和礼教来治理国家。这种治国方略也叫“德治”或“礼治”。然而，孔子生不逢时，在礼崩乐坏的春秋时代，他只好带着弟子们四处漂泊，几次身陷险境，最后放弃自己的政治抱负，回到曲阜，做起了传道授业解惑的“师者”。看似无奈的选择，却成就了孔子万世师表的地位。

孔子死后的第二年，鲁哀公下令把孔子生前居住的三间草房立为孔子的祀庙。后人又将孔子生前所穿过的衣物、乘过的车、用过的琴等遗物收集于孔子祀庙内，这就是文庙的雏形。真正使孔子成为官祭，并在民间兴起，已经是孔子死后283年后的事了。汉高祖十二年（前195）十一月，高祖刘邦自淮南还京，经过阙里，以太牢祭祀孔子，开皇帝亲祭孔子之先。其后，元始元年（1），汉平帝追谥孔子为“褒成宣尼公”。自此，文庙愈受重视。东汉建武五年（29），光武帝过阙里，命祭孔子。明帝、章帝、安帝均曾到曲阜祭祀。永兴元年（153），汉桓帝下诏重修文庙，任命孔和为守庙官，并立碑以记。

尊孔渐成风尚后，为了便于祭祀，各地纷纷修建文庙，特别是在古时的试院，专门设了供学子祭拜的文庙或孔子像，学子们考试之前，必入庙进香，以求金榜题名，光宗耀祖。

在历代王朝更迭中，文庙又被称作夫子庙、至圣庙、先师庙、先圣庙、文宣王庙，尤以文庙之名更为普遍。其中南京夫子庙、曲阜文庙、北京文庙和吉林文庙并称为中国四大文庙。

浏阳文庙能够较好地保存下来，有两个因素，一是文庙是浏阳县第一次党代会旧址。60年代，大部分古庙、祠堂毁于一旦，孔子和两庑内七十贤的供像也被毁了，文庙主体建筑没有遭到大的破坏。

目前国内有文庙1600多座，保存较好的文庙只有300余座，列入国家重点文物保护单位的有21座。文庙还走出国门，在朝鲜、日本、越南、印度尼西亚、新加坡、美国等国家分布着400多座文庙。

查《浏阳县志》，早在宋代，杨时任浏阳县令，首建文庙于县城之东，曾兴废多次，这是浏阳第一座官方建设的庙宇。因城东地势低洼，遇到雨水多的年份就受到水灾的影响，明弘治八年（1495）迁文庙于县西。清嘉庆二十三年（1818），知县羊拱辰倡修，发起募捐，得铜钱25000缗，将文庙移建于今址佘山岭脚下。然而仅仅20多年时间，大殿木柱尽被白蚁蛀蚀一空，必须重建。道光二十三年（1843），县衙拨银重建文庙。当时还是监生的一个叫邱之稑（字縠士）的拜谒赵（光裕）县令，进言道：庙位乾亥方，西北方太低太空，无遮无挡，有凹风射入，亥山所对应的天上星宿是金星，金风吹动，有虫蚊之虞，应在庙宇西北角建一楼阁，方可御之。

赵县令采纳了邱之稑的建议，在文庙的后山上盖了一阁，取名奎文阁。奎星主文章、文运、文字有关的事，也有文人荟萃之意。奎文阁坐西向东，砖木结构，重檐歇山顶，马头墙，青瓦覆顶，为典型的双层楼阁式建筑，占地面积 420 平方米，巧的是文庙建成后再没有发生虫蚁灾害了。奎文阁是浏阳文庙古建筑群的重要组成部分。清光绪二十三年（1897），谭嗣同、唐才常、欧阳中鹄等在此创办了中国近代史上第一个科技群众团体机构——新算学馆，并设立民间算艺学堂，倡办新算学社，开湖南新学之先河，使之成为谭嗣同等爱国志士传播新思想、传授现代科学知识的重要场所。

中华人民共和国成立后，奎文阁（新算学馆）作为文庙的一部分，一直由浏阳市一中管理使用，主体建筑也没有受到大的损坏。1992 年，学校经过维修后辟作生物科技馆，新算学馆保存完好，是浏阳市境域内罕见的古楼阁建筑，具有重要历史价值、艺术价值和科学纪念价值。1996 年 1 月，新算学馆被公布为省级文物保护单位。

文庙为祭孔专用场所，清代曾制祭孔古乐器于庙内，浏阳最后一次祭孔典礼是 1948 年，后因多种原因停止。时隔 67 年，2015 年，浏阳市政府决定发掘即将失传的浏阳祭孔古乐，弘扬传统文化。经过收集、整理、补充、完善，终于恢复了浏阳祭孔古乐的原貌。

文庙三进宫殿式建筑，占地面积 6400 平方米（不含新算学馆），与一中融为一体。也许是沾了文庙的灵气，浏阳一中几十年来为国家培养了大量的人才，这些人才经过高校的深造，在各条战线发挥着巨大的作用，浏阳一中也成为湖南省重点高中。依偎在一中怀里的文庙，经历了 200 多年的风雨洗礼，见证了时代的变迁更替，始终浸润在琅琅的书声中，像一位走过沧桑的老人，讲述着一个朴素的真理：教育兴则民族兴，少年强则国家强。

1990 年，文庙正式对外开放，1998 年被长沙市委宣传部授予“长沙市爱国主义教育基地”。2015 年文庙正式免费对外开放。在江南享有盛名，加上后山新算学馆，其规模更是国内少见。1983 年 10 月，浏阳文庙被公布为省级文物保护单位，1986 年湖南省人民政府拨专款对其进行了落架大修。1991 年辟为浏阳县博物馆。1997 年 5 月列为浏阳市县级爱国主义教育基地。2013 年 3 月，浏阳文庙晋级为全国重点文物保护单位。

谭嗣同故居

谭嗣同故居坐落在浏阳市北正南路，建于明末清初，距今已有300多年历史了。这幢房屋原为周姓祠堂，后由谭嗣同祖父谭学琴（曾任清代县吏）买下作为私第，并改造成庭院式民宅。整个建筑占地约10000平方米。主体建筑2000平方米，为江南庭院式建筑，具有较高的历史研究和艺术欣赏价值。故居坐西南朝东北，砖木结构，三进二院布局，东侧有园圃，前栋临街，面阔二间，进深二间，二层硬山顶。中堂与后堂之间有一过亭，歇山顶，封火山墙，盖小青瓦，建筑面积约1200平方米。宅内有一书斋，精巧优雅，谭嗣同青少年时曾在此读书写字，练拳舞剑。他自小喜爱菊花石的清白无瑕、坚不可摧的品性，故取名“石菊影庐”，并作有《菊花石秋影砚铭》：

我思故园，西风振壑。花气微醒，秋心零落。郭索郭索，墨声如昨。

故居深红色的门楣和格窗，透出历史的厚度和人世沧桑。它巍然屹立在熙熙攘攘的街头，显得古朴而沉静。这座古老的建筑，孕育了一个在黑暗中探索前行的先驱，擎起了一个国家变革图新的梦想。它是一个民族变革图新的精神丰碑。

谭嗣同故居

—

谭嗣同故居的正门上挂着一块匾额，上面镌刻“大夫第”三个鎏金大字，苍劲、有力、浑圆、饱满，为我国已故佛教协会会长赵朴初先生所书。谭嗣同父亲谭继洵于清咸丰九年高中进士，先在户部任职，后外放为官。因其“不避繁难、勤于任事”，特别是其为政清廉，官声甚佳，遂一路擢升，官至湖北巡抚兼湖广总督，为朝廷一品大员。咸丰皇帝为表彰其功绩，特赐其宅第为“大夫第”官邸。

故居正堂中间有一尊谭嗣同的半身铜像，只见他面容冷峻、双眉紧锁、目光深邃，有一种立于山岳、傲视死神的凛然正气。铜像正上方有一块匾额，为梁启超先生手迹：“壮飞先生为戊戌政变第一完人，今则民国成立以及二年，追怀往事，抒以致感，民国先觉。司法总长世愚弟梁启超署。”

“民国先觉”这个称呼，恐怕只有谭嗣同这位以流血牺牲来唤醒国人的变革者才有资格够得上，也正是戊戌变法运动敲响了封建帝王统治的丧钟。此后，孙中山先生领导的辛亥革命，走武装起义的道路，最终推翻了统治中国 2000 多年的封建帝制，建立了中华民国。“民国先觉”是谭嗣同他最恰当的评价。

大夫第

大夫第

从过厅进去，就是谭嗣同父亲谭继洵的卧室。谭继洵考中进士后就一直为官在外，很少在浏阳住。1898 年“百日维新”谭嗣同遇害后，谭父受到牵连被革职，遣回老家大夫第。

故居保留有谭嗣同的卧室和书房。在五间西房的北套间，除了厅堂和过道铺设的是青砖及卵石外，房间铺的都是木地板。房子布置得很简单，一张木床、几把椅子。他的许多诗文、信札都在这里写成。

李闰与谭嗣同同龄，她的卧室在南面。从 19 岁与其成亲到 33 岁谭嗣同殉难，她除了随谭嗣同到甘肃、湖北父亲的官署外，就一直住在这里

故居的工艺之精美，主要体现在木雕上。屋顶的每一根梁架、每一个斗拱以及雀替，均有雕饰图案，线条流畅，构图优美，寓意深刻。正厅屏门，也是雕刻技艺的杰作。每扇屏门上面部分，采用双面雕刻的手法镂空而成，既通风采光，又美观大方，适合湖南潮湿的气候。过亭上方有长菱形六角藻井，两厢配置亭榭、阁楼。镶嵌在风火山墙上的堆塑造型非常新颖，每

朵花饰栩栩如生。故居格门、花窗的工艺雕刻，配上布局严谨、高大宽敞的厅院，在南方地区都是罕见的。窗户的雕刻采用的是双面雕刻手法，就是说正反两边是一样的，中间是雕花的，并且是镂空而成。这个屏门中间一般是合拢的。但有两种情况例外，一种就是家里来了比较重要的客人，那么就把屏门敞开，开中门迎客，而不让客人走边门，那是一种很高的礼节；另一种是家里如碰上婚丧事，不仅要把屏门打开，包括前面的德善门也是要打开的，行人的进出就会十分方便。门的后面有一活动的小木板，类似于现在家里防盗门的猫眼，不过猫眼主要是为了警戒的，而这个活动的小木板是为了方便大家闺秀的。大家都知道，旧时的女子地位是很低的，并且是足不出户，家里来了客人在中厅的话，她也想分享一下外边热闹的场景，那怎么办呢？就把这活动的小木板掀开来，就能偷偷地看到外面的情形。

二

谭嗣同于同治四年（1865）三月十日出生在北京宣武城南懒眠胡同，1870年搬迁至库堆胡同的浏阳会馆，他的童年是在北京度过的。12岁时，谭嗣同染上白喉病，昏迷了三天之后，奇迹般地苏醒过来，父亲便为他取了个字名“复生”。

谭嗣同一生先后11次回到浏阳，在大夫第学习生活。

光绪三年（1877）八月，13岁的谭嗣同第一次回到祖居地浏阳。家乡的美景让这个北京城长大的少年格外兴奋，他对一切都是那样的新奇。他跑到沙洲上看漂洗夏布的工人晾晒泼水，跟在那些在洲上晒豆豉的叔叔阿姨后面问这问那，在浏阳河边上和一群小朋友打水漂比赛，和二哥嗣襄去周家码头坐渡船玩。这段时间谭嗣同认识了比他小两岁的唐才常。谭唐两家有着一点亲戚关系，就住在梅花巷，谭嗣同和唐才常相见恨晚，十分投缘。在他们父亲的安排下，又一同拜中鹄先生为师，在私塾里接受教育。谭嗣同在北京已经是大刀王五的高徒了。学习之余，谭嗣同就教谭嗣襄和唐才常武功。新春过后，谭继洵起程前往甘肃任职，谭嗣同也一同前行。唐才常一直送嗣同到河下洲上登船，两人拥抱，洒泪以别。

光绪五年（1879）夏，谭继洵担心儿子学业，便要谭嗣同回浏阳，去拜著名学者涂启先先生为师。谭嗣同虽年已十五，但没有一个人出过远门，父亲有些担心，谭嗣同却显得格外轻松。他一个人踏上征程，由泰州取道甘肃徽县，再乘船顺嘉陵江上游下行到陕西洛阳，登途陆行到汉中，泛汉水至湖北襄阳，再乘舟南下，过洞庭湖，沿湘江上溯，秋至长沙，改雇车行至浏阳，历时一个多月，行程一千多里，第二次回到了故乡。

这次回家，谭嗣同只休息了几天，二哥嗣襄就带着他来到大围山涂启先先生处，奉上父亲书信，拜师学习，涂先生便带着三子涂儒翯同到浏阳北城谭府陪嗣同一起读书。不久，二哥嗣襄赴泰州随父任，嗣同送别于浏阳青枫浦，作七绝《送别仲兄泗生赴秦陇省父》五首。在涂启先先生处共学习了三年，于光绪八年（1882）春遵父命赴甘肃，嗣同依依不舍辞别涂老师，于四月末到达泰州父亲衙中。

时隔三年，光绪十一年（1885），谭嗣同父亲因上年谭继洵已升甘肃布政使，他则经新疆巡抚刘锦棠奏报，有了“候补知府”的官衔。于是奉父命由甘肃回浏阳，准备参加八月涯湖南乡试。这是谭嗣同第一次参加乡试，未中。冬返甘肃，至十二年（1886）春抵达兰州。

谭嗣同第四次回浏时已24岁，又是正科乡试之年，光绪十四年（1888）。他与仲兄嗣襄一起由甘肃回湖南，二人取道陕西陆桥，泛丹水转汉江，至湖北沙阳走水路至长沙后回浏阳。为了这次乡试，他与二哥虽说不上悬梁刺股，但也是孜孜不倦。可这次去长沙应试，写的八股文又不合要求，两兄弟又落第了。两人都觉得有点愧对师傅，也愧对父亲。

光绪十五年（1889）春，谭嗣同奉父命，赴京拜刘人熙为师，准备参加当年的乡试。五月，住在北京浏阳会馆中的谭嗣同，忽接到二哥嗣襄病亡于台湾的消息。谭嗣同顿时大哭，泪如泉涌。他兄弟感情深厚，二兄骤然猝亡，他即放弃顺天乡考（恩科），急切回湘赴上海迎接自台送来的兄柩，至交年二月才择地安葬仲兄于浏城关口冷水井之原。然后返回了武昌父亲的巡抚署中。谭嗣同的第五次回浏是最为伤心和悲痛的。

谭嗣同第六次回浏阳是光绪十六年（1890）夏天。他给亡兄嗣襄修墓，并在今关口李兴锐总督的老家避暑，读完了《知不足斋丛书》。这年夏天一个深夜，阴了一天的天变得咆哮起来，狂风大作，雷电交加，忽然一个炸雷在屋顶响过，大夫第院子里一棵梧桐树被巨雷劈倒。谭嗣同也吓得从座位上弹了起来，他非常惋惜这棵与他日夜相伴的梧桐，心中很是怅惘。天亮后他来到花园里，看看倒在地上的梧桐树，灵机一动，令人将树的残干收拾好，说他要做两张琴。接下来，谭嗣同足足忙了几天，真的用树的残干先后做成了两张精美的七弦琴，并给琴分别取名为“崩霆”和“残雷”。

看到书桌上两张崭新的琴，嗅着散发着梧桐树的清香，谭嗣同高兴之余，便在两张琴的背后都题上了琴铭。“崩霆”琴背后的龙池上方题曰：

雷经其始，我竟其工，是皆有益于琴，而无益于桐。

在“残雷”琴的背后，他以石绿为颜料，亦题下琴铭：

破天一声挥大斧，干断柯折皮骨腐，纵作良材遇已苦。遇已苦，呜咽哀鸣莽终古！

这样充满忧患、戾气的诗作，仿佛冥冥之中预示着他的命运悲惨的结局。

残雷琴现藏于故宫博物院。崩霆琴现藏于湖南省博物馆，琴身漆黑，光洁照影，长 117.5 厘米，高 6.8 厘米，额高 14.8 厘米，宽 12.3 厘米。十三微用螺细嵌镶，腹部以泥金楷书“崩霆”两个大字。

谭嗣同第七次回浏阳，是在光绪二十年（1894）的八月，他最后一次在长沙参加乡试后。这次回乡，他参加了浏阳谭氏谱的撰写，作《启寰府君实家传》《新宁伯芪臣公家传》《先妣徐夫人轶事状》及《史例目叙》等家传、家谱 16 篇。至十一月始返武昌。

光绪二十一年（1895）八月，浏阳遭遇特大旱灾，谭嗣同为将南台书院改为算学馆和救灾事，从武昌回浏阳，九月返回武昌。十一月，谭嗣同第九次回浏阳，见赈灾情况紧急，遂留下协助欧阳中鹄办理赈灾事务，兼为浏阳矿务事奔忙，成立官煤局，对赈灾起了很大的作用。十二月离浏返鄂，途经长沙，拜谒了湖南巡抚陈宝箴。

光绪二十二年（1896），谭嗣同为就任面京知府，九月回浏阳招聘师爷，同乡黄颖初受聘入幕，同月，谭嗣同为矿务之事前往长沙，十一月初二抵达湖北。这是他第十次回浏阳。

光绪二十四年（1898）戊戌，闰三月十五日（公历 5 月 5 日），谭嗣同回浏阳，在家中自撰桃符，有“大陆龙方蛰，中原鹿正肥”之句。四月初三日（5 月 22 日）为结婚十五周年纪念，他离家赴长沙前作诗一首《戊戌北上别内子》以作纪念：

婆娑世界普贤劫，净土生生此缔缘。
十五年来同学道，养亲抚侄赖君贤。

两人依情难舍，第二日二人又同舟去长沙了。想不到，这次回浏阳，竟是他最后一次踏上故乡的土地。

三

谭嗣同殉难后，父亲谭洵回到浏阳“大夫第”生活了两年，还安排了家中后事。因嗣同夫妇在州曾生有一子早夭亡，后再未生育。嗣襄死后留下寡妇黎氏和孤儿传炜，遂命传炜兼祧嗣同为嗣，要李闰抚育好传炜和嗣襄的两个女儿。李闰于是承担了管理家务、教育子女的重任。大夫第房产也留给嗣同遗孀，李闰一直在这里生活了 20 余年，直到逝世。

中华人民共和国成立后，“大夫第”分给了几户居民居住，“文革”中小有损坏。浏阳市政府后来收回并做了保护性修复。谭嗣同卧室、书斋“石菊庐影”、会客厅和夫人李闰、谭继洵及嗣襄的起居室等，都做了复原陈列。故居右侧广场立有谭嗣同铜像。1998 年，在谭嗣同殉难 100 周年之际，国务院批准故居为“全国文物保护单位”。

戊戌风云未可忘，维新变法意弥长。
甲午硝烟犹未去，泪洒燕京吊国殇。
百年新政千秋梦，六颗头颅万古香。
唯楚有材休浪说，敢为人先话浏阳。

抚摸历经 300 年风雨的“大夫第”油漆斑驳的立柱，一种力量穿过历史的尘埃传来，让人感到厚重与坚实。是的，每一栋建筑都要有挺拔的立柱支撑着大厦的高度，每一个时代都要有崛起的脊梁，引领着国家和民族砥砺前行。“大夫第”用做谭嗣同故居之后，已不再是一个简单的古建筑，而是一种民族灵魂，更是一座变革图新的精神丰碑。

欧阳予倩故居

欧阳予倩故居位于浏阳县城营盘巷，始建于清末，坐西朝东，南向开门。原占地面积约 800 平方米，现存 355 平方米。该建筑朱檐青瓦，歇山屋顶，显得古朴庄重。典型的江南四合院式结构，有围墙与槽门，大门两边有高约两米的砖砌瓦盖围墙，敞开两扇对开铁栅门。台阶是青砖铺就的，院子左右各栽有一棵柚树和一棵石榴树，两树均高 3.5 米左右。穿过前院即是欧阳予倩诞生的老屋。老屋四柱拔伞屋，以厅堂为对称，并排五间，左边另带横厅，全砖木结构，花格窗棂，木板楼。楼为两层结构，通高 8.21 米，一楼为正房，二楼为阁楼。正厅及左右厢房设有欧阳予倩生平事迹图片展及部分少年生活实物展等。

1889 年 5 月 12 日，欧阳予倩生于浏阳县一个书香门第的仕宦之家 。欧阳予倩的童年和少年是在故居里度过的。小时的他聪明调皮，成天和一群小孩在一起玩得天昏地暗。他喜欢玩武松打虎，扮武松的样子很威武，扮老虎也活灵活现。玩得最多的是把弟妹们组织起来演过家家的喜剧，把床当成舞台，嘻嘻哈哈，闹得只差没把屋顶掀翻。有一年，欧阳予倩的祖

欧阳予倩故居

欧阳予倩

母做50岁生日，家里请戏班子唱了一场堂会，夸张的脸谱、时紧时慢的鼓乐，让予倩欣喜不已。他待在前排痴痴地看，心早就跟着剧情起起伏伏，忘记了身边的一切。堂会散了，欧阳予倩还未从剧情里走出来。这一次堂会，戏剧的根牢牢地扎进了欧阳予倩幼小的心灵。他揣摩戏里的情节，一个人经常去剧院看戏，偷偷用母亲画画的颜料涂在脸上，把家里当成戏院，弄得一家人既好笑又好气。

欧阳家族是浏阳的文化世家，来自江西庐陵，据说是欧阳修之后。欧阳予倩远祖欧阳玄，字原功，号圭斋，是元朝著名的文史学家，曾主编宋、辽、金三史，著有《圭斋文集》十五卷遗世，浏阳市区的圭斋路就是纪念他的。祖父欧阳中鹄、外祖父刘人熙，均是清末民初的大儒，也是谭嗣同、唐才常的老师。

7岁时，欧阳予倩在家塾读书，教书先生是唐才常，他既是祖父的门生，也是清末维新派领袖，中国近代史上著名的政治活动家。唐才常知识渊博，初试中秀才，大家都认为他前程不可限量，光宗耀祖之日指日可待。但唐才常本人却并不这么想，他是个胸有大志的人，不是太关心个人的前途，更为关注的是国家民族的前途。他认为在四书五经里已经无法找到救国救民的方法，必须变法图强。谭嗣同也是欧阳予倩家里的常客，小伙伴们都称谭嗣同“谭七伯伯”。每次从京城回来，“谭七伯伯”都会给小伙伴们带好吃的。唐才常和谭嗣同时常谈起对时局的看法，他们对国家四分五裂、官场腐败黑暗、人民生活在水深火热之中的现实非常气愤，谈得最多的就是变法革新。他们对朝廷的不满，对国家的担忧，对未来的憧憬，带给欧阳予倩的影响是巨大的。“戊戌变法”失败后，谭嗣同殉难的噩耗传到浏阳，父亲欧阳自耘抱信痛哭，全家惶惶切切不敢私语，幼年的欧阳予倩不敢相信这是真的。两年后，欧阳予倩的启蒙老师唐才常在武昌领导自立军起义失败，喋血紫阳湖畔，欧阳予倩感到从未有过的惶恐和无依。1911 年，欧阳予倩的好友焦达峰，血染长沙，埋骨麓山……爱国志士们为救国救民不惜流血牺牲的精神，深深地影响着欧阳予倩，他感觉自己成长了，不再害怕，也不再彷徨。

12 岁那年，欧阳予倩有机会随祖父来到北京读书。这期间，他有幸观看了京剧名角谭鑫培、杨小楼的演出，京剧艺术大师精湛的表演，给他留下了深刻的印象。一年后，他返回湖南，进入长沙经正中学读书。当时执教的老师，有反清思想，对欧阳予倩有一定的影响。在老师的启发下，他于 13 岁时，离开家乡，只身一人东渡日本，在成城中学读书。

他从日本回到浏阳，家里已为他定好婚，只等他回来就要为他操办婚事，而他却对新娘的情况一无所知。刚满 18 岁的他，满脑子都是自由恋爱，维新反旧，对于这样的包办婚姻，当然十分反感，但又不能太伤父母的心。于是，他想出了一条权宜之计：先顺从家里，结了婚 3 天后便离家出走不再回来。

婚礼按时进行，新娘刘韵秋同样出身书香官宦世家，聪明能干，琴棋诗画都很精通，是一位贤淑美丽的才女。特别难得的是她好学、温柔、识大体。欧阳予倩和刘韵秋洞房相识后，彼此之间一见钟情，觉得相见恨晚。欧阳予倩改变了主意，逃婚悔婚的想法也烟消云散。

1906 年日本政局稳定以后，欧阳予倩要继续去日本学习，他想带刘韵秋一同赴日。刘家视韵秋为掌上明珠，执意不肯女儿去日本。欧阳予倩在家过了 3 个月难分难舍的新婚蜜月，只好独自赴日继续学业。他先进入明治大学学习商科，后又转入早稻田大学学习文科 。这个时期，欧阳予倩的兴趣早已经在戏剧上了。欧阳予倩从日本学成回国后，留在上海发展。一听说予倩要在上海唱戏，两家父母都急了，这还了得，他们坚决反对。在双方父母的强烈要求下，欧阳予倩只得匆匆赶回浏阳。这一次在浏阳的家里，是他一生中最难熬的日子。面对父母和岳父母的反对与责难，他很痛苦很失望很无助，但他据理力争："我一不想当官，二不求发财，可不让我演戏，绝对做不到，我即使挨了一百个炸弹也不灰心。"聪慧贤淑的妻子刘韵秋深知予倩的性格，全力支持他。后来欧阳予倩学成回国，在上海名声渐大，一站稳脚跟便瞒着家人把韵秋接去，从此形影不离。刘韵秋成就了丈夫的戏剧事业。他俩被戏剧家田汉赞为"台上典型台下效，铜琶应唱好夫妻"。

欧阳予倩故居

1921年，浏阳遭天灾，浏阳人民处在水深火热之中。欧阳予倩得知故园蒙灾，心急如焚，于当年年底即率南通伶工学社学员，从上海冒着风雪到汉口义演，筹得巨款寄回浏阳。

后来，欧阳予倩开始致力于传统戏曲的继承和改革工作。他把所有心血都倾注在他热爱的戏剧事业。他一生创作、编导、演出了大量的戏剧、电影和文学作品，经过近40年的辛勤耕耘，欧阳予倩在戏剧事业上创造了辉煌的成就，成为一代戏剧大师。

新中国成立后，欧阳予倩历任中央戏剧学院院长，中国文联第一届常委和第二、三届副主席，中国戏剧家协会、中国舞蹈家协会第一、二届主席。

2002年5月19日，湖南省人民政府将其故居公布为省级文物保护单位。

欧阳予倩故居

六栋堂

一栋老百姓的住宅，竟然引起朝廷的注意，这在历史上也是少见的，六栋堂就是这样一栋房屋。

六栋堂位于浏阳市金刚镇星星村中心组，是一座具有地方特色的清代中期传统民居建筑。据考证，该建筑始建于清康熙四十五年（1706），由李锦创建，后由李锦之子李渭（字西来号瞿斋）于清乾隆年间续建完成。六栋堂坐东朝西，门向70度，整体布局呈矩形，占地面积1169平方米。六进，五开间，六天井，砖木结构，悬山顶，小青瓦。六栋堂为多栋单体建筑依次组成，逐步增高，栋宇之间有天井，天井两边设厢房，有阶檐廊相通。除两边山墙及前后金墙为砖墙外，其余均为木柱及木间板结构，穿斗构架，落地柱与瓜柱组合，共有落地木柱108根，前有头门，石门梁阴刻“八卦”等文字图案。

据李家后人介绍：清顺治年间，李氏第九派时郁公生有9个儿子。二儿子李锦理财有道，富甲一方。后转行做鞭炮生意，在汉口、厦门等地设立爆庄，积累了一定的财富。有了钱，李锦就准备建房买田。他说：“吾

六栋堂

族人逾千，贫富难均，况天有不测风云，人有旦夕祸福。今建房九栋，为日后逆境之子孙遮风避雨；置田三百，与无食者果腹。功德自在，吾辈无忧矣。”遂安排兄弟们按“九栋十八厅”的格局开始建房。

正当大兴土木之时，有人向官府举报，说李家私建皇宫。这还了得，这可是要杀头、株连九族的大罪。自清兵入关后，清政府对官员的住房做了严格的等级规定。乾隆年间特意颁布了《钦定大清会典》，对体制内各种生活细节都作了严格的规范，其中包括住宅。譬如说，门前的台阶，六、七品官员的不能高于二级，以此类推，但最高不能超过八级。超八就是九了，九是数字之极，也是至尊之数，除了皇帝谁也不能用。李家人要起九栋房屋，真是不知天高地厚。朝廷特派钦差前来调查。钦差来到金刚，在地方官的带领下，看了正在施工的现场。无论从规制还是大小，都与皇宫沾不上边。后经多方打点，上下调停，拆了后面三栋，遂为六栋堂。

到了乾隆初年，李家对六栋堂再次扩建。这次学乖了，只在两旁增建了厢房，在建筑群里增加了戏台、操坪、鱼池、水井、花园、走马巷、跑马场、拴马院等。据说，六栋堂全盛时，占地200余亩，仅厢房就有500多间，生活设施一应俱全。

来到“六栋堂”前，首先映入眼帘的是两边挂有“龙门世第”“鹿洞家声”，门额书有“六栋堂”的大门。“龙门世第”意为皇家后裔。中国历史上出皇帝最多的就是赵、刘、李、朱四姓。从门口进来，天井，落地木柱，精雕花砖，两边有弄堂连接前后栋。从外到内七个单元楼，整个大屋进深超过70米，形成一个幽深的空间，不由得让人发出“庭院深深”的感慨。沿着房屋进深的方向，整齐地立着直径约20厘米木柱，光这些落地木柱就有108根，直接承受着房屋的重量。古建筑中被称为穿斗式构架，具有很好的稳定性，即使遭遇地震，只要木构架的整体不塌陷，房屋建筑也不会倒塌。各楼院之间都有宽敞的天井，全以青光石和花岗岩石铺砌而成。天井中是用鹅卵石盘成的麒麟、狮象等吉祥物图像。

六栋堂从外到内，地势一栋比一栋略高，取“步步高升”之意。天井两旁是茶厅，待客闲聊的地方。

风雨沧桑，岁月流逝，六栋堂的立柱虽然屹立，照壁上的浮雕虽然残存，但斑驳的裂痕和尘封的匾额像深入往事的线索，让人触摸到了一个家族的兴衰。这里曾人声鼎沸，杯觥交错，是金榜题名还是洞房花烛？这里曾有人面带愁容，是犯了忌讳还是遭遇变故？其实这些已经不重要，重要的是这栋古老的建筑穿过历史长长的隧道，依然屹立。

在老屋的前栋有一块照壁，上面雕着一棵青松，那粗壮的树干傲然挺立，几根树根裸露着，像青筋凸起的老人的手，牢牢地攥紧大地，枝干极力地散开着，覆盖着一大片土地，整棵松树充满生机和活力。即使年代久远，仍然透着苍凉的美感，也使人感受到这栋房屋厚重的历史。也许这块照壁最能反映出主人的寄托。李锦在得意时，以他强烈的忧患意识和大局意识，花巨资兴建六栋堂，为日后逆境子孙着想。直到现在仍有很多李姓人氏聚居在此，他们相互帮助友爱和睦，俨然一个大家庭。李锦长远的目光和仁者情怀不得不令人佩服。一个姓氏，一个家庭，一个地区，乃至一个民族，忧患意识、大局意识是其生生不息、发展壮大的内在动力。

这些破损的立柱，残存的照壁，从文化意义上引发后人对这栋古老建筑的好奇和追问，或许人们已无法清楚地知道它的细节，可从这些历史的碎片中，仍然能感受到这个姓氏、这个家族以和为贵的良好家风和敢于担当的道德取向，即使是今天，它仍然闪烁着灿烂的光芒。

六栋堂，一栋启迪着我们并将继续启迪后人的古老建筑。

六栋堂

积谷仓

秋收起义文家市会师旧址大门向右、东北向 80 米处，有条叫里仁巷的小巷，有一幢古老的建筑，白墙青瓦，重檐翘角，中置宝葫芦顶，槽门秉承清代建筑风格。它就是积谷仓，在灰白的墙上有一块石雕，上面刻着繁体字“文市积谷仓”的字样。

“春生夏长，秋收冬藏。”积谷仓透露出古人在四季轮回中顺天应时的智慧。

积谷仓又称社仓，在以前是积谷备荒、赈灾济困的重要社会机构。明清以来，仓储制度十分健全与完善，清光绪《湖南通志》卷五十五《食货志·积储》记载，清代浏阳建有社仓七处，其东、南、西乡各一，共储谷 20149 余石。这些仓储对于应对灾害发挥了重要的作用。

文家市积谷仓始建于清代中期，为地方赈灾扶贫机构所在地。以前的积谷仓为砖木结构，从里到外依次分布槽门、晒谷坪、工具房、三间大房。晒谷坪原可铺开 10 床晒簟，同时晾晒 10 箩稻谷。在烘干设备不太先进的年代，潮润的稻谷在这个东西朝向的大坪上暴晒三天，便可干燥，封仓入库。原建筑规模较大，由于年久失修倒塌，现仅存门楼及主体建筑残墙部分。

当时储存稻谷的一共有三间大房，根据老一辈人回忆，每个房间都分为上下两层，每层都设置有 4 个谷仓。谷仓呈田字形摆布，每个谷仓可容纳 20 箩稻谷。可以想象下，每至丰年，无论是积谷仓的晒坪还是贮存谷物间内，处处都是一派忙碌的景象。当地老人对积谷仓的印象十分深刻。

尽管现在的积谷仓已经不复往日的规模，但其气势犹存：整个建筑呈不规则的四边形，其中门楼为牌楼造型，坐西北朝东南。二重马头墙式，上覆小青瓦，脊顶正中置宝葫芦顶，通体由青砖砌筑，白灰粉面。尤为引人注意的是门楼两边墙体上书写的一副对联，以红底竖向楷书：“耕三余一；积旧生新。”

时间沉默不语，惟有历史永恒。从曾经的扶贫赈灾机构到私人储藏场所，积谷仓可谓是历经风雨，古物生香。2005 年，积谷仓被长沙市人民政府公布为市级文物保护单位，秋收起义文家市会师纪念馆负责其日常保护管理工作。

文家市积谷仓

渠城界

渠城界位于浏阳市澄潭江镇渠城村六龙山脉，是古代一处重要军事关隘。据考证，渠城界始建于明洪武五年（1372），为长沙府所设九处巡检司其中的一处，是朱元璋登基建国后，为加强府城安全而设立的浏阳县东南巡检与司。

这里是湖南与江西的交界之地，古称渠城界，是楚吴边境缓冲地带。据有关资料显示，渠城界其实就是一堵城墙，长约500米，高7米，厚3米。城墙依六龙山脉南北蔓延，南北两边尽是高山，中间留一条连接湖南和江西的官道。一座高大的城门雄立于此，城门用方石垒成，高10米，厚6米。城门上写有“渠城界”三个大字，两侧城门有一副对联：“城需凭锁钥；渠本藉金汤。”据史料记载，在清朝时，此处还存有官田1.34公顷，以补充驻兵开销，民国时因时局动荡，官田无人管理，被澄潭江一地主霸占。

城墙关隘总是和战争分不开的。元末清初，朱元璋和陈友谅就在此进行过一场不大不小的厮杀。朱元璋听了刘伯温之计，预先在渠城界埋下伏兵，陈友谅追到这里，但见两边山高林密，关隘高耸，只派了五百人的队伍前头开路，自己的大本营扎在江西萍乡上栗市，先头部队被伏在这里朱元璋杀得人仰马翻，剩下不到一半人马缩回上栗，渠城界因此也名扬湘赣。

清咸丰元年，曾国藩委派府经历（知府的属官，主管出纳文书事）杨承义招募楚勇400人，驻守渠城界，以防太平国军。1854年12月，有一股广东来的太平军前来攻界，守备军依托城墙用母子炮防卫，很快将太平军打退了。如今的渠城界历经640多年的风雨岁月，古城墙早已消失殆尽，仅留约20米的断壁残垣。取而代之的，是一条通往江西的公路。但这段残存的古城墙，仍为当代重要军事关隘的见证，是浏阳市一处重要的不可移动文物点。

渠城界

铁岩关

关隘是古道设施之一。古代道路上设置关隘，一方面是为了军事防御和控制交通，另一方面也是征收关税的重要设施。据古代文献考察，设置关隘是从周代开始的，最早有东都洛邑（洛阳）王畿十二关的记载。王畿是古代王城周围千里的地域，也指王国。古代在王国与诸侯国交界的地方要设置关隘。在冷兵器时代，一道设置在险要地方的关隘可以起到“一夫当关，万夫莫开”的效果。到了战国时期，列国封建割据和兼并战争加剧，相互之间在交通要道和军事重地便设了众多的关隘。

浏阳市文家市镇地处湘东边陲重镇，历来为兵家必争之地，这里留下了不少古代军事遗址，在南接江西万载的铁山界境内有一座“铁岩关”，就是春秋时期吴楚边界重要关隘之一。铁岩关始建于春秋时期，雄踞于吴楚间的交通要道上，历史上兴毁多次，至解放初尚存一栋三层关楼和一段城墙，关楼、城墙全由麻石、青砖砌成。关楼下层为铁门，“铁岩关”三个漆黑的繁体行书大字让人感到威严和冷峻，门边有“东南锁钥；吴楚咽喉”对联一副。据同治《浏阳县志》载，这副对联系清咸丰初年筑关为门所留。铁山界两侧是峭拔而狰狞的山崖，如果据高把守，想要攻克真的很难。二楼为防护楼，是戍边将士值守、休息之处，三楼为烽火楼，堆着干柴、油松片、稻草之类可易燃的东西。一遇重大军情，烽火楼内的哨兵即点火为号，驻在不远处的守军即可以在最短的时间赶来增援。

《文家市镇志》记载，建关不久，吴楚之间发生过一次大战。吴国想攻占长沙，除了从长江派兵走水路外，还想打通铁岩关从陆上增兵，实行前后夹击。吴国派出一万多精兵来到关下，发起了多次交锋，他们用重木撞门，因为关门厚实、坚硬，没有效果，又搭长梯，搞人海战术，也没有捞到便宜，付出了200多将士大败而归。驻守铁岩关的楚国将士虽然人数少，凭关据险，以少胜多，将吴军打得丢盔弃甲。楚国赶来增援的军队乘胜追击，把边界线由铁岩关向吴国方向推进了20余里，推到现在的铁山界。

这次大捷创下了以少胜多的奇迹，也谱写了铁岩关的辉煌。为了庆祝胜利，楚国在西面的峭壁上续建了一座七层石塔，一面斗大的楚字旗昭示着平安、祥和，也使关楼更添雄威。三国、明、清时期曾对铁岩关进行修葺，到解放初一直保持着清咸丰时原貌，但在 1958 年修筑浏南公路时，因没有文物保护意识，铁岩关关楼及城墙被拆毁，现仅存几段矮墙和墙基，可留作不可移动的古代文物。

铁岩关残存的关墙

金江书院

金江书院坐落在浏阳市普迹集镇金江村。金江书院始建于清同治十一年，即公元1872年，成于清同治十二年（1873）秋的《浏阳县志》尚未记载，而修撰于光绪二十二年（1896）的《浏阳乡土志》，仅在其卷九《区域》中的《西乡三大团建置表》内有“金江公立高等小学堂，以旧时金江书院为之”的记载。是后来拆学校旧礼堂时，在屋梁上找到一本1872年的旧历书，应该就是当年有意放在那里的，算来已有140多年了。金江书院是一座四合院式清代风格建筑，占地3600多平方米。书院建在一个风景优美的地方，东南方遥对罗霄山脉的一个小山峰——白茅尖，西北方不远有浏阳河缓缓流过，在古代风水上叫作前有罩、后有靠。从门楼进去，经过一条长长的甬道就是一个大院子，院子再进去是前厅，前厅过去是长30米左右的长厅，长厅是举行集会的地方。和所有的书院一样，里面有供奉孔子神像的大成殿，厅殿之间间以天井，天井里树木葱茏。书院中轴线两边有8间教室。书院有配套齐全的建筑，如师生宿舍、图书室、餐厅、厨房、箱箧室、浴室等一应俱全。粉墙青瓦，布局井然。看着这些旧式建筑，让人仿佛回到了那个童声喧阔、书香飘逸的年代。

金江是浏阳河的支流之一，发源于乌峰尖，其上游叫浒溪，从源头到浏阳河入口也就20多公里。河内遍产一种晶莹剔透、略呈白色的河卵石。这种石头里面含有金粒，将它敲碎，放进木盘在水里淘洗，便能得到黄灿灿、芝麻大小的沙金，也有大一点的叫“瓜子金”，浒溪河因此叫金江。沿河两岸有很多地名沾了“金”字的光，如金梅岗、金鸡湾、金刚坝等。金江边上的这座书院理所当然就叫金江书院。查阅有关建校记录，只有“由浏阳西乡汤、陈、邱、娄四姓（乡绅）为首捐资兴建”一句，在娄氏族谱里，同样也有类似的记录。20世纪90年代初，书院旧有的建筑才被拆除。

金江书院虽然地处农村，却因其人才辈出，影响深远，成为旧时浏阳的八大书院之一。书院当时聘有讲师，每旬三、八两日讲学，讲学内容为经义（四书五经等经书的义理）和制艺（科举考试八股文章的作法），听课的除住宿生外，还有西乡各地的童生。1898年戊戌变法后，废除科举取士制度，金江书院改为“金江高等小学”，并同时办有高等小学和初等小学，

金江书院

相当于完全小学的规模。当时开设的课程有自然、地理、历史、国文、算术等，学生们已经在接受现代科学的启蒙。

据《中共浏阳党史大事记（1917—1992）》记载：1920 年 7 月，毛泽东、陈昌等人在长沙创办了文化书社，利用进步书刊宣传新文化和马列主义。这年冬天，陈昌被指派回浏，负责浏西分社的组建工作。陈昌即与同乡学友宋先觉一道商议，选定母校金江高小为社址。在校长黄谱笙的支持与老师们的积极努力下，不出 10 天，分社正式成立，当场就售出《向导》《中国青年》等书刊 234 册。后来，陈昌任金江高小训育主任，利用学校为阵地，宣扬新文化、新思想。1921 年 8 月，陈昌再赴省会招聘教师。毛泽东、何叔衡对金江之举倾表支持，并立即从湖南自修大学商调夏明翰等到金江学校任教。10 月 10 日，中共湖南支部成立，10 月中旬，陈昌、夏明翰等进步人士，冲破重重阻碍，创办了浏阳第一所女子职业学校——金江高等职业学校，结束了职业学校不招女生的历史。金江女校之后，浏阳多地创办了类似的女子职业学校。由于女学的兴起，全县出现了妇女解放的热潮，许多女青年纷纷进入女校学习。

1922 年，金江学校已有夏明翰、陈昌、陈作为三名共产党员。10 月上旬，经中共湘区委员会同意，中共金江学校支部秘密成立，陈昌任支部书记。这是浏阳第一个党支部。陈昌还邀请毛泽东到浏阳考察，毛泽东在金江高小看望了特别支部的同志。毫无疑义，金江乃革命的摇篮之一。

夏明翰、陈昌作为中共早期共产党员，在他们执教的时期，就针对国民党腐朽无能的统治，在讲课时结合时局，痛陈现实，宣传马克思主义，传播先进思想。这些进步教师的谆谆教导，在学子们幼小的心灵中播下了革命的种子。

金江学校老师的进步言论引起了国民党反动派的注意。1924 年，浏阳当局着手打击金江高小的进步力量，威逼黄谱笙辞职，陈昌也被迫离校。

1941 年春，金江高小创办初中，首任校长是陈熹。陈熹多方奔走，邀请了张煦秋、黎升洲、王邂清、陈敬愚、罗锦乔等名师荟萃金中。当时处于日本侵华时期，许多城市沦陷，不少学者文人趋避乡村，陈熹得以聘请了一批专家学者到金江任教，使得金江中学遐迩闻名，长沙、醴陵等地学生纷纷来此求学，以考上“金中”为荣。陈校长十分重视抓学生的基础教育，更注重培养学生素质，在同学们心中，陈熹经常赤脚草鞋，带领学生种树锄园。

从金江书院到浏阳七中经历了百多个春秋，培养了成千上万的人才。陈昌烈士在这里读过书，后来又在这里执教。宋任穷中将和浏阳黎氏三院士（黎鳌、黎介寿、黎磊石三兄弟，同为中国工程院院士）从这里走出。国民党少将宋绍椒、刘三奇和台湾著名教授谢仁馨以及湖南省著名作家宋梧刚也都曾在这里就读。至于解放后培养出来的地厅级、县处级干部和工程师、科学家和各级教师更是不可胜数。

在陈昌任金江高小校长时，曾在校门处设一面镜屏，以便学生入校时整理仪容，陈昌还亲笔撰写了一副对联贴在镜屏两侧，督促学生遵守校规。联曰：“毋忘对照此镜，切记奉行校规。”此面镜子后来一直立在校门口。1950 年代设立新金江学校时才被人搬走。金江学校曾改名为“镇头区五七大学”，后改为“浏阳县第七中学”，浏阳撤县设市后再改为“浏阳市第七中学”。

岁月的磨砺，世事的变迁，金江书院最终消融，但它却承载了一方民众摆脱愚昧、追求真理、实现人生价值的宏愿，对西区甚至整个浏阳产生了深远影响。

围山书院

围山收院坐落在浏阳市大围山镇东围路 1 号，现为大围山镇东门小学。书院的出现是在唐代，到了宋代书院之风大盛，最有名的如白鹿洞书院、石鼓书院、嵩阳书院、岳麓书院、象山书院等等。这些书院，无论是官办还是私办或是“民办官助”，选址大都选于名山胜景，执掌校务的都是有点名气的学者，叫“山长”，山长这个称呼， 听起来野趣十足，与书院所在的名山胜景对应，而且又幽默地表示对官场级别的不屑，自谦中透着自傲。

据《大围山镇志》记载，围山书院为地绅士涂启先于 1898 年春捐建。是他带头将自家 20 亩橘园和部分钱物捐出，同时发动社会筹资，涂氏、李氏、鲁氏等家族纷纷解囊相助，几个月之内基本凑齐了建校款项。当年秋季开工建设，涂先生已身染肺结核，角每天来工地督查，风雨无阻。9 月 28 日，就在书院即将竣工之际，涂启先惊闻其得意门生谭嗣同等 6 位参与维新变法的义士就义于北京菜市口。噩耗传来，64 岁的涂启先捶胸顿足，老泪纵横。他实在难以接受这样残酷的现实，只当了一年多的“山长”，便郁郁寡欢于次年病逝。由其子涂质初接任围山书院山长。

围山书院

涂启先

涂启先，字舜臣，晚号大围，清道光十四年（1834）出生于浏阳东门大围山都佳塅。同治年间参加科考获得湖南优贡生，凭这样跻身正途的功名，他本来有机会进京做官，但他志不在此，而是潜心兴教。先后在长沙岳麓书院、浏阳南台书院等地教学。这段时间涂启先结识了同乡谭继洵。1879年秋，涂启先受谭继洵之聘，始为其子嗣襄、嗣同授业，为科举考试做准备。涂启先学识渊博，思想开明，授课时引经据典，联系现实，常常抨击朝廷昏庸，抒发反对列强入侵等爱国感慨，给幼年谭嗣同很大的影响。

后来，谭嗣同在北京参与戊戌变法。涂启先既欣慰又担心，为了尽快得到最新的消息，他每周都要去镇上找来《申报》看看，关注变法进展。他在给自己好友、谭嗣同的另一位恩师欧阳中鹄写的一封信中，表达了对谭嗣同的理解。

围山书院为红漆大门，麻石门槛，当初的凿痕被磨得既光又亮，显示出这座书院悠长的历史。书院主体由十余米高的麻石柱支撑，显得很开阔、敞亮。墙体为青砖所砌，建筑沿中轴线对称排列，通过4个天井将前后各栋连接。院内有春满堂、大成殿、嘉惠祠等。两侧回廊有一段碎青石铺成树叶状，别具一番风味，石柱沿爬满青苔，平添几分沧桑。书院的大堂内赫然写着“忧国爱民，思想开明，治学严谨”12个遒劲有力的大字。这是围山书院首任山长涂启先一直倡导的治学理念。书院石柱上涂先生题写的对联，饱含着他深情的期望：

心远地自偏，果能敬业乐群，此处亦名山广厦；
民兴在经正，愿共守先待后，尽人为吾道干城。

围山书院的设计在当时算是大气的，前面还有一个大操场，两边是教室，中间有一个大礼堂，主要用于开会或集体活动。在现在看来，整个书院就有点落后，窗户有点小，立面缺少气派的装饰。

书院天井内有两棵桂花树和两棵罗汉松。这四棵树都是涂启先亲手所栽。现已枝繁叶茂，即使是生长速度极慢的罗汉松，树冠也早已盖过屋顶，树干需要一人合抱。

围山书院是一座普通的书院，但曾是浏阳八大书院之一，它传承着浏阳的文脉，见证了100多年的沧桑，培养了不少仁人志士。1963年，围山书院被定为县级文物保护单位。

围山书院

文华书院

文华书院位于浏阳市文家市镇人民路 34 号，坐北朝南，后靠风景秀丽的文华山，前临文家市政府后街。该建筑群属于典型的明清风格，砖木结构，封火墙，覆小青瓦，颇具艺术造型。文华书院取文章华国之义。书院之中轴线连接街门、巷道、过路亭、前门、讲堂、大成殿、状元桥、成德堂、后山亭。左有关帝庙、西斋、讲堂，右有文昌阁、东斋、魁星楼（此楼在 1930 年左右被毁）。文昌阁前襟墙与前门、讲堂、垛墙抱合而成大操坪。其主建筑大成殿、文昌阁、关帝庙红墙琉瓦、重檐翘角、金碧辉煌、庄严肃穆。置身其间，游人莫不肃然起敬。东斋，又名新斋，聚一院之精华，钟灵而毓秀。春则桃芬李芳，夏则荷翠榴红，秋则丹桂飘香，冬则腊梅怒放。四时花木葱茏，古朴优雅，实修身治学之佳境。

南乡因为地处偏僻，一脚踏两省，占山为王、打家劫舍的事常有发生，长期以来，尚武风气形成也就顺理成章。同时，南乡自古以来就有做鞭炮烟花的历史，过去有十庄九炮之说。南乡人小小年纪就能抽筒子、插引线、结鞭炮，接触了大量与鞭炮烟花有关的事，从小耳濡目染，培养了人们的商品经济意识。尚武重商就成了南区地域文化的主流。文脉不兴，文运不

文华书院

昌是南乡人心头的隐痛。他们也一直都在想方设法改变这种状况。

清道光二十一年（1841），由乡贤刘大馥、甘崇动、陈蕃蔗、刘大镛、李南雅等倡议，在文家市核心位置建一座书院，以昌地方文运，并取名叫文昌阁。是年开学之初，浏阳知县胡泰阶巡视文家市，几位乡贤便请知县老爷视勘文昌阁，胡泰阶视勘完毕，提议将文昌阁改成文华书院。因当时朝廷规定，在乡村兴办教育可以授予顶戴花翎，并可获得一定的资助。筹建者欣然接受，在知县胡泰阶嘉赏和支持下，筹建者再发动乡贤募集资费，很快便筹得银两数千，文华书院当年动工兴建，逾年竣工。后经报省府议叙，每年甄别生监正课六名，附课六名，童生正课十名，附课十名，书院遂有了录取功名的名额。

咸丰元年（1851），监生彭万成会同刘大馥等多方劝募，又增田两顷，钱两千缗，购买民房隙地添建斋房数十间，院中堂殿楼阁重加修葺。经知县赵光裕报省府议叙，文华书院增加取生、童正附课6名。同治三年（1864），复集资建武庙以祀关帝。越五年，文昌阁西迁，旧址扩建为大成殿，供奉大成至圣先师文宣王并增四配十哲于其旁。历时近三十年，规划始获完备。

光绪二十七年（1901），清政府推行西学，下令全国书院改制，文华书院遂于光绪三十四年（1908）改为文华小学堂，除仍授四书五经外，还新添算学、历史、地理及自然科学知识。民国元年（1912），更名为里仁学校。

里仁学校第一任校长刘世逌，字咏球，系留日学者。他起用具有进步思想的知识分子任教，其中甘恩锡、罗章龙等都在此任过教。

1961年3月4日，作为秋收起义文家市会师旧址的文华书院被国务院公布为全国重点文物保护单位。1967年7月，里仁学校在新址建成，同月搬至新校上课。文华书院——里仁学校自修建以来至今有170多年的历史，因为地处江南，气候多雨潮湿，大部分建筑为土木结构，所以受风雨侵蚀和虫蚁侵蚀非常严重。文华书院在当地鸿儒的维护下得以幸存。

文华书院作为一所学校，从建立以来一直是浏阳南乡的重要教育场所。1969年，里仁学校搬出后，文华书院才结束了学校的使命。1974年，会师旧址正式对外开放后，文华书院又成为了在新时期宣传红色革命思想，传承爱国精神的教育场所，成为湖南省乃至国内重要的红色旅游经典景区。

许李氏贞节牌坊

许李氏贞节牌坊位于浏阳市沙市镇文光村界口组。据清同治《浏阳县志》卷十九《烈女一》记载："许李氏，县北许明仕妻。李年二十三岁夫故，族有利其产者，商邻妇诱之改嫁，氏曰：'夫以遗孤托我，当竭力保护。万一天绝许氏，以死继之。'"李氏守节30余载。含辛茹苦将儿子抚养成人，在当地传为佳话。乾隆五十八年（1793），清廷旌表而建坊。

许李氏贞节牌坊坐北朝南，为四柱三门三楼石构建筑，中间两石柱根基处各立有石狮一对支撑，现无存。牌坊横额枋上镂雕的瑞兽图案十分精美，楼顶部"圣旨碑""纪事碑"等在十年动乱期间被损毁无存。该牌坊是见证封建社会"夫为妻纲、男尊女卑"伦理理念的物质载体，具有重要的历史价值、艺术价值和考古研究价值。据当地上了年纪的人回忆，这座牌坊原来规模宏大，占地一亩多，前有台阶、石狮、石象，气派非凡。珍爱文物人士将这些石狮、石象保护起来，现存于沙市镇的一处关圣庙内。牌坊

许李氏贞节牌坊

为全麻石卯榫结构，不用任何黏合剂，各处连接均严丝合缝。梁柱雕刻瑞兽花鸟等吉祥图案，正面主梁上有八仙图及福禄寿三星，人物表情生动，动作姿态优美，表现出当时石刻建造工艺的高超与精湛。

贞节牌坊的建造发端于汉阙，成熟于唐、宋，至明、清登峰造极，成为一种纪念碑式的建筑。就结构而言，牌坊的原形始于“衡门”，是一种由两根柱子架一根横梁构成的最原始的门，随后再不断演变，成为融合雕刻、绘画、书法等艺术为一体的门洞式建筑。就作用而言，为了表彰功勋、科第、德政以及忠孝节义，通过建造牌坊这一更宏伟的“奖状”达到表彰的效果。

明代初期规定，表彰的贞节女子主要有这样几种：一是30岁以前守节，至50岁不改嫁或50岁前身亡的节妇；二是没有结婚丈夫即死，为夫守节或绝食自尽的贞女；三是遭遇坏人守节致死，强奸不从致死，或者因为遭人调戏而自杀的女子；四是为了维护丈夫的安全而献出生命的女子。

到了清康熙朝，规定更为细化：只有30岁以前亡夫，至50岁以后完全守操者，守20年以上方可旌表。雍正元年（1723），又有了补充说明，30岁以前亡夫，超过40岁未满50岁而死亡，守节15年以上也可旌表。更重要的是，清朝还对“贞节”进行量的细分，即针对妇女守节的含金量不同，以守寡时间满15年、20年或30年制定了不同的标准。

道光《礼部则例》对此有明文规定。通常，先由各地都督、巡抚和学政将旌表对象具体事迹汇总，并提出初步意见上报礼部，礼部核实情况无误后，议定旌表的方法，奏请皇帝批准申报文件，最后，由各相关部门实施旌表。只要是朝廷批准的，都可获得三十两白银的地方财政拨款。

贞节牌坊，是古代旌表文化的一个符号，已经完成了它的历史使命，承载着旧时代女性孤寂的叹息和苦难的煎熬，每一座贞节牌坊的背后都有一部辛酸的血泪史。而在男权社会的传记、族谱中，成了家族的荣耀。

2014年，许李氏贞节牌坊被公布为长沙市市级文物保护单位。

罗周氏贞节牌坊

罗周氏贞节牌坊位于浏阳沿溪镇沙龙村大龙组，坐西向东，卯榫结构，4根石柱组成3个门，其大门面阔5米，高6.5米，整个牌坊由麻石与青石建成。柱基下分别立有抱鼓石，石柱石梁上雕刻有浅浮雕。中柱单额枋上是“双狮滚球”，龙门枋上为“二龙戏珠”，小额枋是“双凤朝阳”，图案与纹饰精美吉祥，造型优美，庄重大方。

据罗氏族谱记载，该牌坊建于清朝同治六年（1867），是朝廷为表彰当地一位妇女周氏而立。周氏嫁到罗家后生有一子。儿子10岁那年，丈夫因病不幸去世，周氏不到30岁就守寡，独自将儿子抚养大，周氏活了90多岁。儿子后来在朝廷当了官。有一回他向朝廷告假，皇帝才知道其母亲之烈举，钦准给周氏立贞节牌坊。

村民们说，以前大门上面还有两三层，高达10多米，有各种颜色的浮雕、铜铃铛，中间则是一块雪白光滑的大理石碑，上面刻着“圣旨”二字，下面刻着“节孝”，两边分别刻有“百世”与“流芳”。但是后来牌坊遭人为破坏，造成残损，连贞节牌坊边记录文字的石碑也不见了。

贞节牌坊是为了表扬妇女的贞节而立。中国古代对女子贞操的重视，最早可以追溯到秦始皇时代。他统一六国后到各地巡视，在一些地方立碑，刻上歌功颂德和昭示天下的话，如泰山刻石、会稽刻石等，在这几处都提到了女子的贞节问题。例如会稽刻石云：“饰省宣义，有子而嫁，倍死不贞。防隔内外，禁止淫佚，男女洁诚。夫为寄豭，杀之无罪，男秉义程。妻为逃嫁，子不得母，咸化廉清。”（《史记·秦始皇本纪》三十七年事）

到了汉、唐两代，社会风气比较开放、自由，唐代妇女能成群结伙地骑马外出郊游，穿着也比较随意，甚至可以半裸，在爱情的追求上有些女子也比较大胆，女子离婚、再嫁，社会上并不认为有什么不好。唐代公主再嫁的有23人，有的甚至结婚三次。

宋代中期推行程朱理学以后，妇女被封建礼教压得不能翻身，在“存天理，灭人欲”思想的指导下，极力提倡女子守节，寡妇不能再嫁。《近思录》有一段记载说，或问：“孀妇于理，似不可取，如何？”伊川先生（即程颐）曰：“然！凡取，以配身也。若取失节者以配身，是己失节也。”又问：“或

罗周氏贞节牌坊

有居孀贫穷无托者，可再嫁否？” 曰：“只是后世怕寒饿死，故有是说。然饿死事极小，失节事极大。” 这一来，“饿死事小，失节事大” 就成了一句至理名言，为统治阶级大力提倡。

明初，朱元璋下令，要刘伯温和宋濂对有关朝廷礼制重新修订。洪武元年（1368），明太祖朱元璋诏令，旌表节妇，同时规定了“凡民间寡妇，三十以前夫亡守志，五十以后不改节者旌表门闾，免除本家差役。”这是中国有史以来第一个关于嘉奖贞节的特别命令，从而使多少妇女成了封建礼教的殉葬品。

2014 年 3 月，罗周氏贞节牌坊被公布为长沙市市级文物保护单位。

王氏砖门楼

浏阳市淳口镇鹤源社区有一座建于宋代的“砖门楼”。这座砖门楼造型独特、工艺精美，现存主体部分高约3米，宽5米，厚0.52米，由砖木构成，门梁上有四个圆形菊花木雕。小青瓦屋檐，屋檐下为双层叠加的仿木砖雕小斗拱，中间为精致雕镂出的花卉砖雕装饰，让门楼看起来典雅、庄重。

正门上书有“砖门楼”三个大字，两侧书有对联“三槐世第，两晋家声”，外侧有鲤鱼砖雕图饰、白鹤砖雕图饰两幅，门外地面拼砌有一幅10多平方米的鲤鱼图，寓意“鲤鱼跳龙门”。

据王氏族谱记载：“长沙籍浏以遍公为始，世居砖门楼。”据王氏祖上口口相传，王氏砖门楼原名“郭门楼”，为宋朝一位郭姓尚书所建，与三口“花门楼”、焦桥“红门楼”并称浏阳三大门楼。宋德祐二年（1276），元兵陷浏，浏民遭大屠杀，郭氏族人为避战乱，只得迁往外地，走时将门楼赠与浏阳淳口的王氏遍公，王家后来将门楼更名为“砖门楼”。

门楼是一家一户的总甬道（后门、旁门不是主要通道），又是主人的“门面”，直接反映主人的社会地位、职业和经济水平。门楼的高低大小、砖瓦材质、彩绘文字都有规定，应与身份相符。古代对这方面有严格的规定。级别最高的是王府大门，次之为广梁门，再次之为金柱门，以下为蛮子门、如意门，最低层级的就是随墙门了。朝廷大官吏多数采用广梁门或金柱门。门楼顶部有挑檐式建筑，门楣上有双面砖雕，一般刻有“紫气东来”“竹苞松茂”的匾额。斗框边饰有花卉、蝙蝠和蝴蝶等图案。有的匾额还显示出该房祖先根在何处。如淳口镇鹤源社区砖门楼的“三槐世第，两晋家声”对联就有出处。上联典出北宋兵部侍郎王祐，他曾手植三槐于庭，时称“王氏三槐”。下联指晋代“书圣”王羲之与其子王献之，书法和为人皆为楷模。

有这样一个规模较大的门楼，肯定就有一幢大屋。据有关资料介绍，门楼后面有一个宽大的四合院，建筑面积达2000平方米以上，60年代，正厅及左右厢房都被拆除，在老屋里居住的村民都按照自己的意愿起了新房。砖门楼保存了下来。上了年纪的人都清楚地记得分田到户之前，傍晚或者休闲的时候，人们都喜欢聚集到门楼下，基本上都是本地王姓人。大人坐在门楼下抽烟、聊天、下棋，小孩子骑在门楼上有玩不尽的游戏。也有热恋中的青年男女在旁边一棵空心古槐下吹笛子、拉二胡、唱流行歌，砖门楼成了热闹轻松和充满了浓浓乡情的港湾。

鹤源社区王氏“砖门楼”是中国古代门楼建筑的一个缩影，平常用来进出的门楼，里面包含着封建社会诸多礼仪规定，也将门楼建筑推向了一个艺术的向度，逐渐演变成一个独立的建筑单元，也彰显出中国建筑独特的门文化。

邱家大屋

邱家大屋位于浏阳市太平桥镇锦美社区韩家片，始建于清乾隆年间，历时三年。当时的邱家大屋有房间360间。现存建筑大部分已经坍塌，石灰粉刷的墙体开始剥落，屋前屋后杂草丛生，紧锁着大门，屋内杂物凌乱。中华人民共和国成立后，这里办过小学，汉白玉质的大门框顶端依然可见“韩家港完全小学”的字样。后来还做过生产队的仓库。

邱家大屋又叫“皇封院”，落成于乾隆五十八年（1793）。据传，邱氏先祖出生在一个殷实家庭，家人对邱氏先祖寄予厚望，请了私塾先生在家教授。邱氏先祖聪明好学，博览群书，不仅经史子集烂熟于心，政论、算术也是一流，特别难得的是还通音律，会武功，可以说是一个风流倜傥，能文能武的全才。

锦美社区的邱先坦出生在这里。这栋大宅恢宏气派，数十栋厅堂、回廊错落有致地分布着，黄墙黑瓦在青山碧水间格外精巧。有许多构件是寻常人家所没有的，只有得到皇恩的人家才能有。从“皇封院”的封号就可以理解。“从我记事起，父亲晚上常常教我们兄妹四人读《四书五经》。”邱先坦回忆道，“刚开始只是背诵，后来父亲才开始解释字句的含义，我记住了‘忠孝仁义’四字。”

邱先坦1938年出生于邱家大屋，直至1950年搬离，他见证了这座大宅的一段历史。邱先坦后来凭着记忆绘就了一幅邱家大院图。这幅约1米长的画卷上满是鳞次栉比的房屋，高大的树从灰色的瓦砾中泻下一片绿来，有过道、天井、门窗，有进进出出的人，勾勒出邱家人曾经衣食无忧、人丁兴旺的生活状态。

“绿芜庭院书画静，闲清案头翰墨香。繁华昔日皇封院，尽付丹青一纸中。”寥寥数语，道出一派书香门第的气度，也道出了他对那座大宅子的怀念。

邱家历来都重视对后代的培养，希望自己的后代能够传承邱氏书香世家的家风。他们对读书有浅显易懂的训言：子弟不读书，好比无眼珠；家有千金，不如明解经书；有书不读子孙愚，有田不耕仓廪虚。

邱先坦的父亲邱承炳毕业于上海同济大学法律专业，既熟知西方法律经典，对中国国学同样烂熟于心。

有浏阳古乐之父之称的邱之稑更是这里的邱氏名人，他复原了早已失传的古乐器“匏”，并著《律音汇考》，使浏阳古乐名冠全国。邱少求如今是浏阳古乐唯一传承人。

由于邱家大屋离公路较远，特别是年轻人对这种几代几家住在一起的做法不习惯，纷纷搬迁出去，在外面建了新房，邱家大屋便日渐败落。

2011 年，浏阳市将邱家大屋列为市（县）级文物保护单位。2014 年，长沙市将邱家大屋列为市级文物保护单位。

清代民居桃树湾

桃树湾位于浏阳市金刚镇丹桂村清江片桃湾组，是一处规模宏大且具有地方特色的清代民居建筑组群。这里北靠海拔 443.5 米的詹家山，南临潺潺清江河，旧时有一片桃林，为清江河环抱，故得其名。始建于清道光二十九年（1849），建成于清咸丰三年（1853）。该建筑坐北朝南，门向 160 度，面阔五间，四进院落，硬山顶，封火墙，覆小青瓦，三条轴线布局，占地面积 11000 平方米。总建筑面积 21000 平方米，有大小房屋 400 余间。主体建筑中轴线自南向北依次是槽门、前厅、前院、前栋、过亭、中栋、长形天井、后栋，气势恢宏，工艺精美。

最外面的是槽门，挂着一块暗里透红的匾，上书“屏障南番”。进得槽门，中间有接待贵宾的宽敞大厅，大厅之后还有三进院式，自门楼由南向北，依次为前厅、过亭、中厅、后厅、封火墙；由东向西，分别为鱼池、花园、庭院、厢房、钱仓、粮仓、跑马楼等，附属房屋一应俱全。由大门中轴线一眼望进去，层层房屋由天井间隔开来，最里面的后栋是供奉祖先牌位的神坛，给人一种庭院深深的肃穆感。主体建筑为具有防震功能的全木结构，

桃树湾民居

桃树湾民居

花穿斗式框架以及鸟兽纹青砖，墙上、柱子上有麒麟、狮、象等各种吉祥物图像。天井全以青石和花岗岩铺砌而成。特别是厅顶华丽的六角藻井，由花格、木雕组合而成，让人感到古朴华丽。左右房间都根据不同的功能，高矮和大小也相应不同，房间与房间之间，有回廊曲折连结，秩序井然。

桃树湾民居

或三、五间构成一个单元，彼此通过院墙隔断，相对独立，又有门窗沟通，相互融为一体。整个建筑群气派宏伟，加上精巧的雕窗，精美大气的石刻，生机盎然的花草树木点缀其间，让人深深体会到人和房子的高度和谐。屋场附属建筑还设有钱仓、谷仓。其中，谷仓在二楼，木隔板上铺以宽宽的青石砖，至今完好无损。青石砖楼面用以储粮，可以负载楼上装满的谷物、红薯、茶油等，楼面以 30 余根木柱细密排列支撑承重，防潮又防火，极为坚固。

在桃树湾建筑群，你可以欣赏到最精美的古建筑雕刻艺术。主体建筑为砖（青砖）木结构，形似亭台楼阁。梁枋上雕绘的人物山水，形态各异，栩栩如生；中门的隔窗、各类花格窗和角饰木雕工艺精细，久经沧桑，色彩明丽，图纹清晰可辨；庭院内铺设天然光滑的水冲石，用白色鹅卵石镶嵌各种图案；室内地面青砖光洁平整，完好如初。许多工艺、造型，即使采用现代科技也难以仿建桃树湾建筑群采用 30 余个天井用于采光和排水，天井的阴沟四通八达。屋场内还挖有七口水井，呈北斗七星状布局，保证了屋内的生活用水和消防用水，与天井构成一个完整的给排水系统，无论下多大的雨，天井内的水都不会漫上来；无论多严重的干旱，屋内也有泉水供给。四周围墙高 3 米，厚 0.4 米，用三合土夯实而成，将大屋连同屋后的詹家山围成一个整体；围墙两米高的地方等距离开有 10 厘米直径圆孔，

桃树湾民居

桃树湾民居

便于必要时搭建平台，登台环视，兼备战时防务之用。

据《桃树湾新宅记》记载：刘运庄于道光二十九年（1849）着手建造，“起手行墙，安放二门，起正宅门厅四进，右旁正护屋三间”，第二年“造右畔护屋三层，并筑周围墙垣，咸丰元年起右畔护房二层，二三年继造左房系屋、高仓，遂处装修，历五年而始竣”。实际上，从测绘蓝图、采购建材到竣工居住用了整整十年时间，费资“两万余缗”，其用工之多、耗资之巨，民间实为罕见。

刘氏的祖先刘式，字叔度，袁州（今江西宜春）人。少年读书于白鹿洞书院，熟读《春秋三传》，博古通今，南唐时举《三传》中第。宋太祖开宝中随李煜归宋，历任大理寺丞、赞善大夫，监谭州茶场、通州丰利盐场等。宋太宗端拱中，主三司都磨勘司，创三年勘磨法。至道 中，转工部员外郎。娶妻陈氏，生五子：立三、立言、立之、立礼、立德。刘式死，其妻聚书千余卷，指示诸子曰：“此汝父尝谓此为墨庄，今贻汝辈，为学植之具。”其妻遂逝，称墨庄夫人，后人被称为墨庄刘氏，以诗书传家，历代都有人在朝廷为官。

据《刘氏家谱》，桃树湾乃刘天章之子刘宏佑诰赠奉直大夫、崇祀兴贤祠后，皇上赐之福地。刘宏佑，字皇眷，乾隆三年戊午科（1738）副页举人，任永定县训导。历经四代，传承至嘉庆、道光年间的刘运庄（1796—1865）。运庄天资聪颖，五岁能对联，七岁赋诗，通天文地理，尤精《易经》，善卜占，官至州同知。他自外放为官后，辗转多处，均因路途遥远不方便，二十五年没有回到桃树湾。有一年，他终于逮着机会回到家乡，准备起一幢房屋以备晚年致休养老。晚上他做了个梦，梦见桃树湾桃花盛开，花间有一鹤发童颜的老人，自称刘天章，他用洪亮的声音说：“运庄呀，祖宗荫德，御赐宝地，理应建业于此，休负族人众望。”说完便飘然而去。第二天，运庄急忙赶往桃树湾，睹物思情，与梦里何等相似！于是，决定将大屋定址于此，兴建家园，并将大屋命名为桃树湾。这些建筑用玲珑的过堂、精致的甬道、多功能天井等连接，设计巧妙，浑然天成。但桃树湾背靠大山，前临小河，刘氏先人应该深谙人与自然和谐相处的奥秘。

新建的桃树湾刘家大屋气势雄伟，一派欣欣向荣的景象。为纪念这一盛事，自号敬亭山人的刘运庄亲自在大厅撰联：“得山水缘，其来自由；为子孙计，爰宅于兹。”又撰《桃树湾新宅记》，刻石碑立于后堂，现尚存无瑕。大厅内悬挂嘉奖匾诸多：有刘运庄利济行善，由当地知县赵光裕题赠的“云台衍绪”匾；有刘运庄之子为“育婴堂”捐资，由当地知县题赠的“乐善好施”匾；有道光二十一年（1841）运庄为建“文华书院”（位于现文家市镇）捐巨资，由两广总督裕泰、巡抚吴荣光题赠的“诣勤学”匾；有为河南大饥荒捐巨资，由河南巡抚宗瀛题赠的“一门好义”匾等。

敬亭山人崇文尚德，公益为本，慈善为怀，后代一脉相承。光绪二十一年（1895），浏阳大旱，很多地方颗粒无收，四子刘孝泉慷慨解囊，捐巨资赈济。当局总督张之洞、巡抚陈宝箴将其上奏朝廷，光绪帝大加赞赏，赐建牌坊予以表彰。孝泉曾收藏唐代裴休石霜寺之遗笏，亦将其完璧归赵，为世人称赞。遗笏至今尚存完好，为寺中八宝之一。而今，桃树湾繁衍出来的子孙，从敬亭山人算起，已到了八至九代，分布于国内外，事业有成者甚多。

一个庞大的家族在这个屋场的庇护下生息繁衍，不断开枝散叶，成为当地望族。这里曾钟鸣鼎食，人来人往，衣袂飘飘，极是热闹。比起柳永所吟“烟柳画桥，风帘翠幕，参差十万人家”的场景虽有差距，但那庭院深深的结构，九曲回廊的屋宇，“高低冥迷，不知西东”，稍不留意就会让人陷入岁月的深处，遇见悠然的美好。

悠久的历史和美丽的传说为桃树湾抹上了一层神秘的色彩。桃树湾民居凸显鲜明的清代建筑特色，其历史文化价值不可估量。可惜当年的那些牌匾、牌坊，大都遭毁，因年久失修，部分附屋亦不复存。桃树湾民居完整的清代建筑和精美的艺术作品，吸引了许多外地艺术爱好者纷纷慕名而来，将桃树湾作为写生基地，也有几部电影和电视剧多次把刘家大屋作为拍摄场所。在各界的关心和支持下，浏阳市政府和金刚镇政府投入部分资金，刘姓族人纷纷捐款，累计投入资金上千万元，按照修旧为旧的原则，精心打造，力争重现桃树湾昔日的辉煌。

桃树湾民居

中码头遗址

中码头遗址位于浏阳市柏加镇柏铃社区浏阳河南岸，是一处清代船运码头。据考证，码头始建于清中期。码头呈南北走向，全石结构，梯级台阶，南与东西走向的新民老街相接。台阶宽 5.28 米，四条垂带石将其分成三个台阶，台阶有 23 级。坡度较陡，落差约 3 米，下有一长方形歇台。歇台东西两边各设梯级台阶 10 级，三条垂带石把台阶分成两区。

过去，柏加镇境内浏阳河上没有桥，河两岸只能靠渡船来往。柏加镇柏铃对面就是长沙县的黄兴镇和榔梨镇，河上除了上游镇头有一个码头外，二十多里水路没有过河的地方，中码头就成了浏阳西乡通往长沙的必经之路，也是长沙人到浏阳的便捷途径。渡船最先是由当地一娄姓的渔翁自己开的，他只是把打的鱼送到对面去卖个好价钱，他赚的钱比别人多，于是就有人请他帮忙，也把自己打的鱼贩给娄老板卖，渐渐地，来来往往的人多了起来。渔翁老娄见来往的人多了就干脆以摆渡为业，来往一次收一点点钱，没人的时候就在附近撒几网。渡船一天往返的次数没有规定，客人来了，稍微等一下，看看船上的人差不多了就会开。这样过了十多年，当地乡绅出面建了这个全石结构的码头。有了这个码头，柏加镇柏铃渐渐成了浏阳西乡的重要通道。浏阳的夏布、鞭炮等土特产源源不断从中码头运到河对岸的长沙，再运往全国各地，特别是浏阳西乡的金钱橘和金钱橘制品，很受长沙商人的青睐。很多远方的商人在柏铃这个地方歇脚，一些人看到了商机，就在这里开起了饭店、旅馆，柏铃经过多年的发展成了一个小集镇，现在的柏加镇政府就是设在柏铃社区。

中华人民共和国成立后，公路运输迅猛发展，货物多由汽车托运，中码头逐渐冷落。但是，柏加镇仍然没有直达长沙的公路，而是要绕道镇头、跃龙，再沿 319 国道经黄花才能到达河对面的黄兴镇和榔梨镇，多绕三十多公里，两岸的出行和小量货物的交往仍然靠渡船。1960 年代初期，浏阳县交通局将境内十多个渡口纳入统一管理，人员经过专门培训，强化安全意识，配备救生设备，使渡口管理更加规范，中码头继续发挥着它应有的作用。1990 年代末期，浏阳市人民政府在中码头上游投资 2000 多万元，修建了一座双向四车道的公路大桥，中码头完成了历史使命，最终被废弃。

中码头是柏加镇旧时浏阳河中下游航运货物的重要码头之一，也是清代一处保存完整的交通设施，它记录着浏阳河航运历史的兴衰，也见证了浏阳经济发展的历程。2011 年元月，中码头遗址被公布为浏阳市市（县）级文物保护单位。

中码头遗址

沈家大屋

沈家大屋位于浏阳龙伏镇捞刀河畔的新开村。因为其年代久远、保存较为完整，受到很多人的关注，成为一些人探幽猎奇、休闲观光的游览景点。

从沈家大屋的地坪往里走，有一排低矮的房屋，叫茶门。茶门比大门偏北 14 度，面对捞刀河来水，叫“上水茶门”，寓意招财进宝。茶门垛墙墀头正侧两面都有用胶泥、瓷片堆塑的人物、山水、蝴蝶等图案，形象逼真，栩栩如生。茶门两侧为柴房、碓房、牛碾房、厕所、牛栏、猪栏等配套杂房，楼上为谷仓，用以储放粮食、谷酒等生活用品。再往里走就是沈家大屋的院落了。

沈家大屋占地 7135 平方米，建筑面积达 13551 平方米以上。三进式院落，巍峨庞大，有 17 间厅屋、20 口天井，通过 30 多条或长或短的巷廊，将 20 多栋楼屋、200 多间民房连接，组成一个庞大的建筑群体。走进沈家大屋，犹如走进一座迷宫：屋屋相叠，结构巧妙，巷道幽深回环，庭院错落交织，真有庭院深深深几许的感觉。不熟悉的人很难分清东西南北。难怪远近不少人都说：“发八（土音）寺大屋，只晓得进，不晓得出。”

沈家大屋正门高大的封火墙格外醒目，即使在很远的地方都能看到，显得格外气势恢宏。房屋所有基础柱都做成鼓形，饰以云龙花草，古典气派。墙基为约 1.5 米高的红条石所砌，上砌土砖。茶门、大门、巷门门柱皆为红条石凿成。进入屋内可以欣赏到最齐全的晚清风格门窗雕刻艺术品。门托和门椽雕成龙形，后座门楣为浮雕如意、文卷图案。格栅门窗、隔扇楣檐、门帘挂落为常见的王字、万字、花草等图案，工艺细腻，造型优美。还有天庭神威、龙凤呈祥、赵云跃马、张飞横刀、麒麟送子、喜鹊衔梅等生动形象。梁枋上雕有琴棋书画图案，有的格棂中还嵌有彩色玻璃，在当时应属于侈奢的东西。

沈家大屋与众不同的地方就是几个堂屋的屋檐卷棚，这样的装饰平时在祠堂庙宇可以看到，很少用在民宅。当初造这样的屋檐卷棚很不容易。永庆堂是大屋的主体建筑，正厅高约 8 米，门楣匾额上原有字迹模糊不清。搞公共食堂时用黄漆写了“公共食堂”四个大字。后墙正中有雕刻精美的高大神龛，放祖宗牌位和族谱。龛联为：孝悌传家绳祖武；诗书继世冀孙谋。

沈家大屋外景

沈家大屋门廊

正厅和北侧横厅原挂有“桐第安荣”“彩焕丝纶”“家国重光”“诰展春晖”“锡命显荣”“康强逢吉”等黑漆金字巨匾（400厘米×135厘米）及“福、寿”“福、禄、寿、喜”等匾，共16块。这些匾额多由晚清浏阳翰林邹焌杰、任贵震、湖北巡抚谭继洵等人题赠落款，盖有印章，金碧辉煌，有回音效果，在大门口喊话，厅内回声嗡嗡，现早已不存。

沈家大屋建于清同治四年（1865）。槽门边有青砖几块，刻有“石匠”“木匠焦以成”和“同治四年”等字样，这应该是建房的时间。查有关资料和沈家族谱得知，大屋的祖先系龙伏沈氏彬安房五福堂的第四子，叫沈抟九，乾隆三十八年（1773）年生。他出身贫寒，长期在浏阳城做火头（厨师），赚点苦力钱。每年只有到腊月二十四才回家。别人回家都带一些好吃的，但他除了一些过年的必需品外，还要带一担《通书》《三字经》之类的书。40岁才成亲，娶了一位18岁的姑娘罗氏，闺字银贞。罗氏贤淑勤俭，丈夫勤劳敦厚，两人非常恩爱。她与沈抟九生六子一女，日子过得不咸不淡。道光十三年（1833）沈抟九辞世，当时最小的男孩才两岁。男人是家里的天，没有男人的家庭像是塌了天一样，罗氏一下子要面对里里外外的大事小事，为了生计，为了孩子，她必须振作起来。

罗氏每日纺织到深更，孩子困了，就东一个西一个地倒在柴垛里。她纺呀纺，竟奇迹般地靠纺织赚的钱买了一亩二分田。孩子稍大，上不起学，把父亲原先带回来《通书》《三字经》读得滚瓜烂熟，加上母亲的教导，渐明事理。有一天，两个大点的儿子商议着要借母亲那丘田起本做生意，不料遭到一顿臭骂。儿子反复做工作，说明这是一本万利的事，将来一定把这丘田买回来，这才终于说服了母亲。于是兄弟们将母亲的那丘田卖了，在捞刀河对面新开市开了家“沈祥兴”的商号，开始做小本生意，打脚、进货、站柜，全是自己操持，生意越做越大，家境也越来越好。

勤俭节约、艰苦创业是他们身上最优秀的品质。至道光二十三年（1843）罗氏去世前，真的买回了那一亩二分田。至咸丰年间，六房人口已增至30多人，尚未分家，在一起实在有些拥挤不堪，兄弟们才商议建房屋之事。他们看了很多地方，请了风水先生，最后谋中今址。同治初，由老三沈贤林经手，带着老六沈芳林，用了三年时间，自己动手平整地基，开凿好了所有的墙基石。设计房屋时，参考了当时一些著名大屋场的建筑特点，决定采用“十字厅”的形式，并尽量请远近水平最高的匠师。这幢大屋不断扩建，前后用了十多年时间，先后续建师竹堂、筠竹堂、德润堂、怀仁堂、崇基堂等建筑。

据沈氏族谱记载：沈抟九公孙三代有 6 人曾诰授正五品奉政大夫，2 人曾诰授从五品奉直大夫，成为当地非常有影响力的一个大户人家。

沈家大屋在建筑材料上很是考究，全部采用上等木材。门楣、匾额上均雕有精美的图案，数量多达上千幅。雕刻工艺细腻，造型优美，有神话故事，有花草虫鱼，有形形色色的人物，体现出我国民间高超的建筑工艺水平。当地老人说，以前格棂上还嵌有彩色玻璃。屋中原有 4 处宅院中建有照壁，照壁上均有彩色浮雕和壁画：或为村落、行人、牧童、学校等自然景物，或为“定军山”“黄鹤楼”“十三福”等传统戏剧，或为“松下问童子”“独钓寒江雪”之类的诗画配。如今，人们仍能从中欣赏到晚清时期的繁缛、缜密、细腻、层次丰富的照壁浮雕艺术美。

沈家大屋在规划上很注意阴阳平衡，建筑做到密中有疏，高低搭配，通过天井、过厅、照壁、巷道等将 20 多栋房子连接起来，做到了山环水绕、错落有致，冬暖夏凉、水旱无忧，显示出高超的建筑艺术和鲜明的地方文化特色。

沈家大屋的建筑艺术不仅表现在房屋的连接、装饰的精美，在排水系统这一项也是堪称奇迹。这么大一片建筑，下大雨时，如何做到不积水、及时排水，即使放到现在也不是一件容易的事。“沈家大屋不管下怎样的

沈家大屋

暴雨，从来没有进过水，早些年还有乌龟在天井里爬来爬去。”沈家大屋旁边的一位邻居说。

浏阳市建设局一位工程师经研究得出结论，沈家大屋 20 口天井将 20 多栋房屋的地下管道接通，形成了一个纵横交错的排水系统，保证了沈家大屋积雨面积内的水能够迅速排出，没有因为涨水或下大雨而积水。

沈家大屋联体式的大宅院既区别于江浙地区文人雅士的苏州园林模式，又不同于官宦士大夫深宅大院式的建筑风格，集中体现了我国古代农耕社会“家大业大，源远流长”的建筑思想。沈家大屋是一部镌刻着中国百年兴衰历史的生动画卷，是古城长沙历经战火涂炭后留下的弥足珍贵的晚清江南民居标本，对于研究晚清时期的历史、建筑及民俗文化都有很大参考价值。

2011 年 1 月，沈家大屋被湖南省人民政府公布为省级文物保护单位。

一栋老屋穿越 150 年风雨，在一代一代人的传承中保留下来。正是这种传承，使老屋成为了民族和社会的共同财富。我们有许多类似的古迹，如长城、苏堤、大雁塔等，建造者早已远去，但自觉不自觉地为世界留下一份有价值的文化遗产。沈家大屋就是这样一棵艺术大树，虽然遭受了各种侵蚀，但仍顽强地挺立，散发出独特的光芒。

沈家大屋

惜字炉

在湖南浏阳市社港镇周洛村下寨组，有一座八角形的小型塔式建筑。据考证，该建筑系惜字炉，修建于清咸丰十一年（1861）。坐西北向东南，塔向130度，全石结构，占地面积16平方米。该塔由方形石基础和三层亭身等组成，通高7米，底层八角形，立八柱，东南向两柱镌联一幅，极具文化内涵，联曰："云烟气薄重霄外，经籍光腾一炬中。"柱间额板呈扇面状，阴镌楷书"惜字亭"三字。二、三层为六角形，立六柱，翼角起翘，六角攒尖顶。塔身下基座为正方形，高2.35米。炉的二层有一个长方形圆顶小洞，为焚化字纸的入口。另一面有一块记录修建时当地人捐款情况和叙述"惜字炉"修建目的和意义的石碑。

从宋元开始形成的惜字渐成风尚，到明清已是盛行。明代文化名人、思想家袁黄（号了凡）极力推广。他认为文字为圣人所造，不可以怠慢。读书人应该惜字，不能将写有文字的纸或简牍随意丢弃，那样做是有辱斯文的，也是对读书人大不敬。池莲师太在《自知录》中甚至写道："拾路边字纸火化，百字为一善；遗弃字纸不顾，十字为一过！"把惜字上升到了道德修为的高度。

惜字习俗究其渊源，大概有两点。一是书写困难。古人的文字早先不是用笔写，而是刻在龟壳或竹简等坚硬的物体上，一篇东西刻下来，肯定费时费事费劲，因此用字极为谨慎，没用的字一个也不能有，最好做到言简意赅。二是成本很高。后来写在帛和纸张上，帛和纸张在当时都很贵重，所以用字用词简洁，要不就会造成浪费。那时，没有文化的人一年到头也写不了几个字，大部分的人一辈子不认识字。

在古代，一些美好的词语都与读书或文字有关，识文断字，知书识礼，文质彬彬，读着读着，就有了秀才、举人、进士的功名；读着读着，就有了升官发财、光宗耀祖的前程。说到底，惜字有着深厚的"万般皆下品，唯有读书高"的文化底蕴。

惜字炉已经远去，成为一个时代特殊的文化符号。但古人惜字的良好风尚却随着时间的流逝而历久弥新。在信息化、数字化的今天，为了进一步提高我们全民族的知识文化水平，惜字的风尚依然是我们应该秉承和坚持的。

下寨惜字炉

新安风雨桥

一

时光倒流，战鼓声刚刚远去，喊杀声渐渐停歇。从端平元年（1234）至祥兴二年（1279）南宋灭亡，中原人口锐减。因浏阳与潭州（长沙）相邻，又与江西接壤，经受了最惨烈的屠杀，元军南下，见人就杀，只有少数人幸免于难，其后裔称为“残生子”，有记载说“浏阳境内几近孑遗”。元末农民起义，陈友谅、朱元璋两股义军争战。“大汉”参军易华将浏阳槽米4万担接济陈友谅部。明朝建立后，朱元璋怒加税赋于浏阳，旧县志称为“堕粮”。浏阳人深受“堕粮”之苦，纷纷外逃。清顺治十五年（1658）后，朝廷奖励开荒，民众稍得安宁。康熙十八年（1679），吴三桂部占领浏阳部分地方，清廷派岳乐率军征讨，大肆烧杀，浏阳再次尸横遍野，血流成河。

战乱之后，浏阳一派荒凉和萧条。田土荒芜，人迹罕至，有的地方方圆百里都是杂草和树木。

一天中午，一队人马缓缓行进在早已废弃的小路上。他们有七八个人，有的担着米袋，有的带着锅盆，在一个地势平坦、小溪叮当的地方停了下来。

“师傅，请您看一下，我感到这地方不错，附近有没有好的地，我想就在这一带安顿下来了。”说话的是一个40多岁的中年汉子，身板结实，显得很精干。

“是啊，我们走了许多地方，一路看过来，这里有山但不高，有河但不宽，很适合人居住。”说话的这个人看样子就知道是中年汉子的老弟。

被称为师傅的是一个高高瘦瘦的老风水先生，戴着一副近视镜，典型的学究派头。他选择一个土坡看了看，觉得视野不够开阔，又爬到一棵歪脖子树上向四面环视，发现远处山势龙脉气势磅礴，逶迤雄壮，有显有露，有罩有靠。再用罗盘一校，二十四山均在吉位。一条小河从后山绕过来，不急不缓。他的情绪激动起来：“好地方，好地方，真是风水宝地啊，我看就是这里了。”他对中年汉子说：“此处地形酷似老虎，前面有像猪的猪形山，背靠石柱峰屏障，河水环抱，在此安身，必然子孙发达，世代绵长。”

中年男子听了老学究的话，自然很高兴。他看到山上长满了茂盛的株树，一时兴起，便说道：“我们就把这里叫株树坡吧。”他吩咐大家卸下行李，取出耕种的工具，在这一片绿色的山林之中，开始了他们艰难的创业征程。

这两个人就是江西省吉安市瓦渣巷寻姓兄弟，株树坡这里寻姓人的始祖。因为当地人多地少，难以糊口，他们只得带着家人外出闯生活。

光阴荏苒，定居株树坡的寻姓兄弟披星戴月，筚路蓝缕，在这里繁衍生息。一百多年的时间过去了，在历史的长河中也许只是一瞬间，但对于一个家族来说却是一段嬗变的过程。昔日荒凉的株树坡已经村舍井然，田垅成行，鸡鸭在地头觅食，小狗在房前守护，几个女眷在小河边浆洗，好一派世外桃源的景象，成了远近闻名的村庄。学校、宗祠、庙宇一应俱全，道路连接着外界，有些人走出去向外发展。

那条环绕村庄的小河，发源于石柱峰，水流宽的地方有八九米，窄险之处只有四五米，水流长年不断，清澈明亮，成了沿河人民的生命之源，更是寻姓人家的母亲之河。寻姓人将这条河命名为“新安溪”，取他们在此重新安家之意。株树坡也就叫新安村。

寻姓人在此住了几十年以后，外来人口越来越多，“赣粤填湘”就是这个时期发生的事。新安溪东面的伏坡塅也来了一户姓喻的，不断开枝散叶，迅速发展成了一大家族。两姓隔河相望，共饮一河水，同走一条道。有人在小河上搭了一座小木桥，两姓往来更加频繁，他们互通有无，彼此相安无事。

二

随着社会的发展，人口的增加，原来架在新安溪上的小木桥已经不能满足这一带人的出行了。明成化十年（1474），寻姓人决定在虎形山与猪形山之间的小溪上建造一座风雨桥。当时的想法很耐人寻味，寻姓作为当地望族，要建就要建一座有特色、有格调、与众不同的桥。族里的能工巧匠很是费了一番工夫，设计出了一座很精巧别致的风雨桥。这座桥全长 15 米，宽 4.5 米，桥拱用当地红砂岩条石垒砌，桥面桥廊为全木榫卯结构，上覆小青瓦，用 29 根木柱子支撑桥廊，3 根木横梁，亭两边有 50 厘米宽的厚木板，供路人休憩。整个亭子没有一根钉子，都是靠木榫相互固定，横梁上还雕刻了龙凤呈祥的图案。这座桥一来是用于交通，这里已经成了连接浏阳、平江、醴陵等地的交通要塞，一些马帮、商队从这里经过，加速了物资的流通，带来了外面的信息。二来是供人们乘凉休闲，也算是一个小景点。还有一点不能明着说，那就是要显示一下寻姓人的气派。每到傍晚，劳累了一天的人们就会陆陆续续来到桥上，天南海北胡侃，家长里短聊天，其乐融融，也有人在桥上谈情说爱，终成眷属。

新安风雨桥，从屹立的那天起，就成了寻、喻两姓沟通、交流的渠道，也是连接两姓情感的纽带，它给人遮风挡雨，它给人温馨寄托。

然而，这种和谐安宁被一场连续三个月的大旱击得粉碎。

风雨桥下游80米处修了一座水坝，灌溉伏坡垴3000余亩水田，这些水田是西边喻姓人家的。平常年份即使放水时有一点争执，也不会有什么大碍。而这年秋天的大旱，河水不及平时的三分之一，土地干得冒烟，旱土里的作物基本颗粒无收，田里的灌溉就成了大问题。住在水坝取水源头的寻姓当然会先放水保自家的田。为了生存，两姓大打出手。几百人参与械斗，锄头、木棍齐上阵。寻姓当时比较强大，喻姓且打且退，寻姓一直打到喻姓的祠堂，砸门窗、掀桌椅，只差没有捅掉对方的祖宗牌位。双方几次恶斗下来，伤了一些人，更重要的是伤了两姓人的心。喻姓打不赢寻姓，就把怒气都撒在风雨桥上，用梭镖往桥的柱头上戳眼儿，发誓要报仇雪恨。眼看情势越来越严重，幸亏一位武功高强之人从中搓和协调，才阻止了这场没完没了的械斗。械斗虽然停止，但两姓之间的怨却结下了，他们形成了一纸不成文的规定：寻、喻两姓不通婚，除非桥柱上的梭镖眼长出新木。

新安桥

这虽然是一种缓兵之计，但当时双方保持着自己的尊严，很久一段时间里，新安河成了楚河汉界，鸡犬之声相闻，老死不相往来，更别说结亲通婚，直到 20 世纪 30 年代才有大胆的男女开始通婚。

三

新安风雨桥，沐浴了 450 多年的风霜雨雪，见证了寻、喻两姓的一段恩怨情仇。

在这 450 多年的时间里，无论寻、喻两姓关系如何，人们对风雨桥的保护从来都不含糊。有一次因为刮大风，桥廊上的瓦片被刮掉了很多，当喻姓提着工具准备去廊顶盖瓦时，却发现寻姓早已把廊顶修好了。还有一件事，因桥边一棵几百年树龄的古樟倾斜影响，威胁到了桥的安全，两姓自发凑钱进行修补。平时看到有人损坏桥梁的事，都会出面干预。风雨桥能够走到今天，倾注了两姓的爱和心血。

新安风雨桥，因为整体较为完整和独特的建筑而受到有关部门的注意，2005 年被湖南省列为省级文物保护单位。

南流桥

南流桥位于浏阳市荷花街道办事处杨家弄村南流组，是一座建于宋代而具有浏阳地方特色的单孔券形石拱桥。该桥为全石结构，南北走向，桥长 19 米，宽 4.5 米，因水向南流而得名，桥面两侧原设花岗石扶手栏杆，望柱头雕刻石狮等。桥面略呈弧形，线条优美，满铺花岗石板。桥北端竖有始建桥碑及历代维修碑刻等。

据清同治《浏阳县志》记载："南流桥距城十里，吴楚通衢。"南流桥建于宋代建炎三年(1129)，距今已有近九百年的历史，是旧时浏阳至江西、醴陵等地的重要交通桥梁之一。当年此桥上人来人往，车马喧哗，极为繁忙，桥上青石板上至今留下深深的车辙，记录了历史的沧桑。

南流桥是浏阳县城通往南乡的交通要冲，历来为兵家必争之地。同治《浏阳县志》记载，此桥与两次战争有着密切关联。宋建炎三年（1129）九月，潭州（今长沙）禁卒（监狱兵）携械作乱，私放囚犯，在潭州纵火掠市，抢得大量财物后逃往浏阳，一时震惊官府。知州向子諲命通判孟彦卿率兵平乱。孟彦卿循迹追击，过南流桥至攸县，经浴血征讨，乱始平定。同年

南流桥

十二月，溃兵杜彦再次呼啸山林，招兵买马，聚集各路人马400多人，从袁州入浏阳，一路烧杀抢掠，又收留地痞流氓共计近千人众，经浏阳直下长沙、善化二县。通判孟彦卿复率民兵抵拒，并斩杀数人。杜只得避其锋芒，领兵退入南流桥，依山傍水与孟隔河对阵。孟彦卿多次率兵出击，无奈对方占地理之优势，易守难攻，双方互有伤亡，一时难分胜负。突然，孟营中有人无意间撞折军中战旗，民兵不知内因，见战旗倒下，认为兆头不好，十分惊恐，军心大乱，杜彦乘势出击，大获全胜。通判孟彦卿虽奋力拼杀，终被擒获，遭乱刀斩杀于南流桥下，民兵群龙无首，四散逃走。谭州知州向子諲得报，震怒之余，急调重兵围剿，方将溃兵击败。

清光绪三十二年（1906），浏阳遭百年不遇旱灾，三月不见滴雨，庄稼一片枯黄，又有蝗虫遮天蔽日，所到之处，寸草不留，点绿无存，加上清兵收税逼民，民无生路，以草根树皮等为食，饿殍遍地。以龚春台为首的洪江会党，联络萍乡、醴陵多处会众，组成中华国民军先锋队举旗反清，史称“萍浏醴起义”。龚春台率领国民军从三县交界处的麻石街出发，一路浩浩荡荡，过上栗到文家市转澄潭江，经吾田到达牛石岭。清兵将领梁国祯率部迎敌，阻国民军于南流桥。清兵洋枪洋炮，义军大刀长矛，初战清兵占有优势，国民军损兵折将。但国民军人多势猛，调整战略，不与清兵正面为敌，只将梁部围困，再图进攻。而此时清军从浏阳派来援兵，一场混战，将梁国祯接走，退回城里。国民军一鼓作气追到南市街，浏阳河当时没有桥梁，只有周家码头一只渡船，已被清兵控制，国民军隔河不能渡，只得就地筑阵，以备再战。县衙连夜向省城报信，次日省城大军来援，两军对阵。国民军人多，几次交锋，清兵没有占到便宜。于是用火炮隔河狂轰，有一炮竟击中了义军藏在南流桥侧屋的火药库，爆炸接二连三，响声惊天动地，国民军乱了阵脚，不战而溃。南流桥之战以国民军败绩而终。

1958年兴修水利，南流桥上所有石质碑刻悉数被拆，运往大沅冲、小黄茅岭两座水库工地，用于修建涵洞。但南流桥主体保存基本完好。该桥造型优美，形制典型，具有重要的历史价值、艺术价值和实用价值。

跳石桥

跳石桥坐落在浏阳大围山镇楚东山村大溪河上游两公里处。该桥始建于明代，横跨大溪河两岸，由地方绅士鲁荣业捐建。全部采用花岗石做桥墩，石墩为长方体，高出水面约2尺，底部嵌入河床，墩宽1米，长约0.3米，两墩间距0.4米，共有65个石墩。除丰水季节外，平时可供行人通过。该桥经清康熙、乾隆、嘉庆年间和1995年4次复修，至今保存完好，维持原貌。清澈见底的浏阳河源头大溪河，河水清清，宛若一幅平整的绸缎，跳石桥就坐落于此河上。当地文人为跳石桥撰写的对联有："梳理河川敢对洪峰言砥柱，铺排琴键乐为行客踏笙歌。"

今日跳石桥，除了继续发挥它方便沿河两岸人民通行的桥梁作用外，更多的是它作为文物和乡村旅游的景点供游客观赏游玩。

2011年，浏阳市人民政府将跳石桥列入市（县）级文物保护单位。

跳石桥

升荣桥

升荣桥原名官荣桥，位于浏阳市张坊镇陈桥村富安组，为一座花岗条石垒砌、具有湖南地方特色的五墩四孔石梁桥。据清同治《浏阳县志》记载："官荣桥，今名升荣。在黄泥坳。嘉庆二十一年，张大荣修。"复于土中得明嘉靖中袁西山《重建碑》文云："此桥原名官荣，因欧阳圭斋荣归而建，故名。道光八年，水圮，张大荣重修。五墩，高一丈，长十丈有奇，费千余金。"一说此桥建于元至正二年（1342），因欧阳玄荣归故里而建。清代张大荣分别于嘉庆二十一年（1816）和道光八年（1828）前后两次重修。

欧阳玄，（1272—1357），字原功，号圭斋。元仁宗延祐二年（1315），欧阳玄中式第一甲第三名进士，授岳州路平江州同知，调太平路芜湖县尹。后一路升迁，三次做成均，两次做祭酒，六次进入翰林，三次任承旨。编撰实录、《经世大典》、三史，都是大著作。多次做主考官，两次主持贡举和读卷官，凡宗庙朝廷重要文书册文，传达全国各地的制诏，大多出于欧阳玄之手。海内名山大川，寺院、道观，王公贵人墓道的碑铭，以得到欧阳玄的文辞为荣耀。只言片语流传到民间，人们都知道它的珍贵。

官荣桥

欧阳玄生性仪度大方，为政清廉公正，为人低调内敛。

《古今谭概》记，明代一长沙籍京官还乡，专门雇请了一帮吹鼓手，凡有宾客来访，便大吹大擂。一日老友来访，见此颇为反感。问及近读何好诗时，老友特将孙凤洲《赠欧阳圭斋》当场大声诵读：

圭斋还是旧圭斋，不带些儿官样回。
若使他人登二品，门前箫鼓闹如雷。

这位京官知道老友在以诗来警醒自己，一时羞愧难当，当即撤走吹鼓手。

欧阳圭斋以史学成就最为突出，曾主修宋、辽、金三史，尚有《四朝实录》《元律》等。同时也以诗文闻名天下，有《圭斋文集》十六卷、《睽东记》传世。

现存升荣桥为东南至西北走向，全长 34.3 米，桥面宽 1.05 米，桥墩呈尖锥状，长 6 米，桥梁建筑占地面积约 220 平方米。桥面采用 12 根长条石搭就而成。该桥历史悠久，形制典型，是见证该地区石梁桥建筑技艺的实物资料，具有重要的历史价值、艺术价值和人文纪念价值。

官荣桥

长鳌江桥

长鳌江桥位于浏阳市大围山镇楚东村河口组，距大围山镇6公里左右。是一座极具湖南浏东地方特色的单孔券拱桥。

据考证，长鳌江桥原名“集贤桥”。从东门古镇（现大围山镇）往大围山、泥邬、花园等村组，必须要横跨大溪河。长期以来，河上架有木桥通向两岸。每年春夏两季，河水暴涨，木桥总是被冲毁，只能临时用木排当作渡河工具。

光绪三十二年（1906），当地一位李姓绅士提议修建一座石拱桥，得到两岸百姓的响应。李绅士于是在其家里召集了一次“集贤会”，到会的都是当地有名望的人。架桥修路自古就是积德行善的好事，大家纷纷认捐，很快就凑足了修桥的费用。会上推举李绅士为“桥长”，请他出面负责一切修桥事宜。

新桥的建设标准是能抵挡百年不遇的洪水，能过官轿、马车。李绅士知道本地师傅难以担此重任。他找到县衙一位同乡，请他帮忙拿主意。对于家乡修桥，同乡很热心、很支持，在他的协调下，县衙出面承担地形勘测、设计图纸，并派人担任技术指导。经过一年多的建设，新桥终于建成。在给桥取名时，有很多名字可供选择，有“鳌江桥”，有“楚东桥”，有“平安桥”等，最后大家一致认为应该取名“集贤桥”。该桥为东西走向，

长鳌江桥

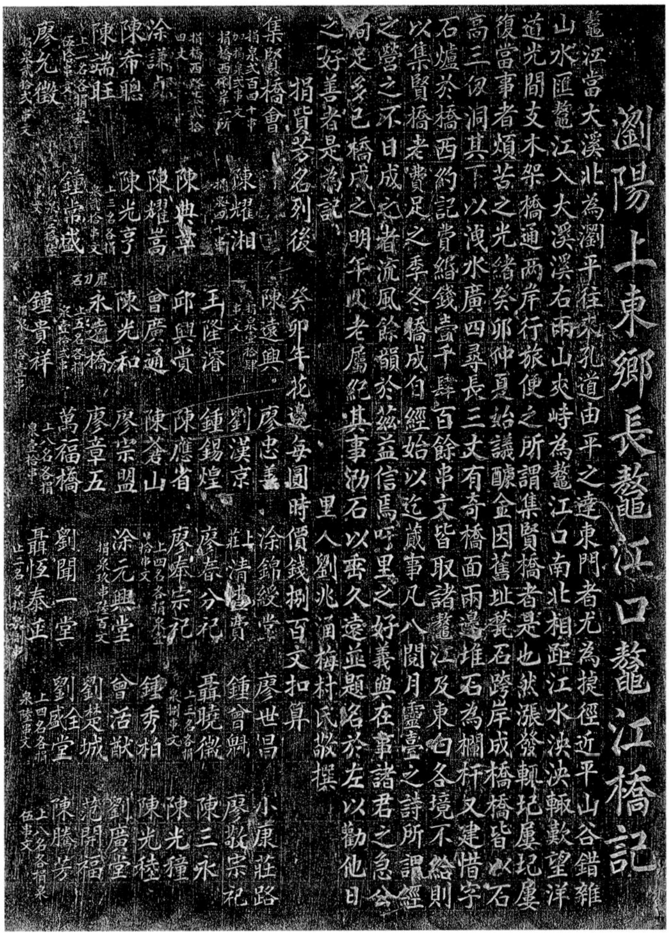

浏阳上东乡长鳌江口鳌江桥记

全石结构，长 14 米、宽 6 米，桥面两侧设石护栏并嵌有石碑四通。碑刻记载建桥事略及捐款芳名等。

“集贤桥”建成后，尚有少量银两，有人建议在桥西端南侧建了一座惜字炉，又称为长鳌江桥塔，塔身有点向西倾斜。该塔高 3.6 米，六角三级、中空，由花岗岩与青石板对接，塔基用较高麻石垒砌，炉底层北向设券形投入门洞，洞口刻题“翰墨流香处，文章入化时”对联与“火候十分”横披。塔的每一方青石板上都刻有精美的人物山水花卉图案，栩栩如生。塔身除了一个“元”字外没有找到文字。鳌江桥（集贤桥）、惜字炉至今已有 100 多年的历史，保存完整，是研究湘东地区历史传统文化的重要实物资料，极具历史、艺术和科学价值。

2014 年 3 月，鳌江桥被公布为长沙市市级文物保护单位。

烽火留痕

寻淮洲故居

寻淮洲故居位于浏阳社港镇淮洲村黄狮塘组，始建于清道光年间，坐北朝南，土木结构，门向260度，三合院形制，占地面积700平方米，主体建筑面阔五间，夯土墙，悬山顶，覆小青瓦，东侧设横屋（四间）一栋，西侧建有厨房、牛栏、猪圈、灰屋等，为湖南浏北地区普通民居建筑。目前有400平方米的建筑保持了原貌。1912年8月29日，寻淮洲出生于西屋一间土厢房里。

故居是寻淮洲追求革命理想、走上革命道路的起点，是他短暂而光辉一生的历史见证和载体，具有重要的历史价值和纪念价值。

2011年，为缅怀英烈，湖南省政府将寻淮洲烈士故居列为省级文物保护单位。2012年，在寻淮洲烈士100周年诞辰之际，经过重新修缮布展的寻淮洲烈士故居正式揭牌对外开放。

寻淮洲故居

陈昌故居

陈昌故居位于浏阳市镇头镇土桥村炭坡组，是中共浏阳党组织创始人陈昌少年成长、学习、生活的居住建筑。据考证，故居重建于民国十年(1921)。陈昌祖籍为湖南浏阳镇头乡土桥村。1930年在长沙牺牲，是湖南省早期革命运动的主要领导人之一，浏阳党组织的创始人。故居是缅怀陈昌烈士和进行革命传统教育的重要场所。

故居坐东北朝西南，矩形布局，为两进式民宅，占地面积190平方米。1917年，毛泽东同志在浏阳农村搞社会调查时，曾在故居内居住多日。现存前栋房屋为三大间两侧屋，砖木结构，覆小青瓦，后栋于20世纪90年代由陈氏后裔相继拆除改建。

2011年元月，陈昌故居被公布为浏阳市市(县)级文物保护单位。

陈昌故居

焦达峰故居

焦达峰故居位于浏阳龙伏镇达峰村。此处四周崇山峻岭，树木参天，中间有一个方圆十几平方公里的小平原，一条小河从小平原东边缓缓流淌，西方一形似笔架的小山丘，在风水上名笔架山，东边有两处黄土坡。故居坐东朝西，土木结构。原为前后两进院落，后栋毁于民国，现仅存前栋。

焦达峰，原名达菁，字树人。1887 年 1 月 16 日生于浏阳龙伏镇一个中产阶级家庭。1911 年 10 月 22 日，焦达峰与陈作新在长沙领导新军起义，在内应的策应下，起义军兵不血刃占领长沙。次日，湖南军政府成立，宣布脱离清廷独立，焦达峰被推为都督。31 日，被立宪党发动兵变执杀于都督府门外，年仅 25 岁。

带着年幼的儿子焦传统住在祖传的老屋中，焦达峰的遗孀沈菁莪用孙中山颁发的抚恤金在故居南侧为亡夫修了一座纪念堂——焦达峰纪念堂。

焦达峰故居

1927 年，也就是焦达峰去世后的第 16 年，夫人沈菁莪依然沉浸在失去丈夫的悲痛之中，并更名为沈悲峰，且赋诗明志：

两字悲峰恸改名，遗篇展读泪盈襟。
成仁取义兴邦事，忍死全孤继志心。

焦达峰纪念堂共计十八间，玻璃窗户，朱漆门窗。里面陈列着焦达峰用过的书案、祖传古珍本、日文书籍、宁波床、手杖、砚台、留学日本之皮箱、网篮、都督军帽、军服、指挥刀、都督府大灯笼等，墙上挂着“光复湖南”“事业维新”“汤武革命”等各种牌匾，还有焦达峰在日本时的全身、半身、团体照，以及他所写的文章、对联及演讲稿，手抄江湖隐语等。特别珍贵的是孙中山的孙女、旅居美国的孙穗芳老人题写的“焦达峰故居”的大门牌匾。

2014 年 3 月，焦达峰故居被公布为长沙市市级文物保护单位。

焦达峰故居

田波扬故居

田波扬故居位于浏阳市北盛镇波扬村（原良陂村）上田组，是革命烈士田波扬同志出生和早年生活的普通民居建筑。故居始建于清光绪二十九年（1903），呈矩形，坐西向东，门向65度，土木结构，面阔七间，前后二栋，占地面积984平方米。悬山顶，小青瓦，中有过亭与两侧厢房连接，为二栋一亭式民居建筑。

1904年，田波扬出生于后栋，现仅存前栋七间，其余皆于民国三十年（1941），被日军放火烧毁。前栋左侧一间，原为田波扬书房。前栋基本保持了原建筑，部分木构廊柱以青砖替代。故居前有一株桂花树，为田波扬七岁时亲手所栽，距今已近百年。

2012年，由浏阳市文物管理局组织专人对故居进行维修。2014年3月，田波扬故居被公布为长沙市市级文物保护单位。

田波扬故居

胡耀邦故居

胡耀邦故居位于浏阳市中和镇苍坊村敏溪河畔，北靠西岭，四周流水潺潺，风景优美。是典型的湖南农家建筑，坐北朝南，小青瓦，砖木结构。故居始建于清朝咸丰年间，已有160余年的历史。

故居所存的房屋是胡耀邦的曾祖父胡名钟和哥哥胡名镜当年所共有的。胡名钟和胡名镜一共有九个儿子，人口迅速增加，这座宅子就住不下了，胡名镜一家就陆陆续续往外搬，只剩下胡名钟一支住在这里了。经两代相传，属于胡耀邦父亲胡祖伦家的房子为9间半，约200平方米。

1915年11月20日，胡耀邦出生在故居西侧横厅内屋一间10多平方米的耳房里。

1995年，浏阳市决定修复胡耀邦故居，这年正是胡耀邦诞辰80周年。当年7月基本竣工，修复了胡耀邦童年时代的住房，父母与兄长的居室，以及正厅、横厅、客厅、厨房等。9月份，胡耀邦夫人李昭曾回这里参观故居。

1996年，胡耀邦故居被列为湖南省重点文物保护单位，2002年，被列为湖南省爱国主义教育基地。2013年，被列为全国重点文物保护单位。

胡耀帮故居

胡耀帮故居

王震故居

王震故居位于北盛镇马战村江背组的田畴之中。九曲溪似玉带绕过屋前，不远处，杨梅岭等山拔地而起，起伏相连，绵延开去。原故居始建于清末年间，坐北朝南，土木结构，小青瓦屋面。建筑布局为前后两栋，两侧辅以厢房，共计大小房屋 32 间。而真正属于王震家居住的房屋只有 5 间，其余为其伯父、叔父家所有。故居原为浏阳县中立局庄屋，因王震祖父租种中立局的田地而居于此。1908 年 4 月 11 日，王震出生于庄屋后栋东边正房内（该庄屋于 1942 年 6 月毁于洪水）。

现存王震故居为其弟王余美于 20 世纪 50 年代初期改建，土木结构，小青瓦，面阔三间。

王震故居

王震故居

王震故居

李志民故居

李志民故居位于浏阳市高坪镇志民村塘头组。故居始建于清朝末年，坐西北朝东南，砖木结构，小青瓦屋面，面阔3间，建筑面积150平方米，为浏阳地区普通的民居建筑。

1906年7月，李志民出生于此。参加革命后，将军一生只回过一次故乡，1984年曾经陪伴父亲回湖南老家。2014年3月，李志民故居被公布为长沙市市级文物保护单位。

李志民故居

宋任穷故居

宋任穷故居又名“咸恒泰”，取“事贵有恒，处之泰然”之意。位于浏阳市葛家乡乌石龙村，为典型的湖南民居风格，始建于清末，坐南朝北，面阔五间，面积420平方米，以土墙、青砖、木材为主，呈两纵一横摆设，悬山顶，小青瓦，共计大小房舍17间。

宋任穷故居于2008年进行了全面修复，除按原貌恢复了宋任穷及其父母的卧室外，还恢复了宋任穷家经营的小杂货铺。另外，在故居中还增设了宋任穷生平事迹陈列室，复原陈列有宋任穷在中南海永福堂的办公室等，介绍了宋任穷将军南征北战以及建设新中国的丰功伟绩。

宋任穷故居

王首道故居

王首道故居坐落在浏阳市张坊镇上洪社区蟹形组，始建于清朝乾隆年间。坐东南朝西北，土木结构，悬山顶，覆小青瓦，二进三开间，由中厅、横厅、厢房、杂物、天井、前院等建筑构成，占地面积900平方米，是一处三合院式普通民居，两边对称横屋伸出，又称蟹形大屋。

王首道故居于2011年1月被湖南省人民政府列为第九批省级文物保护单位。

王首道故居

杨勇故居

杨勇故居位于文家市集镇人民路中部。故居始建于清同治年间，占地面积1500多平方米，建筑面积500多平方米，坐南朝北，土木结构，是一座典型的江南民宅。槽门和正门不在一条中轴线上，而是向右边偏斜。槽门上有一副对联："决战疆场授上将；运筹帷幄入中枢。"进到里面有一个约150平方米的地坪。正门的门联为"苍松劲竹；明月清风"，横批是"积善人家"。

杨勇故居

李白故居

李白故居位于长沙市浏阳市张坊镇板溪村。

李白故居始建于清朝雍正十二年（1734），坐西南向东北，土木结构，小青瓦屋面，四合院形式。2010 年，在上海市虹口区李白亲属、张坊镇及家乡人民的关心支持下，按原貌恢复了李白烈士故居。李白烈士故居共有大小房间 16 间，建筑面积 800 多平方米，呈正方形的布局，占地面积 2000 多平方米。故居内辟有李白烈士的生平事迹陈列展览室，并对外开放。

李白故居于 2010 年 6 月被浏阳市人民政府公布为浏阳市市（县）级文物保护单位。2011 年 9 月，被长沙市委宣传部公布为长沙市爱国主义教育基地。

李白故居

秋收起义文家市会师纪念馆

一

1927年8月，毛泽东受党中央委派，以中共中央特派员的身份前往长沙，领导湘赣边界的秋收起义，起义部队在浏阳文家市会师。

秋收起义文家市会师纪念馆坐落在文家市镇东南的老街上，它以一墙之隔的里仁学校为主体。里仁学校原名为文华书院，兴建于1841年，取“文章华国”之意，是浏阳八大书院之一。1912年，书院更名为里仁学校，大门有“以文会友，为国储才”的对联。学校坐南朝北，为土砖石混合结构，占地面积6700多平方米，由大成殿、成德堂、文昌阁、操场等组成，分三栋两院。其建筑为小青瓦屋顶、飞檐翘角、雕梁画栋，檐口装有兽头瓦当，既保留了明清时期的建筑风格，又融入部分徽派建筑特色。学校大门两侧粉白的墙壁上依稀可以看出一些涂改的字迹。这是红军和白军你写我涂、你涂我写的结果。后院有一条“建立工农政权” 的完整标语，似乎还在讲述着风云激荡的岁月。

1961年，国务院公布秋收起义文家市会师旧址为第一批全国重点文物保护单位。1963年，县里派专人保护；1966年，成立专门保护机构；1969年，旧址初步对国内观众开放；1971年，成立“秋收起义文家市会师旧址纪念馆”。

秋收起义文家市会师纪念馆位于湖南省浏阳市文家市镇人民路34号，占地13283平方米，建筑面积6841平方米。由郭沫若题写馆名。1974年1月1日，正式接待国内外观众；1977年，在会师旧址西侧新建秋收起义历史辅助陈列馆；1983年，更名为“秋收起义文家市会师纪念馆”；1995年，被湖南省委宣传部公布为“湖南省爱国主义教育基地”；2001年6月，被中共中央宣传部公布为“全国爱国主义教育示范基地”； 2004年，被国家旅游局公布为国家“4A”级景区；2005年，被中宣部和国家旅游局公布为第一批百家“全国红色旅游经典景区”；2008年，成为全国第一批免费开放的纪念馆；2012年，被国家国防教育办公室公布为“国家国防教育示范基地”。

秋收起义文家市会师纪念馆既是集文物征集、保护、收藏、研究、展

文家市秋收起义纪念馆

文家市秋收起义纪念馆

览为一体的专题性科研保护机构，又是向人民群众宣传历史唯物主义、爱国主义和革命传统教育的重要场所。全馆革命文物丰富，理论性专著和研究性论文成果丰硕。陈列展览分为湘赣边界秋收起义文家市会师旧址复原陈列和湘赣边界秋收起义历史辅助陈列两个部分。

在纪念秋收起义85周年之前，里仁希望小学新校园建成，学校整体搬迁，为纪念馆建设创造了条件。按照湖南省人民政府的要求，将纪念馆扩展为秋收起义纪念园，将积谷仓、会师旧址及毛泽东、卢德铭住房等纳入进来，在前面建一个秋收广场。

秋收起义纪念园景区目前总面积104亩，由纪念馆、陈列馆、会师旧址、积谷仓、秋收广场、游客中心、红枫谷等组成。整个场馆坐南朝北，位于文家市镇东南区，背靠高升岭，左枕文华山，面临南川河。这里地理优越、环境优美。

今日的文家市，宽阔的街道，漂亮的农舍，整齐的铺面，一切是那样的繁华、祥和、热闹。硝烟已经远去，枪炮声已经消失，秋收起义纪念园静静地伫立在老街的一角，这里已经发生了巨大的变化。然而，她的神圣、她的厚重、她的沧桑，即使是在喧闹的集镇，你也是能够感受到的。

文家市秋收起义纪念馆

沿溪桥暴动遗址

沿溪桥暴动遗址位于浏阳市沿溪镇建设社区荣美组。据同治《浏阳县志》记载："沿溪桥，距县六十七里，七瓮，皆垒石。高二丈，长二十二丈，阔丈四尺五寸。当吴楚之冲。自宋迄明，历有修葺。国朝康熙五十五年水圮，民病涉二十余年。有僧德慧以铁索贯其项下骨，苦行倡募。越乾隆三十六年，桥成九瓮。五十五年水又圮，众姓重修，改作七瓮。"沿溪桥东西走向，长 66 米，宽 4.8 米，八墩七孔。桥墩为船型，迎水面呈尖状，桥面铺砌青石板。当地流传有桥联："一轮明月，沿江千古照；九曲孔桥，溪水四时通。"

1928 年 9 月，王首道调任湘鄂赣特委组织部长兼浏阳县委书记。10 月 15 日，他领导发动沿溪桥暴动，歼灭驻守在沿溪桥的国民党守军侯鹏飞部。

1930 年 4 月，浏阳县第一次工农兵代表大会决定，将 11 月 15 日作为沿市大暴动纪念日。

1962 年，沿溪桥被公布为县级文物保护单位。

沿溪桥暴动遗址

玉皇殿战场遗址

玉皇殿战场遗址位于浏阳市淳口镇羊古滩社区张家片和中安片西部交界处，是第二次国内革命战争时期国共两党交战的战场遗址。

玉皇殿位于一个小山包上，东边通往张家片，西边通往中安片，进深三间，面阔三间，封火墙，悬山顶，由青砖砌成。玉皇殿所在的山冈是当地一处高地。

1930 年，国民党军队为控制共产党游击队往返苏区炉烟洞要道，在玉皇殿山冈上砌筑了一座碉堡。中共浏阳北区区委派张正坤、罗梓铭率领浏北游击队前往摧毁了这座碉堡。

玉皇殿战场遗址还保存有当年战斗时国民党军所修筑的环型战壕等。遗址分布面积约 10000 平方米，2011 年被公布为浏阳市市（县）级文物保护单位。

玉皇殿战场遗址

文家市大捷遗址

文家市大捷遗址位于浏阳市文家市镇文家市社区以南300米处的高升岭、棺材岭、九峰寺山峰及周围地带，是第二次国内革命战争时期的一处重要战场遗址。

1930年8月中旬，毛泽东、朱德、黄公略率领的红一军团由江西万载进入浏阳县境。8月18日，毛泽东、朱德、黄公略在离文家市仅40华里的江西万载县黄茅镇召开军事会议，决定8月20日凌晨5点对文家市守敌发动总攻。8月20日凌晨5时，各路部队均到达指定位置，战斗正式打响。这次战斗全歼了敌戴斗垣直属旅，据后来红军方面的统计：击毙击伤敌官兵2000余人，其中旅长一名、团长二名；俘虏官兵近3000人，缴得步枪1400余支，机关枪37挺，驳壳枪100余支，子弹20余万发。

文家市大捷的主要战场分布在高升岭一带的山坡上，九龙寺峰、棺材岭上各有一青砖石头所砌碉堡兼指挥部，互为犄角，布局合理。从山顶到山腰，分三道防线共10余条战壕，最长战壕达524米，战壕的深度、密度非常科学。附近五公里之内的河口大屋、孙家塅等处为部队宿营地，一有

文家市大捷遗址高升岭

动静就会在半个小时之内赶来投入战斗。按照当时红军的装备，要拿下这些阵地简直不可思议。然而，在毛泽东、朱德等人的运筹帷幄下，文家市大捷的奇迹就这样创造了。

在文家市大捷遗址曾有标语千余条，其中有“红军薪饷吃穿一样，白军里将校尉起居饮食不同”“欢迎白军士兵加入红军”“打土豪分田地”等。文家市大捷遗址是我党我军历史上一次重要战役的实物见证，是毛泽东、朱德等领袖早期革命斗争活动的见证，具有重要的历史价值和纪念意义。2011 年 1 月，文家市大捷遗址被公布为湖南省省级文物保护单位。

文家市大捷遗址高升岭战壕

刘家祠堂

刘家祠堂位于浏阳市大围山镇白沙社区，占地1600平方米，始建于清咸丰二年（1852），清光绪二十二年（1896）重修。祠堂坐东朝西，砖木结构，封火墙，硬山顶，二进三开间，沿中轴对称布局。前檐有两根八角方形石立柱，柱上有阴刻长联，左边为“白沙踞浏东上游数百年占于斯聚族至今为著姓”，右边为“大围当祠南一面两三峰秀翘特出钟灵有自借名山”。四级抬梁架，檐口内装饰为卷棚，大厅内原有四根木柱，两根为圆柱，两根四方形柱，因年代久远，木柱腐朽变脆，2002年当地政府重修时只得换成了水泥圆、方柱。中间有长方形的天井，边缘用麻石砌成，地面为老火青砖。外墙左右各有引墙一扇，后栋山墙为卷形，门为木质，窗原来只有引墙各一个，后来在一楼引墙上各开三个窗口。刘家祠堂墙壁上还保留着部队写下的“暴动胜利万岁”等多条红军标语。

白沙之战是秋收起义部队的首胜，也是毛泽东同志军事生涯的起点，秋收起义部队第三团驻地旧址（刘家祠堂）作为这次战斗的历史见证，具有重要的历史价值。2011年，湖南省人民政府将旧址公布为省级文物保护单位。

刘氏宗祠

刘氏宗祠

范氏祠堂

范氏祠堂位于浏阳小河乡田心村花园塅。该建筑背靠汉高岭，前朝清泥湾，坐北朝南，悬山顶，前后两栋，前栋小青瓦，后栋筒子瓦，砖木结构，建筑主体面阔三间，进深两间，建筑面积420平方米。是范氏子孙祭祀先祖、开会议事的地方。

据范氏族谱记载：清康熙二年（1663），广东省潮州府程乡县（今梅州市）徐溪乡高田寨范忠秀（名元俊）携家人北迁，来到湖南省长沙府浏阳县东乡一都义埠冲。见此处风水甚好，便在此创业开基，生息繁衍，历220多年，成为当地一大家族。其后裔于光绪八年(1882)筑忠义祠于小河田心花园塅。

1930年，中国工农红军后勤医疗队选择小河作为后方医院基地，这里四面是高山连绵，脚踏湘赣两地，既利于阻击作战，又利于疏散撤离。

后方医院设总院和分院，总院设在范氏宗祠，由何复生任总院长，刘惠农任政治委员，吴光坤任常务副院长，王益忠任保卫处长，范荣绍任炊事班长。保卫处配备内勤和特勤30余人，特务队60余人，儿童团员30余人，运输队100余人。

范氏祠堂

在与张坊交界的寒婆坳和与江西交界的黄茅岭均设有明哨暗哨。总院下面分设五个分院，第一分院设在田心卜家祠堂，吴光坤兼第一分院院长；第二分院设在清泥湾王氏代秀公支祠（现乡政府所在地），王祥林任第二分院院长；第三分院设在盆形黄家大屋，王学任第三分院院长；第四分院设在清泥湾迪吉堂罗家祠堂，田纯任四分院长；第五分院设在圳上李家老屋，王观举任五分院院长。范氏祠堂作为红军总医院，不负责治疗伤员，只是医院领导的办公地点和药品的分发点，伤病员凭总院开具的介绍信按伤情分到分院住院治疗。

红军总医院在小河开办了约两年时间，医务人员付出了艰辛的努力，从死神手里抢救了七千多红军伤员，他们从这里再出发，重返战场，奋勇杀敌。

在范氏祠堂内外墙上依然残存着当年的红军标语："国民党是屠杀工农的刽子手。"还有几处的字迹模糊不清。范氏祠堂是红一方面军在浏阳开展革命活动的历史见证，具有重要的历史价值和纪念价值。

1988 年 7 月，浏阳县人民政府将范氏祠堂公布为县级文物保护单位，并辟为县级爱国主义教育基地。2010 年 6 月，由浏阳市各部门拨款对旧址进行全面修缮，并对外开放。2011 年 1 月，范氏祠堂晋级为湖南省省级文物保护单位。

范氏祠堂

上坪会议旧址

上坪会议旧址位于浏阳市大围山镇上坪村下新屋。坐西朝东，门向110度，土木结构，墙为当地黄泥夯筑，冬暖夏凉，两层结构，二楼横栋建有跑马楼，悬山顶，顶盖小青瓦。有门厅、横厅、厢房、耳房、杂屋等，建筑面积约260平方米。是一处典型的农家住房，原为地下革命工作者陈锡虞的私宅。

陈锡虞是毛泽东在湖南第一师范学校的同学，为人真诚，思想进步，早在学校时就加入了中国共产党，回到家乡后，他在白沙以教书为掩护，开展地下工作。1930年，陈锡虞被杀于白沙街头。此前，国民党反动派已将陈宅烧毁。后来，陈家在原址上恢复重建了部分建筑。

2006年7月，长沙市委、市政府拨专款对陈锡虞原住房进行了全面维修，并复原陈列当年的会议室及领导住房等，同年9月竣工，并对外开放。上坪会议旧址是毛泽东率秋收起义部队实行转兵决策的重要历史见证和物质载体，具有重大的革命意义和纪念价值。2011年1月，上坪会议旧址被公布为湖南省省级文物保护单位。

上坪会议旧址

李家大屋：红一方面军成立旧址

据《李氏族谱》记载，李家大屋修建于清嘉庆年间，花费白银3万多两，历时4年才建成。大屋坐东南向西北，占地50余亩，共计大小房屋百余间。

1930年8月23日，毛泽东、朱德率领的红一军团北上浏阳永和，与先期到达由彭德怀、滕代远率领的红三军团在这座百年老屋李家大屋胜利会师。当天晚上，在永和李家大屋召开中国工农红军第一方面军成立大会，湘东特委书记张启龙和浏阳县委、县苏维埃政府领导人及当地群众数千人出席了会议。毛泽东头戴斗笠，脚穿草鞋，站在大屋的前坪一块黄色的大卵石上，宣告了中国工农红军第一方面军的成立。红一方面军共计有4万余人，3万支枪，是当时中国共产党领导的最强大的一支工农武装力量。

李家大屋属于明清建筑，封火墙、硬山顶、覆小青瓦，为三纵轴（一中二次）布局的建筑群。每轴线上均设前、中、后三栋，每栋面阔五间，栋宇之间设过亭、天井连接。主轴前栋两侧各列厢房、横厅等建筑。距主体建筑约50米处的西北角建有槽门屋一栋，两边用夯筑的三合土围墙连接，

李家大屋

将整个建筑群团团围护，里面设有大片花园、月形池塘等。

李家大屋墙壁上曾有“打倒帝国主义”“活捉何键”“工农专政”“红军不乱烧、不乱杀”等众多的红军标语，更珍贵的是一位红军宣传员画了一幅蒋介石与何键的漫画像，讽刺挖苦入骨三分。现均由浏阳市文物管理局揭取保存。墙壁上挂着的满满一屋红军将领和革命先辈的照片，令人十分震撼。正是他们，让“李家大屋”永远光彩照人。

红一方面军成立旧址（李家大屋）于 2011 年 1 月被湖南省人民政府公布为湖南省省级文物保护单位；2011 年 9 月，被长沙市委宣传部公布为长沙市爱国主义教育基地。

李家大屋

楚东山大屋：中共湘鄂赣省第一次代表大会旧址

中共湘鄂赣省第一次代表大会旧址楚东山大屋，位于浏阳市大围山镇楚东村楚东山组，是20世纪30年代初湘鄂赣省第一次党员代表大会召开的重要纪念地。据考证：旧址是浏东涂姓创建于清末的民居建筑。

楚东山大屋为左右并列两组建筑所组成，建筑面积2600余平方米。东侧建筑建于清光绪二十三年（1897），坐北朝南，土木结构，二进五开间，悬山顶，小青瓦。两边辅以横厅、厢房等；西侧建筑建于清光绪二十九年（1903），坐北朝南，土木结构，面阔三间，两侧辅以横厅、过亭、厢房等，为三进院落式民居建筑。楚东山大屋的建筑布局科学合理，规模宏大，功能齐全，装饰艺术也达到了较高水平，其建筑充分展现了丰富的民俗文化和精湛的建造工艺。

1963年，浏阳县人民政府将旧址公布为县级文物保护单位。2011年1月，旧址晋级为湖南省省级文物保护单位。同年，由浏阳市政府拨款、文物管理局组织对旧址进行了抢救性维修。

楚东山大屋

黄氏家庙：中共浏阳县第六次代表大会旧址

黄氏家庙，位于浏阳市小河乡皇碑村横岭组。黄氏家庙坐东北朝西南，平面呈中轴线对称布局，主体建筑面阔三间，设前后二栋，两侧建有厢房、过亭、横厅等建筑，占地面积 980 平方米。硬山顶，覆盖小青瓦，屋顶及檐口部分则装饰有漂亮的雕塑与彩绘。总体上和一般宗祠没有太多的不同。

1932 年 3 月 28 日，中共浏阳县第六次党代会再次选择在黄氏家庙召开，代表 200 余人，会期三天。

1962 年 11 月，黄氏家庙被公布为浏阳县县级文物保护单位。2014 年 3 月，黄氏家庙被公布为长沙市市级文物保护单位。2018 年黄氏家庙晋级为湖南省省级文物保护单位。

小河黄氏家庙

后 记

市委决定出版一套“浏阳历史文化丛书”，我有幸成为《浏阳名胜》的作者。按照编者的意见，重在挖掘隐藏在时间深处的故事、传说，校正不规范、不统一的说法和记载。这样的要求，让我骤然感到沉甸甸的责任和压力。

我自认为对浏阳的历史有一点了解，关于河流，关于文庙，关于大夫第……但是，当我以一个记录者、发掘者走近浏阳历史的时候，才发现自己原来对浏阳的了解是那么的肤浅和苍白。浏阳历史凝重深邃，文化源远流长，非浮光掠影、浅尝辄止能领悟到的，只有全身心投入，怀着敬畏、怀着谦卑、怀着虔诚，才能仰视它、走近它、抚摸它，才能品味出它的绵长、甘醇。

一方水土出自天然，不以物喜，不以己悲。但是，生活在这方水土的人们，却会把自己的爱恋欢愉、悲愤哀伤全都洒在上面，久而久之，这方水土就有了灵性、赋予了内涵、镌满了印记、背负了情感，就会与这里的人民有着割不断的关联。

20万年以前，先民们刀耕火种，筚路蓝缕，在这块土地上生息繁衍，有多少悲欢离合，有多少恩怨情仇，有多少成功喜悦，有多少失意惆怅，亦梦亦幻，亦近亦远，浸淫在这大海般的历史中，我感到自己是那样的单薄、浅陋和不自量力。

因为写作，我翻阅了大量的原始档案，有的出处模糊，叙述混乱；有的版本间各不相同，前后矛盾。我宁愿相信那些最先记录的。而对于传说、故事，我请教当地的老前辈、老同志，努力还原真实，不敢凭空杜撰。

在本书采访撰写过程中，得到了各乡镇领导的大力支持，联络员尽心尽力，安排采访地点，甄选座谈人员，使采访活动能够顺利完成。一些老教师、当地干部和村民对我的工作给予了无私帮助，他们翻族谱、找实物，提供一手资料，如吴先洪、李永良等同志；还有苏蛟吾、范日葵、沈绍尧等一批热

心人，他们将自己搜集和撰写的资料提供给本人，为我节省了许多采写时间，在此表示感谢。

市文物局提供了较为齐全的基础资料，沈铁军同志对本书进行了审读，指出了许多不足，在此一并致谢。

由于本人水平有限，也因为时间仓促，缺点和不足肯定还有不少，敬请各位读者不吝赐教。

洪佑良

于2019年10月2日

参考文献

◎ 清乾隆《长沙府志》，岳麓书社，2008年版。

◎ 汤锐点校：清同治十二年刻版《同治县志》，岳麓书社，2008年版。

◎ 浏阳县地方志编纂委员会编：《浏阳县志》，中国城市出版社，1999年版。

◎ 中共浏阳市委党史联络组、中共浏阳市委党史办公室编：《中共浏阳地方史》，中共党史出版社，2004年版。

◎ 蔡尚思、方行编：《谭嗣同全集》，中华书局，1981年版。

◎ 贾维、谭志宏编：《谭继洵集》，岳麓书社，2015年版。

◎ 刘善泽著：《天隐庐诗集》，湖南大学出版社，1989年版。

◎ 彭晓玲著：《寻访谭嗣同》，岳麓书社，2019年版。

◎ 邱继录主编：《谭嗣研究文集》；《澄潭江镇志》，2002年版。

◎ 彭晓玲著：《民歌婉转润浏阳》，河北教育出版社，2005年版。

◎ 《走读浏阳》，中国文联出版社，2013年版。

◎ 《品读浏阳》，湖南人民出版社，2013年版。

◎ 《品读浏阳》，湖南地图出版社，2007年版。

◎ 《谭嗣同全集》，浙江古籍出版社，2018年。

◎ 《浏阳县志》，1994年版。

◎ 陈怀奇主编：《文家市镇志》，2005年版。

◎ 《秋收起义文家市会师纪念馆志》。

◎ 甘武主编：《秋收史话》，环球出版社，2016年版。

◎ 彭天翼著：《浏阳，一部地方经典》，东方文化出版社，2011年版。

◎ 周学文主编：《千年浏阳》，2017年版。

图书在版编目(CIP)数据

浏阳名胜 / 洪佑良著 . — 长沙：岳麓书社，2021.6
ISBN 978-7-5538-1505-3

Ⅰ . ①浏… Ⅱ . ①洪… Ⅲ . ①散文集—中国—当代
Ⅳ . ① I267

中国版本图书馆 CIP 数据核字（2021）第 109763 号

书　　名　浏阳名胜
　　　　　LIUYANG MINGSHENG

著　　者　洪佑良
摄影作者　陈伏明　熊　剑　张伟华　彭红霞　杨广泉
责任编辑　王文西
特邀编辑　荀　娟
责任校对　舒　舍
书籍设计　绿光视觉艺术工作室
出版发行　岳麓书社
地　　址　湖南省长沙市爱民路 47 号
直销电话　0731-88804152　0731-88885616
邮　　编　410006
版　　次　2021 年 6 月第 1 版
印　　次　2021 年 6 月第 1 次印刷
开　　本　787mm × 1092mm　1/16
印　　张　17.5
字　　数　209 千字
书　　号　ISBN 978-7-5538-1505-3
定　　价　180.00 元
承　　印　雅昌文化(集团)有限公司

如有印装质量问题，请与本社印务部联系　电话：0731-88884129